摄影基础教程

A COURSEBOOK OF BASIC PHOTOGRAPHY

（修订版）

冉玉杰 著

全国高校摄影联合会
中国高教学会摄影教育专委会 编

四川出版集团·四川美术出版社

图书在版编目(CIP)数据

摄影基础教程/冉玉杰著.—修订本.—成都：四川美术出版社,2009.5

新世纪高等院校摄影及相关专业通用教材

ISBN 978-7-5410-3815-0

Ⅰ.摄…　Ⅱ.冉…　Ⅲ.摄影技术-高等学校-教材　Ⅳ.J41

中国版本图书馆 CIP 数据核字(2009)第 038466 号

《新世纪高等学校摄影及相关专业通用教材》

摄影基础教程(修订版)　冉玉杰　著

责任编辑:李向群
装帧设计:四川新设计公司
责任校对:培　贵　倪　瑶
责任印制:曾晓峰
出版发行:四川出版集团·四川美术出版社
　　　　　(成都市三洞桥路 12 号)
邮政编码:610031
网　　　址:四川美术出版社有限公司.com
　　　　　scmscbs.com
经　　销:新华书店
印　　刷:四川省印刷制版中心有限公司
成品尺寸:185mmx260mm　　　　　印　张:12.5
字　　数:150 千字　　　　　　　　图　片:210 幅
版　　次:2009 年 6 月第 2 版
印　　次:2011 年 9 月第 3 次印刷
书　　号:ISBN 978-7-5410-3815-0
定　　价:30.00 元

前　言

摄影是一门技术,更是一种文化。在影像文化丰富多彩且无时不影响着我们的今天,学习摄影不能仅从技术的角度去把握。了解摄影发展的历史,了解各个时期对摄影产生重大影响的人和事,了解重要摄影家们的观点,有利于我们建立起一个关于摄影文化发展的坐标,以期在较短的时间内,对摄影有一个梗概性的理解。

本教程梳理了摄影发展过程中的一些重要环节,阐述了技术与观念的相互影响,明确提出了摄影本体语言与技术语言的概念,从哲学的意义去把握摄影的深层脉动,用俯视的角度,达到删繁就简的目的。同时本书归纳了优秀摄影作品的基本特点,并提出了摄影评价的价值体系,便于对不同类型的图片有准确和恰当的评判。

教程强调联系实际。本书作者有丰富的摄影实践经验,近二十年来在国内外发表新闻、纪实、艺术作品五千余幅,还涉猎专题报道、商业广告等摄影领域。在教材的编写中,强调理论对实践的直接指导,强调技术的实用性。对各种拍摄方法与效果之间的关系进行了详细的说明。并且从实用的角度,用深入浅出的语言,分析了对摄影有重大影响的"决定性瞬间"和"区域曝光"理论,强调动态思维对摄影行为过程的指导意义,提出了面对客观对象预判画面效果的基本方法。本书结合当前摄影发展的走向,对数码摄影带来的影响进行了理性分析,对图片的数字化处理进行了细致讲解,而对于黑白照片的冲印、彩色照片的制作等已全面实现工业化操作的流程,仅作简要的介绍。

掌握准确的语言才能够传达出正确的信息,教程明确提出摄影具有本体语言、技术语言和艺术语言三种语言方式。阐述了摄影本体语言对摄影作为独立的视觉艺术门类所具有的重要意义,详细介绍了各种技术语言对图片效果的影响,并结合图例对摄影的艺术语言进行了系统分析,强调理论在实践中的可操作性。

本书另外一个特点是配有三百五十余幅图片,这些图片大多出自名家之手,选片的标准是它具有较强的说明性。图片均配有图解,学生可以在欣赏图片和阅读图解的时候轻松愉快地进入摄影的殿堂,教师也可以结合图解给学生引入更多的知识。

图文并行,相得益彰,在看图的过程中获得知识,在欣赏的过程中掌握方法,是本书希望达到的目的。

看看摄影走过的将近一百七十年的历程,特别是近几十年来其发展的速度和产生的影响,摄影已经从一项技术演变成一种方法:认识世界的方法,表现自我的方法。它延伸着我们的感官,丰富着我们的视野;掌握这门技术,也能够表达我们的态度,扩展我们的影响。无论我们打开书籍还是环顾周遭,我们会发现已经被影像包围。生活在读图时代,图像的直观与明晰正改变着我们的阅读习惯和判断方式,它是现代社会生活的重要内容,甚至在一定程度上影响着我们的世界观。既如此,认识照片,了解摄影,培养对图像的感悟能力,与其说是在学习一门技术,不如说是在吸收现代人应当具备的基本素养。

《摄影基础教程》适合于高等院校、中等专科学校和职业技术学校作为摄影专业基础课和公共选修课的教材。

作者

2009 年 1 月

目 录
MU LU

目录

MULU

第八章　胶片摄影基础知识 ···························· 119

第九章　数码摄影 ···································· 132

第十章　数字图像的处理 ···························· 138

第十一章　记录性摄影 150

第十二章　表现性摄影 159

第一章 概 论

从1839年银版摄影术被法国科学院公布，至今已经有169年，对于一种特殊的表现方法，它的历史是短暂的。在这短暂的时间里，摄影器材不断地发展，照相机从一个庞大复杂的机械，变成了功能强大、操作简便的电子光学系统；感光材料的发展使我们拍摄一张照片的时间从几个小时缩短到了数百分之一秒甚至数千分之一秒；摄影师的队伍也从最初的科学家、发明家、探险家们扩大到几乎所有的人；摄影的技术和经济门槛越来越低，参与的人群越来越广，不同的人们把各种各样的观念带到摄影中来，使拍摄的对象越来越丰富，表现的方法越来越多，影像的作用和影响也越来越大。摄影正以一种人们无法估量的速度深入我们生活的各个方面，带领我们走进了读图时代。

生活在读图时代，你可以不会摄影，但是你不可能回避图像。既然我们注定要与图像为伍，那么我们不如认真地去了解摄影，学习摄影，使我们从图像的欣赏者转变为图像的制造者。

任何一门技术和艺术的产生和发展都有其历史的必然性，要正确和全面地理解摄影，就应当了解她的来龙去脉，让我们先从摄影的发展历史开始吧。

第一节 影像是观察的延伸

一、对长驻影像的渴望

摄影术的发明，从主观上说，起源于人们对长驻影像的渴望。

在春秋战国时期，《墨经》当中就有了对针孔成像原理的记载。北宋时期沈括在《梦溪笔谈》中对小孔成像的实验有非常详尽的描述。元代科学家已经认识到了针孔成像的一些基本规律：针孔大到一定程度以后就不能成像；针孔成像是原物体的翻转倒影；成像距离越远，影像越弱等等。这些都是对光的性质和成像原理的真知灼见。

西方也在几乎同时期认识到了小孔成像的规律，但是在如何对这个原理进行实际运用上走得更加积极一些。16世纪中期，西

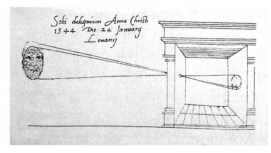

图 1-1　用小孔成像原理观察日全食

方科学家开始利用小孔成像原理来观察日食过程（《用小孔成像原理观察日全食》图1-1）。小孔成像这种准确投射景物影像的特点也被一些画家作为写生的工具，这进一步促进了暗箱的发展。1558 年，意大利科学家波尔塔描述了运用暗箱绘画的过程：把影像反射到画板上，用铅笔画出轮廓，着色以后便成了画。绘画暗箱出现在西方是有它的必然性的，文艺复兴时期西方绘画的写实倾向促成画家们为追求"形"的准确性而不断努力，在同一时期，东方绘画对"神似"的追求使得人们在对对象外在形态的准确性方面没有太大的企望。

暗箱的投影毕竟具有很大的局限性：对光线的强度有极大的依赖，小孔成像原理本身也制约了扩大亮度的可能，投影无法长久地留存。这些矛盾只有在以下两个前提得到解决以后，才使得长驻影像的留存成为可能。

1. 机械和光学的前提。随着光学的发展，暗箱用上了透镜，光线的强度大大地改善，清晰度也明显增加，暗箱变得明亮了许多，被称之为镜箱。1807 年，英国科学家威廉·海德·沃拉斯顿（William Hyde Wollaston）进一步改进了绘画的镜箱，因为通光能力的大幅度提高，而被称为明箱。1821 年，他发明的凹凸透镜，使得通光量和像差都有了更大的改善。镜箱和较大通光量镜头的结合，形成了早期照相机的雏形。

2. 感光材料的发明。用暗箱加上感光材料来记录影像的努力最早始于英国人托马斯·韦奇伍德（Thomas Wedgwood），他与化学家汉弗莱·戴维一起，从 1799 年开始了以氯化银为感光材料的实验，并且成功记录下了对象的剪影，但是没有能够找到长期保存影像的办法，直到尼厄普斯的出现。

二、尼厄普斯与达盖尔

约瑟夫·尼塞福尔·尼厄普斯（Joseph Nicephore Niepce），法国人，工程师和发明家。在船用内燃机方面获得过专利。1793 年和他的兄弟一起开始了对感光材料的实验，1822 年至 1824 年期间，他实验把沥青涂在玻璃板和金属板上，能够实现感光。1825 年，他成功地利用可以感光的纸把铜板画上的影像制作成一幅图片，这个以牵马的人为对象的图片虽然不是用照相机"照"出来的，但是这张图片预示着感光材料在实际运用方面已经迎来了一个新的时代。1826 年他用涂过的白腊板拍摄下了那张著名的旧居庭院的风景，"照"和"像"真正连接为一体。他把这种方法命名为"日光蚀刻法"。（《牵马者》图 1-2）

图 1-2　牵马者　尼埃普斯 摄

路易·雅克·芒代·达盖尔（L.J.M. Daguerre），法国人，画家和舞台背景设计家。19 世纪 20 年代，他开始热衷于寻找把暗箱投影固定下来的方法。1827 年结识了尼厄普斯，1829 年底两人开始了正式的合作。到1837 年终于找到了定影的方法，1839 年 1 月，法国下议院议员、物理和天文学家阿拉哥向科学院报告了达盖尔的发明，8 月在科学院对达盖尔摄影法进行了详尽的叙述，同时出版了《达盖尔式摄影法及西洋镜历史》，

图1-3 寺院街 达盖尔 摄

介绍了达盖尔摄影法的技术文字。从此,记录影像的探索从实验走向可重复,其实用价值得到了体现。这标志着摄影术的诞生。(《寺院街》图1-3)

三、摄影术的诞生

尼厄普斯和达盖尔对摄影术的贡献,应该说是历史的必然。在他们进行摄影术研究的同一时期,其他科学家的研究也一直在进行。1839年英国科学家威廉.亨利.福克斯.塔尔博特(W.H.F.Talbot)将自己的"负片－正片"摄影法提交给了英国皇家科学院;法国人伊波利特·贝雅尔(Hippolyte Bayard)于1839年3月在相纸上制造出了正像,并且于同年6月在巴黎拍卖厅举办了一个贝雅尔摄影展。他们两人的研究成果都报告给了阿拉哥,不过阿拉哥认为达盖尔的方法更成熟一些,因此给予了更多的支持。贝雅尔为了表达心中的不满,于1840年自拍了一张他自己作溺水自杀状的照片,并且写了一段文字"曾经给予达盖尔超过必要支持的政府宣布,它不能为贝雅尔做任何事情,这个不幸的人绝望地投水自尽了"来发泄他的愤怒。(《溺死者》图1-4)

摄影术的发明凝聚了众多科学家的不懈努力,是19世纪最伟大的发现之一。它不但是一种技术,更是一种人们观察问题的方法。它开拓了人们的视野,在一定程度上实现了对时间的凝固,其意义是十分深远的。阿拉哥曾经这样评价摄影术的发明:"当实验者们在对自然的研究中使用一项新工具时,最终由此而产生的一系列发现总会大大超出他们最初的愿望。当我们在应用这项发明的时候,我们特别应该强调尚未预见到的种种可能性。"

回头看看摄影走过的将近170年的路程,无处不是对阿拉哥这种描述的印证。

第二节 摄影本体语言的形成

一、对情节的追求

早期的摄影由于受到感光材料的限制,拍摄一张照片往往需要比较长的时间,因此拍摄的对象都是静态的。1822年,尼厄普斯拍摄的餐桌用了12小时,到1826年拍摄院落的风景时用了8个小时,1839年达盖尔摄影法的曝光时间在15至30分钟之间。技术的制约使得拍摄的对象主要是静物成为必然。而以人物为对象的摄影,也只能用对待静物的方式进行拍摄。(《早期摄影的状态》图1-5)

另外一个原因在于,摄影术发明的初期,摄影师们还没有对摄影的特点有充分的认识,他们既为照片记录下的真实感到兴

图1-4 溺死者 伊波利特·贝雅尔 摄

图 1-5　早期摄影的状态　佚名 摄

奋,同时也感到不安,因为觉得太缺乏"艺术"的感觉。为了能够迎合多数人的口味,一些摄影师把照相机作为手段,去表现那些早已被公众认同的画意的趣味:有序的风光、美丽的海岸、严谨的静物构图和端坐的肖像。1843 年,画家、摄影家戴维·奥克塔维厄斯·希尔(David Octavius Hill)为了画一幅群像与罗伯特·亚当森(Robert Adamson)合作,拍摄了千余幅人物肖像,作为早期系统的人物摄影,他们留下了非常重要的人文资料,但是他们照片中传达出来的却是浓厚的伦勃朗似的审美思想。强光下庄重而威严的面孔在深色的背景中凸现,姿态经典,凝神静气。这可以看做是来自观念与技术双重制约的结果:传统绘画的表现对象和构图样式易于取悦观众,而在强光下拍摄是在底片感光度不高的情况下获得清晰影像的唯一选择。

因此,几乎在整个 19 世纪 40 年代到 50 年代,摄影能够掌控的时刻都只是示意性的。为了追求画面的趣味性,在当时特定的技术条件和审美趣味指导下,摄影师们选择了以下两条道路:摆拍与合成。

1. 摆拍。这个时期,如果人物在画面中占有比较大的画面,那么这张照片基本都是摆拍而成的。最典型的例子是 1850 年克洛德的《地理课》(图 1-6),完美的构成描述着地理课堂的状态,老师循循善诱,同学听的听,看的看,故事情节完整,但人物姿态生硬,反映出摄影家对凝固瞬间的期望和技术

图 1-6　地理课　克洛德 摄

上的无奈。

2. 合成。合成照片的创始人雷兰德早年学习绘画,并且开设人像摄影工作室。为了扩大摄影的表现力以传达文学所具有的深刻含义,1855 年开始尝试用合成的方法制造有故事情节的照片。最使他成名的是 1857 年摄制的《生活的两个方面》,照片模仿拉斐尔的名作《雅典学院》,用 30 多张底片叠放而成,以两个年轻人一个听从裸体美女的召唤走向堕落,另一个走向勤劳虔诚的生活的画面,传达作者的道德理念。另一个著名的合成照片制造者是罗宾逊,在 1857 年以后他合成了许多照片,每一幅照片都有一个情节,具有很强的叙事性。他的名作是 1858 年

图 1-7　弥留　亨利·佩奇·鲁宾逊摄

第一章

概论

·15·

摄制的作品《弥留》（彩图 1-7 见 185 页），画面中弥留之际的少女周围亲人们黯然神伤，传达出强烈的悲剧气氛。针对当时一些人对合成摄影的批评，罗宾逊还为他的照片进行辩护，发表了文章《合成不是拼凑》来阐释自己的思想。可见在当时特定的历史条件下，合成照片无论在理论还是实践上，都有广泛的基础。

二、记录性特点

摄影术从诞生之日起，其实证的意义就被人们所认识。19 世纪中期出现了一种文献摄影的形式，主要是通过图片介绍重要的人文景观和旅游资源。1849 年至 1851 年巴黎记者马克西姆·杜坎（Maxime Ducamp）前往希腊和中亚旅行，拍摄了许多当地古迹，配合文字发表，记录和介绍了各地的风土人情（《辛拜勒神庙的柱子》彩图 1-8 见 185 页）。

图 1-8 辛拜勒神庙的柱子 马克西姆·杜坎 摄

50 年代中期法国建筑师费雷克斯．泰雅德（Felix Teynard）出版了《艺术、历史研究中最有趣的景点和建筑》，英国摄影家弗朗西斯·弗里斯（Francis Frith）出版了《埃及与巴勒斯坦》《埃及、努比亚和埃塞俄比亚》等文献专著。弗里斯作为一个旅行家，其图片的运用在于其叙述的功能，通过图片使他向观众展示了那些遥远的异国情调。

随着摄影的发展，表现手法越来越多样化，但是摄影的记录功能却越来越显现出它区别于其他图像传达方式的本质特征。即便是那些具有强烈表现特点的照片，其存在的

根本还是在于其影像本身的真实性。那些旅游照片的吸引人之处，不在于摄影者有如何精妙的技艺，而在于对象本身的奇观。和以同样景物为对象的绘画作品相比较，摄影的动人之处在于真实。

再回头来看看上文提到的两位大师，无论是雷兰德还是罗宾逊，他们虽然是合成摄影的开拓者，但是他们并没有在合成摄影制造情节性照片上固守多久。60 年代初，雷兰德便放弃了继续制造合成照片的努力，转向人像和风景。而几乎同时罗宾逊的合成摄影也逐渐放弃了叙事性情节的表现，转向诗意的、象征性的、没有明显时间特征的画意风景。这似乎在说明一个问题：合成照片这种形式注定了它要处在一个尴尬的境地：在真实性上它比不过当时大多数摆拍的照片，在完美性上又远不及它要模仿的对象——绘画，于是它虽然在以后长期存在，但基本是作为一个技法，而难有大的作为。这中间最根本的缺失，在于它背离了摄影记录性的本体语言。

进入 20 世纪以后，随着新闻纪实类摄影的崛起，就如同为找准了方向的航船拉起了风帆，为摄影开劈了一条真实客观的宽阔道路。

三、瞬间性特点

19 世纪 50 年代，弗雷德里克·斯科特·阿彻（Frederick Scott Archer）发明了湿火棉胶摄影法，将摄影的曝光时间缩短到了以秒计算，使摄影开始触摸到了瞬间时代。

1854 年，迪尔温·李维林开始尝试用较快的快门速度去记录瞬间影像，1855 年他将一组题为《运动》的四幅照片送交巴黎世界博览会，照片因为记录下了翻滚的海浪和人们运动的痕迹而获得了银质奖章。

几乎与李维林拍摄风景的瞬间同时，纳达尔在其人物肖像摄影当中认识到了瞬间的意义，他注重抓取被摄对象的个性化表情。他强调："对拍摄对象精神的攫取——一瞬间的理解让你与对象之间有了交流，让你了解这个人，知道他的爱好、思想和性格。"

图1-9 乔治·桑 纳达尔 摄

他用这种方式拍摄当时的社会名流，留下了许多生动活泼的影像。（《乔治·桑》彩图1-9见185页）对瞬间性的发掘作出最大贡献的当数英国摄影家埃德沃德·迈布里奇（Eadweard Muybridge）。1872年，他受利兰·斯坦福的邀请，帮助解决马蹄在奔跑中的位置问题，1877年，他研究了一个机械系统，拍摄了奔马的连续照片，能够让我们清晰地看到奔马四蹄离地的影像（《运动中的马》图1-10）。迈布里奇的实验让人们认识到了摄影另外一个重要特点——瞬间性：我们的照片不仅能够看到真实，而且能够滞留时间！

随着镜头的发展和感光材料的进步，获取瞬间变得更加容易。20世纪初，轻便相机

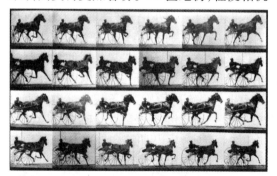

图1-10 运动中的马 埃德沃德·迈步里奇 摄

的出现，更让镜头能够关注的瞬间得以多样化，到1956年，法国摄影家卡迪尔·布列松把瞬间的意义提升到了"决定性"的地位，阐明了摄影的本质特性。

记录性和瞬间性，是摄影能够独立于视觉艺术之林的两块基石，有了它们，摄影才能站稳脚跟。同时它们也是摄影的两只翅膀，因它们的振翅齐飞，才能开创出今天这样广阔的影像天地。

第三节　摄影的发展与读图时代的到来

一、从贵族化向平民化的转变

1888年柯达公司成功地制造出了卷筒胶片，配合卷筒胶片同时上市的还有重量轻、操作方便的镜箱相机。它的出现，对摄影的普及产生了巨大的作用。柯达镜箱相机价格便宜，花十美元就能够享受拍摄100张照片的乐趣，同时在技术服务上，胶片的安装和冲洗由商家负责，摄影者只管拍摄。正如当时柯达公司提出的广告语一样："你只管按快门，其余的交给我们来做"。（《柯达1号相机》图1-11、《柯达广告》图1-12）

图1-11 柯达1号相机

方便的服务极大地降低了摄影的技术门槛，便宜的价格使更多的人走进了摄影师的行列。它带来的变化是显著的：摄影已经不

图1-12　柯达广告

是只有极少数人能够接触的奢侈活动,摄影人群的变化带来摄影风格的多样化。摄影师们根据各自的出发点关注着更多的领域,早期摄影中那些对传统绘画的刻意模仿痕迹逐渐消解,镜头开始延伸到社会生活的更广

图1-13　伦敦的贫民窟　佚名 摄

阔的领域。从那时开始,我们可以看到更加丰富和真实的影像,除了传统的风景、庄重的人像,也有日常生活中的快照和街头的流浪儿。(《伦敦的贫民窟》图1-13)

技术的发展也带来了观念的更新,摄影的真实与便捷让许多摄影师卸下了照相机身上过于沉重的艺术包袱,把它作为记录的工具使用,为照相机找到了更实在的定位,也使得摄影具有更加平民化的特征,从而能够发挥更大、更现实的作用。

二、平面媒体的发展和读图时代的到来

印刷术的进步为摄影的发展添加了催化剂。网屏印刷术的发明,使报纸能够刊登照片,媒体的需求扩大了图片的影响,也促进了摄影的运用。

第一张网目铜板照片复制品于1880年3月4日出现在纽约的《每日画报》上。1882年德国的乔治.梅森巴赫(Georg Meisenbach)申请了一种网目照相版的技术专利,运用他的方法,1883年10月13日《莱比锡画报》刊登了第一张彩色照相版的印刷品。1886年,美国人弗雷德里克·尤今·艾夫斯(Frederic Eugene Ives)发明了交叉线条的中间影调网屏,能够印刷出影像细节更加丰富的照片。

印刷术的进步促进了图片的应用,也反过来加快了平面媒体的发展。1896年岁末,《现代巴黎》出版,这是一本以刊登巴黎人日常生活的图文并茂的月刊,1898年,法国体育杂志《户外生活》创刊,它大量使用图片,后来更是以图片报道成为其特色。19世纪80年代至20世纪初,可以看成是平面媒体发展的第一个时期。

第二个时期是报道摄影的兴起。20世纪30年代,随着德国经济从一战以后迅速的崛起,传媒事业也开始出现了一种新的面貌。《慕尼黑画报》总编辑斯特凡·洛兰德(Stefan Lorant)为了适应画报容量大、时间周期相对较长的特点,开创了一种新的报道形式:报道摄影。即用组照的方式围绕一个主题进行深度报道,多角度、全方位、长时间关注某一主题。这种方式不但形式新颖,而且在关注对象上也有新的原则,它不仅关注重大事件和重要人物,也描绘日常生活的芸芸众生。除《慕尼黑画报》以外,当时德国还有《柏林画报》《工人图片报》等数十种刊物,以图片作为主要的传播手段,受到广大读者的欢

迎。杂志的发展培养了一大批报道摄影师和图片编辑，如摄影师艾尔弗雷德·艾森斯塔德等。

1933年希特勒纳粹政权上台，德国的文化事业受到摧残，大部分摄影师和编辑前往法国、英国和美国等地。法国的《考察》、英国的《图片周报》《图片邮报》集中了像卡笛尔·布列松、罗伯特·卡帕、沃纳·比肖夫等摄影界的精英。艾森斯塔德到了美国，当时他已经是非常著名的摄影家，在他的影响和帮助下，亨利·卢斯于1936创办了《生活》杂志，1937年加德纳·考尔斯创办了《展望》杂志，由于当时美国经济的高速发展并且集中了世界的文化精英，这些杂志迅速成为报道摄影史上最精美最著名的刊物，后来甚至成为美国文化的一个缩影。杂志培养出了像尤金·史密斯、道格拉斯·邓肯、菲利普·霍尔斯曼等一批著名的摄影家，由于他们的工作成就，确定了报道摄影的性质。后来在推动报道摄影的发展中起到重要作用的还有《国家地理》杂志，其表现方法对现代报道摄影的发展产生了重要影响。

图1-14 奥哈马海滩 罗伯特 摄

第三个重要因素是图片社的建立。1947年，罗伯特·卡帕、卡笛尔·布列松、乔治·罗杰和大卫·西蒙创建了玛格南图片社，这是第一家国际性的摄影记者合作机构。它的出现使摄影师对自己拍摄的图片拥有永久的所有权，也为媒体使用图片提供了更多选择的可能性。这客观上促成了更多个性化图片的出现，也促进了媒体面貌的多样化。（《奥哈马海滩》图1-14）

如今，图片正以前所未有的强势介入我们的生活：报纸的图片越来越大，杂志的图片越来越多，书籍有丰富的插图，街头有巨幅的广告……它们不但改变着我们的阅读习惯，也影响着我们的思维方式。我们已经进入了读图时代。

三、数码摄影技术是一次新的影像革命

如果说卷筒胶片的出现带动了摄影从贵族化向平民化的转变，那么数码感光材料的出现和数码相机的普及则带来了一次新的影像革命：从专业化走向大众化。

传统胶片摄影对摄影师有较高的技术要求，要全面掌握拍摄、冲洗、印制的整个步骤需要相当的训练和长期实践经验的积累。而一个胶片摄影师如果没有全面掌握对影像形成的整个过程的控制，至少在技术上很难称得上是一个合格的摄影师的，因为在拍摄现场要真正能够预见到照片最后的效果，有赖于在长期实践当中积累起来的对胶片、药水、相纸性能的掌握。

数码技术具有直观、即时、使用成本低的优势，各种自动功能更加成熟，让人儿乎刚拿起相机就可以拍摄出像样的照片，使相机成为普通百姓日常使用的工具。它们不但使摄影的群体更加广泛，带来更加丰富的表现对象和表现方法，更重要的在于，它改变了摄影师和被摄影对象之间的关系，改变了摄影者按下快门时的态度，也改变了大众观看图像的方法。这些改变将演化出一个怎样的未来图像环境，值得每个摄影者、被摄者、图像的使用者和观看者关注。我们一方面要

第一章

概论

·19·

图 1-15　留住春光　冉玉杰　摄

以积极的心态迎接这次革命的到来，在纷繁的乱象中寻找机遇，另一方面又要能够根据自己的个性和需求有所坚持，防止技术的发展导致自我的失落。(《留住春光》彩图 1-15 见 185 页)

四、主要摄影流派简介

在摄影发展至今的近 170 年中，由于技术条件、思想观念、文化环境的影响，产生了许多在艺术观点、审美趣味、表现方法上具有共同特点的摄影团体，形成了众多的摄影流派。它们的发展过程，反映了不同时代的文化特征，挖掘了摄影多方面的潜能，丰富了摄影的表现技法和应用功能。虽然流派众多，但是其流行的时间和影响的面积是有差异的，现在就影响最为广泛和仍然具有较大

现实影响的几个流派作简要介绍。

1. 画意摄影

画意摄影是以摄影的方式去传达传统绘画理念的一种摄影流派。他们把影像构成和气氛看得比题材重要，注重构图和影调，追求预期的美学效果，具有严格控制和精心构图的特征。

摄影术发明初期的摄影师们，由于对摄影自身的特性还没有全面地理解，为了寻求人们对摄影的广泛认同，他们走了一条捷径：模仿绘画。在题材上取材于传统的宗教故事，在表现方法上模仿文艺复兴时期绘画作品的构图和用光，然后运用摄影的技法制作出照片，典型的如雷兰德的《生活的两条道路》(彩图 1-16 见 185 页)对拉菲尔《雅典学院》的模仿，罗宾森的《弥留》中的伤感气息。他们运用摄影的暗房技法，传递着传统古典画意的美学趣味。

19 世纪后半期，受到印象派绘画的影响，摄影界也出现了一种追求光影变幻和朦胧效果的艺术风气。他们提出要使摄影作品看起来不像照片的口号，在技术上运用柔焦镜头和表面粗糙的相纸，传达"印象"般的感觉。

中国早期的摄影师也在画意摄影上有自己独特的追求，最具代表性的人物要数摄

图 1-16　生活的两条道路　傲斯卡·古斯塔夫·雷兰德　摄

图1-17 黄山峰树 郎静山 摄

影大师郎静山,他虽然也运用了同雷兰德和罗宾森相同的暗房技法,但是他传达的是中国传统的画意理念,以山水花鸟鱼虫入画,不在意画面的情节,而追求图片的意蕴。由于其风格独特,在20世纪30~40年代产生了广泛的影响。(《黄山峰树》图1-17)

作为一个艺术流派,画意摄影在20世纪中期完成了它的历史使命,但还是有许多摄影家继续运用画意的手法在创作和展出作品,画意摄影的影响一直延续至今。

画意派摄影在客观上对摄影的表现技法作出了重要贡献。

2. 自然主义摄影

自然主义摄影提倡对自然的直接感受,主张在自然环境中拍摄自然景物,追求主题的真实性和技术的简易,反对任何过分的加工。

自然主义摄影起源于对画意摄影的反叛。1889年彼德·亨利·埃默森(Peter Henry Emerson)发表了《自然主义摄影》的著作,批评画意摄影是用"支离破碎"的手法重复陈腐的老调,必然要沦为绘画的奴隶。他强调发现照相机自身的规律是摄影家的任务,自然是摄影艺术的源泉,只有接近于自然,忠实于感光材料记录的影像,才是摄影最需要的真实效果。(《猎人》图1-18)

图1-18 猎人 彼得·亨利·爱默森 摄

埃默森强调摄影是一门独立的艺术,其特点在于艺术和科学的结合。他相信通过对主题的选择和照相机的控制,就能够获得好的作品。他自己也在这些思想的指导下进行拍摄实践,主要拍摄农村生活风情和自然风景。

1902年,阿尔弗雷德·斯蒂格利茨(Alfred Stieglitz)为首的"摄影分离"小组创立时,他还是一个画意摄影的积极分子。后来他的观点逐渐改变,1922年他开始有意识地拍摄更加"纯正"的照片,"我的目的是使我的照片看上去确实像照片(而不是像绘画、蚀刻版等),要使人一看之后永久难忘"。在他的思想影响下,1932年爱德华·韦斯顿,安塞尔·亚当斯等人成立了"F64"小组,他们主张用大画幅相机,使用极小的光圈,对被摄对象进行现实主义的细致刻画,以直接的不加篡改的手法,来表现对象鲜明的质感。他们的照片注重照相机技术的发挥,图像清晰、层次丰富、影调变化细腻,反映了摄影技术的进步和镜头表现力的极致,因此在摄影史上被称之为纯粹派摄影。从其与画意派对立的特点出发,我们也可以把它看成是对自然主义摄影的延续和发展。(《风蚀的树干》图1-19)

图1-19 风蚀的树干 爱德华·韦斯顿 摄

3.纪实摄影

纪实摄影是摄影家对现实社会中的人、人类社会活动、人与环境的关系进行真实、深刻的记录,从社会动态的角度考察事件对社会的影响,让观众对被摄对象产生客观认识的一种摄影形式。

纪实摄影强调表达方式的理性,注重事件的真实,主张尽量不干涉对象,以图片的社会文化价值、所反映信息的明确详尽和全面作为重要的评价标准。与新闻摄影相比较,纪实摄影也关注重要事件,但是更看重图片对事件的社会意义的理解。

马修·布雷迪是较早对重大事件进行系统拍摄的纪实摄影师,1861年~1865年美国内战时期,他组织了一个20人的摄影小组,对这场战争进行了全方位的视觉记录,留下了一万余幅图片,具有无法估量的价值。

19世纪末20世纪初,尤今·阿杰特(Eugene Atget)开始系统地拍摄巴黎的城市面貌,他经常是上午外出拍照,下午回到家里冲洗底片。他拍摄的专题有《旧巴黎的艺术》《独特的巴黎》《旧巴黎的艺术与手工》《巴黎周围地区:塞纳、塞纳-瓦兹、塞纳-马恩省的艺术》等。由于他的照片全面系统地记录了巴黎的状况,受到人们的高度赞扬,他被称为"一位城市历史学家、一位真正的浪漫主义者、一位热爱巴黎的人和一位拿相机的巴尔扎克"。

在对人的关注方面,奥古斯特·桑德(August Sander)和雅各布·里斯(August Jacob Riis)是纪实摄影师中的先驱者。从1910年桑德开始了他庞大的计划:拍摄德国各个阶层和行业的代表性人物,他希望从德国人的容貌中看到德国的时代形象。他将他的拍摄对象分为农民、匠人和手工业者、女性、各种身份者、艺术家、城市人、白痴等类型,他以一种既不嘲笑又不过分推崇的客观态度,留下了一个时代的面孔。(《得奖歌手》图1-20)

雅各布·里斯(August Jacob Riis)是第一个把摄影作为批判工具运用的纪实摄影家。他的镜头对贫民的生活进行了极大关注,出版了《另一半人是怎样生活的》,并且引起社会的广泛共鸣,促成了贫民窟的改造。社会学工作者刘易斯·海因(Lewis Hine)把里斯走的道路进一步引向深入,他关注移

中国的纪实摄影起步于20世纪80年代。解海龙的(《希望工程》图1-22)从开始的不被理解到形成一场全社会的运动,促进了社会各界对纪实摄影的认识和接纳。在其后

图1-20　得奖歌手　奥古斯特·桑德 摄

民、迁徙和童工问题,并且进行了长期的跟踪拍摄,其反映童工不幸境况的照片导致了《禁止使用童工法》的产生。里斯和刘易斯把纪实摄影和社会宣传运动结合起来,极大地发挥了摄影的作用,对后来纪实摄影的发展产生了巨大的影响。

当代活跃的纪实摄影家塞巴斯蒂安·萨尔加多(Sebastiao Salgado)也在这条道路上作出了新的贡献,他拍摄的《劳动者》《迁徙》等纪实专题,都产生了重大的社会影响。(《收甘蔗的工人》图1-21)

图1-22　希望工程　解海龙 摄

近30年的发展过程中,产生了一大批优秀的纪实摄影作品:安哥的《生活在邓小平时代》、李晓斌的《变革在中国》贯穿了一个时代;陈锦的《四川茶铺》、徐勇的《胡同101

图1-21　收甘蔗的工人　塞巴斯提安·萨尔加多 摄

图1-23　背犁人　李杰 摄

第一章

概论

·23·

像》从一个场景见证了一种文化；李杰的《布拖记事》、吴加林的《云南山里人》从点与面的不同视角反映了人们的生活状态；赵铁林的《聚焦生存》和《另类人生》则剖析了社会存在的某些弊端。这些作品以现实主义的态度形成了一股合力，对纪实摄影的发展作出了重大贡献。（《背犁人》图1-23）

第四节 从看照片到拍照片

一、看照片的两种方法

摄影师能不能认识好的照片，是他能不能拍摄出好照片的一个重要前提。只有了解我们到底希望得到什么样的画面，才有可能自己拍摄出这些画面。因此，了解好照片通常具有的基本要素，加强对对象的观察和分析，发现其中的精华并且熟练运用技术去把握它，才有可能拍摄出好的照片。因此对摄影的初学者，我们主张：拍照片从看照片开始。

看"照片"有两种方法：

其一、看书籍、杂志、报纸、网络等媒体上面已经公开发表的优秀图片。欣赏它们带来的视觉感受和心灵震撼，分析它们的画面组织形式，体会摄影师对对象的把握能力，从前人的经验中总结出适合自己运用的方法。

其二、看日常生活当中的"照片"。许多时候，可能我们没有随身携带照相机，但是我们可以把我们的瞳孔当成镜头、眼睑当成快门。面对丰富多彩的社会生活，想象哪些对象可以组成画面，并且根据对象的变化，不断调整画面组织方式，在相应的视觉元素达到最协调的时候眨一下眼睛，把这个生活中的场景变成你自己脑海中的一个"形象库存"。这样，通过对媒体照片和现实生活图景的揣摩和把握，能够有效地提升你观察和捕捉对象的能力。

二、优秀照片应该具备的基本特点

照片的种类繁多，不同类型的照片有不同的评判标准，但是他们也具有共性。一般来说，我们可以从以下三个方面来看一张照片：

1. 照片的主题

吸引人的照片，应该能够明确表达一个主题。照片的主题往往可以用许多抽象的概念来描述，比如"冲突"、"对抗"、"和谐"，或者"天真"、"深沉"，或者"壮丽"、"秀美"等等。它要么有一定的叙事能力，可以讲一个故事；要么可以传递一种情绪，能够让人感动；要么能提出一个问题，引发人们思考。这

图1-24 摇篮 冉玉杰 摄

些主题能够反映某种共性的东西，能够被广泛地理解，具有较大的普遍性。（《摇篮》图1-24）中自行车载小孩的方法也许只有在极少的地方和特定的时代才能看到，但是它反映的母亲对孩子的爱护则具有人类的共性，因此它能够被广泛地理解。抽象的主题都是隐藏在具体的形象背后的，这需要我们具有从平凡的事物当中提炼主题的能力。当我们被一个场景所吸引，准备拍摄一张照片的时候，我们应当问自己，到底是什么吸引了我，然后把它集中精练地表现出来。要想感动别人，首先得感动自己，这是照片是否成功的基础。

2. 照片主体与陪体的关系

观察对象明确主题以后，总是需要通过一定的形象来表现。相关对象在画面中的地位取决于我们对他（它）们的理解。一般情况

下,主要的角色只有一个,他可以是一个人,或者一个物品,也可以是一群相互关联的人或者一个具有内在联系的场景。

通常我们看到的范围比我们取景框中的景象要大得多,镜头只是对连续画面的局

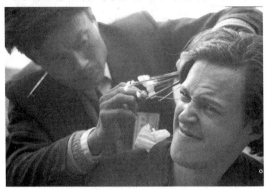

图1-25 中为洋用 冉玉杰 摄

部截取。因此我们选择画面应该对准那些最能揭示事件本质的部分,抓取最能反映事件高潮的瞬间。在(《中为洋用》图1-25)的画面里,外国游客的神态最具表现力,他的好奇、紧张通过掏耳朵这一特定的动作,反映出东西方的文化差异和交流过程中相互试探、接触的特殊心态,因此在处理画面的时候,把他作为画面的主体,构图和焦点都以他为中心展开,从而强化了其神态的意义。

大多数情况下,照片的主角只有一个。相关的人或物如果对传达主题有积极的意义,我们通常会把他保留在画面里,但是他们应该居于屈从的地位,甘当配角。如对于传达主题的意义不明显,则应该排斥在画面以外。

3. 照片的画面构成

好照片能够让人一目了然,作者要传达的东西应当明白无误,这就需要我们在处理画面的时候尽量简洁明了。(《晨飞》图1-26)摄影的画面讲究"视觉语言",一幅不需要文字说明就能让你感动的照片是最好的照片。把主体拍摄得足够大,能够有效地表达作者最关注的是什么;在画面中包含的视觉因素相对复杂的情况下,通过对主体位置的安排,或者通过景深的控制,通过镜头的压缩或者夸张都能够传递出摄影师对各种因素的不同侧重。

作为初学者,在进行画面构成练习的时候不妨作两个方面的尝试:要么使画面尽量简化,简化到纯粹的地步;要么就尽量夸张,夸张到极端的地步。

三、图片评价的价值体系

从主题、主体、画面的构成三个方面来看图片,能够培养我们对图片的基本判读能力,为我们自己拍摄出好的照片打下基础,但要想能够拍摄出真正意义上的好作品,还必须对图片应该具有的价值有比较全面的

图1-26 晨飞 P·基纳 摄

理解。

1. 信息价值

照片的写实性注定了任何照片都具有传递信息的能力。图片的信息价值是指图片反映的人或者事的影响力的大小，其影响力大的则信息价值大，相反，则信息价值小。

评价图片的信息价值，我们可以从以下两个方面入手：其一、看其信息的价值大小。一个重要的事件或者重要的人物往往具有较大的价值，一个新近发生的事件往往又比较早发生的事件有更大的价值，它们也直接决定着图片的影响，决定着我们是否拍摄；其二、看信息传达是否准确。重大而且准确

图 1-27　追歼德军　伊凡·沙金 摄

的信息能够产生积极的影响，重大但是不准确的信息往往会扭曲事件的真相，产生恶劣的影响。现在有的图片为了追求视觉上的新颖，在表现方法上过度地夸张，偏离甚至完全背离了对象的本来面貌，这会削弱图片传递信息的能力，甚至传递出错误的信息。（《追歼德军》图 1-27）

2. 形象价值

图片依靠形象说话，形象是否突出和鲜明决定着照片的影响力。典型的形象往往具有强烈的表现力，它能够让我们对对象有比较深入的理解；鲜明的形象有助于使对象更加引人注目，在复杂的环境中能够脱颖而出，成为关注的中心；个性化的形象则能够出奇制胜，以少胜多。

形象的影响力不仅取决于被摄对象本

图 1-28　祖孙情　冉玉杰 摄

身的特点，也可以通过摄影手法的塑造而加强。仰拍使对象显得高大，俯拍使对象显得低矮；明暗的对比能够使对象更加醒目，虚实关系的处理也能够表现出摄影师的选择。因此就形象价值而言，对象的形象是基础，摄影技法的运用则能够发挥烘云托月的作用。

3. 情感价值

情感价值即图片的感染力。一幅好的照片能够唤起读者的情绪，触动读者的情感。照片的信息价值体现在其述理性上，而情感价值则是看它调动读者情绪的能力。图片对读者的情绪影响越大，引发的思维就越活跃，其记忆也越深刻。

就摄影师而言，拍摄的题材和捕捉的画面也应当是那些让自己深有感触的内容，只有首先感动自己，才可能感动别人。就题材而言，无论风景、小品、人物、事件，任何与我们生活相关的对象都具有让人感动的潜质，图片最终情感价值的大小，取决于作者对它

们的认识程度和表现能力。(《祖孙情》图
1-28)

4.传播价值

图片的传播价值体现在媒体对图片的
认同度,它实际上也反映了社会对图片的需
求度。一幅传播价值大的图片往往很容易被
媒体采用,因此也容易被广泛地认识和理
解。图片传播价值的大小受到多方面的影
响:它取决于图片与社会生活的关联性,例
如新闻照片,反映的是当前大众普遍关注的

图 1-29　日本投降　佚名 摄

事情,因而具有较大的传播价值;也取决于
作者对事物认识的独特性,无论是你看问题
的角度,还是你的表现方法,反映作者个性
化思考的图片能够对其他人有较大的启发,
因而也具有较强的传播价值;它还取决于图
片的美感、美的内容和美的形式永远都是人
们关注和喜爱的对象。(《日本投降》图1-29)

5.审美价值

图片的审美价值指它唤起读者审美愉
悦情感的能力。图片越能愉悦观众,其审美
价值就越大。图片的审美价值可以从多个方
面体现:从表现的内容而言,它可以是自然

美、社会美、人性美等;从表现形式而言,恰
当的构图、正确的用光、熟练的镜头语言的
选择、创新的手法等都有助于对美感的提炼
和升华。内容和形象高度完美和谐的作品,
其审美价值就能够最大化,这是我们追求的
目标。

上述五个方面综合反映了图片应当具
有的价值,他们是我们评判图片的基本出发
点。但是具体到某张照片,要根据照片的类
型进行具体分析。并不是每张照片都要同时
具有以上五个方面的价值,在衡量不同类型
照片的时候,其侧重点也是不一样的。比如
新闻照片最看重的是其传播价值,艺术类型
的照片更看重其审美价值,纪实或者文献类
照片更看重其信息价值。因此在我们看照片
和拍照片的时候,还应当根据不同图片的类
型,按照各自特有的规律去把握。

本章要点:

1. 摄影术诞生的两个前提是什么?

2. 谁是摄影术的发明人?

3. 什么是摄影的本体语言?

4. 谈谈媒体的发展对摄影术的影响。

5. 为什么说数码技术是一次新的影像革
命?

6. 摄影史上有哪些重要的流派,其特点
是什么?

7. 优秀照片应当具备的基本素质是什
么?

8. 怎样理解图片评价的价值体系?

第一章

概论

·27·

第二章 照相机

工于善其事,必先利其器。摄影离不开相机,了解相机的类型及特点,了解镜头的结构和表现能力,掌握机身的控制方法,是我们拍摄出好照片的前提。

第一节 照相机的类型及特点

经过近 170 年的发展,照相机的种类繁多,不同照相机具有不同的特点和适用的范围。依据不同的分类原则可以把照相机分成众多的类型,现在我们根据当前大家常用的分类习惯,对常用相机进行介绍。

一、旁轴取景相机

又称平视取景联动测距相机。其特点是相机的取景器与镜头的调焦装置联结在一起,其位置一般位于机身的侧上方。由于取景器和镜头不在同一条轴线上,因此被习惯性地称为旁轴取景相机。该类机型取景器比较明亮,多采用多影重叠黄斑对焦。由于没有五棱镜,使用镜间快门,因此机身体积相对较小、重量轻,快门震动极小,便于携带,也能够尽量减少对被摄对象的影响。典型的机型有"莱卡 M"系列和国产"凤凰 205"系列等。

旁轴取景相机因为取景器与镜头有一定距离,存在一定的视差,在拍摄近距离物体的时候视差更为明显。在实际使用的时候,要注意观察取景框内的视差矫正线,以保证获取正确的构图。

旁轴取景相机多使用 35mm 胶片,也有使用 120 胶片的。(《135 旁轴取景相机》图

图 2-1 135 旁轴取景相机

2-1）。

二、单镜头反光相机

单镜头反光相机的一个重要特点是其摄影镜头兼具了取景和摄影两项功能。单镜头反光相机在镜头后面加装了反光镜，一般在机顶加装了五棱镜，将来自摄影镜头内的影像通过多次反射到达接目镜，使我们看到的影像与实际景物的方位完全一致，因此不存在视差。

单镜头反光相机在按动快门的时候有一系列机械动作：反光板升起、镜头光圈收缩、快门幕帘打开，因此会产生一定的机振。在反光板升起的瞬间，由于通往接目镜的光路被阻断，会出现短暂的黑屏。由于机振在使用慢速快门和长焦距镜头的时候可能导致影像的虚动，部分单反相机设计了快门预升功能，可以有效提高照片的清晰度。

单反相机主要有使用 135 胶片和 120 胶片两种类型。135 单反相机一般都采用眼平取景器，符合我们的观看习惯，使用方便。120 单反相机出于体积本身的考虑，一般不装五棱镜，多采用腰平取景器，取景器里的影像和实际景物之间是左右翻转的，在使用中有一个适应的过程。大多数 120 单反相机也可以另购取景器，实现眼平取景。

135 单反相机的典型品牌如"尼康"、"佳能"、"凤凰"等，120 单反相机的典型机种如"哈苏"、"玛米雅"等。（《专业 135 单镜头反光相机》图 2-2）。

三、双镜头反光相机

双镜头反光相机有上下两个镜头，上面一个用于取景，下面一个用于拍摄。取景系统结构简单，镜头后面设置一个反光镜将景物直接反射到腰平取景器上，因此取景器里的景物也具有左右翻转的特征。同时由于取景和拍摄的任务分别由两个镜头承担，它们又不在一条轴线上，因此具有旁轴取景相机的特点，即近摄的时候有明显的视差。

双镜头反光相机采用镜间快门，使用噪音和机振都很小。典型的双镜头反光相机有禄来、雅西卡、海鸥等。（《双镜头反光相机》图 2-3）

图 2-3　双镜头反光相机

四、座机

该类相机因体积较大，需要用大型三脚架支撑而得名，多使用 4×5 英寸以上的胶片，又称大画幅相机。该机使用散页胶片，采用机背取景的方式，通过磨砂玻璃直接取景，取景屏上的影像与实际景物上下颠倒、

图 2-2　专业 135 单镜头反光相机

图2-4 技术相机

有飞思等。便携的小型数码相机则型号多样，更新迅速。(《便携数码相机》图2-5)

图2-5 便携数码相机

左右相反。前后板可以分别左右摇摆和前后俯仰，有矫正透视关系的能力，在景深控制、取景位置的选择方面操控性较强，又称技术相机。

该机多用在建筑摄影、商业广告摄影领域。由于其底片大，影像品质优异，也常被风光摄影师采用。

典型的机种有："仙纳"、"林哈夫"，国产的有"申豪"等。(《技术相机》图2-4)

五、数码相机

数码相机指感光材料和记录方式采用电子化，和传统用化学方式记录影像有质的差异。数码相机是随着光电技术的进步于近年来发展起来的，它具有电子记录、及时显影、高速传输的特点，大大缩短了生成影像的周期，使用成本低，便于影像存储。数码相机与图像处理软件相结合，扩展了图像创意的空间，实现了后期制作的明室操作，对摄影的发展产生了重要的影响。

由于数码技术的优势，它被广泛运用在旁轴取景相机、单反相机之中，也有厂家为120相机和座机制造了专用数码后背。数码相机方便快捷的特点使它成为现代新闻摄影的主流机种，随着数码相机的日渐成熟，在商业人像、广告摄影等领域也被广泛使用。

典型的数码相机型号有"佳能1DS MARK 3"、"尼康D3"，典型的数码后背品牌

还有一些其他类型的相机，有的在摄影史上曾经辉煌，但是随着时代的发展逐渐退出历史舞台；有的曾经闹得沸沸扬扬，但是生不逢时，草草收场；有的从来没有经历过大红大紫，但是始终有钟情者追随。如110相机、一次成像相机、APS相机、针孔相机等。

第二节　照相机的镜头

镜头是照相机的眼睛。镜头的作用在于使光线汇聚，在胶片平面形成一个清晰的影像。由于镜头技术的发展，汇聚的光线也更强，能够在较短的时间使胶片感光。镜头的质量直接决定着图片的质量，不同类型的镜头有其各自的造型特点，其焦距的不同、光圈的变化，对画面最后的视觉效果都是决定性的。

一、镜头的焦距和种类

镜头的焦距是指当镜头聚焦到无穷远时，镜头的后结点沿着光轴到达胶片平面的距离。对于数码相机而言，就是镜头的中心到达感光材料平面的距离。由于镜头的后结点距离镜头的中心很近，从实际使用出发，可以把镜头的焦距描述为：镜头的中心到胶

片(或感光材料)平面的距离。镜头的焦距我们通常用毫米(mm)来表示。

1. 标准镜头

镜头的焦距接近于该相机使用的胶片的对角线长度的镜头，我们称为标准镜头。例如135相机胶片规格为24×36毫米，其对角线长度为43毫米，所以135相机的标准镜头通常是40毫米至55毫米之间，以50毫米焦距的居多。而120相机由于其底片尺寸通常为6×4.5至6×7厘米，因此其标准镜头多采用75毫米至90毫米的镜头。

从镜头的视场角度而言，标准镜头的视角大约在45度。

标准镜头影像范围与人眼的清晰视觉范围接近，其透视效果也接近于我们平常的视觉习惯，加之标准镜头制造技术成熟，成像品质优秀，通光量大，适应范围广，是我们最常用的镜头。(《标准镜头》图2-6)

图2-6　标准镜头

值得注意的是，现在的数码相机由于品种繁多，各种型号的相机采用的数码感光元件的大小有很大的差异，所以如果仍然以镜头的焦距等于感光材料对角线的长度来描述其标准镜头的话，会因为类型过于繁多而造成混乱，现在大家都习惯于把数码相机镜头的焦距转换为传统胶片画幅大小以后的等效焦距来描述，便于统一和理解。

2. 广角镜头

当镜头的焦距显著小于它使用的胶片的对角线长度时，其取景视场角度显著加宽，我们称之为广角镜头。以135相机为例，焦距小于35mm的镜头都属于广角镜头，其视场角度大于65度。典型的焦距有：35mm、28mm、24mm、20mm、16mm等，焦距短于20毫米的镜头我们一般称为超广角镜头。

广角镜头具有夸张透视效果的特点，超广角镜头还会产生桶形畸变，焦距越短，变形越显著，这是在使用广角镜头时需要特别注意的。

鱼眼镜头是超广角镜头中的一个特例，其视场角能够达到180度，它有意利用超广角镜头像场弯曲的特点，能够拍摄出视觉效果独特的图片(《广角镜头》图2-7)

图2-7　广角镜头

3. 长焦距镜头

当镜头的焦距显著大于它使用的胶片的对角线的长度时，我们称之为长焦距镜头。长焦距镜头视场角度较小，一般小于25度，远处的景物能够在底片上结成更大的影像，因此也称为望远镜头。以135相机为例，通常把焦距长度在70毫米至135毫米的镜头称为中焦镜头，135毫米至300毫米的镜头称为长焦距镜头，300毫米焦距以上的称为超长焦镜头。典型的长焦镜头焦距段为：100mm、135mm、180mm、200mm、300mm、400mm、500mm、600mm等。

长焦距镜头取景范围较窄,在透视上具有压缩空间的能力。如果恰当地控制光圈,能有效地控制画面的景深。

长焦距镜头往往体积大、分量重,最大光圈相对较小,容易产生震动。近几年一些厂家在新型镜头上设计开发了减震装置,能够在降低三级左右快门速度的时候依然保持影像的清晰度,该技术运用到长焦距镜头和大变焦比的变焦镜头上,具有十分显著的实用价值。如尼康公司的 VS 镜头和佳能公司的 IS 镜头,有的厂家开发出机身防震装置,原有的镜头装在具有机身防震装置的相机上,在使用低速快门时,都能够有效地改善画面的清晰度。如索尼 α100、α700 等型号。

有的长焦距镜头可能产生枕形畸变,在用它拍摄平行线条时应当特别注意。(《长焦镜头》图 2-8)

图 2-8　长焦镜头

反射式镜头是一种特殊的长焦镜头,一般焦距在 500 毫米以上。为了避免镜头焦距过长造成体积过大的缺陷,设计师在镜头中利用多面反光镜反射光线,在一个较短的镜筒内,达到一个超长焦距镜头的放大功能。其好处是,和同样焦距长度的长焦距镜头比较,其镜身的长度显著缩短,重量也减轻了,便于携带。不足之处在于,反射式镜头的光圈是固定的,而且很小,一般是 F/8 或者 F/11,在使用的时候对光线条件的依赖性较大。另外,由于光圈不可变,不能通过主动控制光圈来调节画面的景深。

4. 变焦镜头

变焦镜头的镜头焦距是可变的,它是光学技术不断发展的产物。变焦镜头最长焦距与最短焦距之比叫做变焦比,常规变焦镜头的变焦比一般在 3 倍至 4 倍左右。

根据变焦镜头覆盖的焦距段,大致可以把变焦镜头分为以下几种类型:广角变焦镜头、标准变焦镜头、长焦变焦镜头、大变焦比变焦镜头。

广角变焦镜头即镜头的变焦范围集中在广角端,常见的有 17~35mm、12~24mm、14~24cm 等。(《广角变焦镜头》图 2-9)

图 2-9　广角变焦镜头

标准变焦镜头即镜头的变焦范围涵盖着标准镜头焦距段,常见的有 24~70mm、28~85mm、35~70mm、35~135mm 等。(《标准变焦镜头》图 2-10)

长焦距变焦镜头指镜头的焦距集中在

图 2-10　标准变焦镜头

图 2-11　长焦距变焦镜头

图 2-12　超长焦距变焦镜头

长焦端，常见的有 70~200mm、80~200mm、75~300mm 等。（《长焦距变焦镜头》图2-11）、《超长焦距变焦镜头》图2-12）

现在有的厂家制造出了变焦比很大的镜头，如 18~200mm、35~300mm、35~350mm、80~400mm、100~300mm 等，满足了那些希望"一镜走天涯"的摄影者。但是变焦比过大的镜头通光量往往会受到限制，最近拍摄距离也比较大，成像质量一般也较难与变焦比小的镜头媲美，可谓是有得必有失。

在机械结构方面，变焦镜头一般分为单环式变焦镜头和双环式变焦镜头两种类型。单环式变焦镜头即一个调节环既担负变焦的功能，又担负聚焦的功能。这种结构在配备手动聚焦相机的镜头中被普遍采用，具有方便快捷的特点。双环式变焦镜头把变焦和聚焦的功能分开，由两个调节环各司其职。这种结构的变焦镜头通常使用在自动聚焦相机上，因为聚焦的工作能够由相机自动完成，摄影师主要专注于变焦来实现构图。随着照相机自动化程度的大幅度提高，双环式

变焦镜头已经成为主流。

变焦镜头为摄影师带来了许多方便：可以减轻重量、减少使用定焦镜头时必须经常换镜头的麻烦、也减少换镜头时灰尘进入数码相机污染感光元件的机会。变焦镜头能够帮助我们在即使不移动位置的情况下也能够改变画面的构图。但是我们也应该知道，和同样焦距的定焦镜头相比较，它们还是有一些差别：变焦镜头的通光量通常要小一些，最近拍摄距离通常要远一些，畸变也通常要大一些。

5. 微距镜头

微距镜头即能够在离被摄对象非常近的距离准确聚焦的镜头，它能够拍摄到与实物大小相近的影像。镜头拍摄的影像与实物大小之间的比例叫做像物比，一只标明像物比为 1∶1 的微距镜头，可以拍摄出与实物大小相同的图片。如果像物比是 1∶2，即它拍摄到的影像是原物体的 1/2 大小。尼康105mm 微距镜头能够获得 1∶1 的像物比，图丽100mm 的微距镜头能够获得 1∶2 的像物比。（《微距镜头》图2-13）

图 2-13　微距镜头

微距镜头可以是任何焦距段的镜头，常见的微距镜头其焦距大致为 60mm、105mm、180mm 等。

现在有些变焦镜头也标称具有微距功能，实际上它们能够获得的像物比一般都小于 1∶4，其最近拍摄距离受到很大的限制，因此它们不是真正的微距镜头，称其为有一定近摄功能更恰当一些。

虽然微距镜头在设计当中更注重其对

平面像场的表现,但是它完全可以作为一只同焦距的普通镜头使用。比如 55mm 或者 60mm 的微距镜头,完全可以作为一只标准镜头使用。

6. 移轴镜头

移轴镜头即镜头的光轴可以在一定范围内移动,通过调校光轴移动的范围能够矫正倾斜拍摄时出现的透视畸变,在建筑、广告摄影当中有重要的用途。(《移轴镜头》图 2-14)

图 2-14 移轴镜头

二、镜头的光圈

镜头的光圈是安装的镜头中间,用以调节镜头通光量的一组金属叶片。要全面正确理解光圈,我们应当从以下几个方面来把握。

1. 最大光圈

镜头的最大光圈是指镜头通光直径和镜头的焦距之间的比,一只 50mm 的标准镜头如果它最大光孔直径为 35mm,那么 35:50=1:1.4,也就是说,这只镜头的最大光圈为 1.4,用 F1.4 表示。同样的,一只 200mm 的镜头,其最大光孔直径为 50mm,那它就是一只最大光圈为 F4 的镜头。最大光圈的数值越小,其通光能力就越强,数值越大,通光能力就越弱。

最大光圈大的镜头,使用更加方便。它能够适应更弱的光线条件,方便在现场光条件下拍摄;同时较大的光圈可以获得更小的景深,扩大了景深的控制范围;它也让我们在选择快门速度的时候有更大的余地,增加

了摄影师的自主性。

镜头的最大光圈一般会刻蚀在镜身上。大光圈的镜头一般制造材料优秀,工艺复杂,成像质量好,但是其价格往往也比较昂贵。

2. 相对孔径

在实际拍摄中我们并不都是使用最大光圈。为了便于摄影师控制镜头的通光量,并且利用光圈的造型特点表达摄影师的创作意图,因而镜头的光圈大小可以调节。镜头的光圈按照整数级排列为:f/1、f/1.4、f/2、f/2.8、f/4、f/5.6、f/8、f/11、f/16、f/22、f/32、f/64等,其特点是数值越小,光圈越大,通光能力就越强。在上列数字中后一个光圈的通光量是前一个光圈通光量的一半。这个光圈值实际上也描述了使用不同光圈的时候,镜头的孔径与焦距之间的相对关系,因而也叫做相对孔径。它告诉我们,即使我们使用不同的镜头,只要它们的光圈系数是一致的,到达胶片平面的光的强度也相同。

现代相机镜头的设计中其光圈基本都可以半级调节,有的可以 1/3 级调节,有的自动相机在一些模式下还能实现无级调节,这为我们拍摄时精确地控制曝光提供了方便。而且光圈叶片的设计越来越先进,使得它收缩的时候更接近于正圆,让图片的焦后效果更加完善。

三、景深

景深即照片清晰的范围。当我们把镜头对着一个景物聚焦,拍摄出的照片会在聚焦点的前后产生一个清晰的范围,这个范围的最近点到最远点之间的距离我们称之为景深。景深并不是以聚焦点为中心向前后两个方向平均分配的,一般来说,从聚焦点往相机的位置所占的比例大约为整个景深范围的 1/3,我们称为前景深。聚焦点往后所占的清晰范围大约为整个景深的 2/3,我们称为后景深。

关于景深的形成我们看图:拍照的时候我们对 A 点聚焦,这时在镜头后面胶片平面

的位置会产生一个清晰的像 A`，比 A 点更近的 B 点会在胶片后部形成清晰的像 B`，而在胶片平面，它形成的是一个光斑（分散圈），比 A 点更远的 C 点会在焦平面前面形成一个清晰的像，它投射到焦平面的时候也成了一个分散圈。如果这时光斑的直径小于我们的分辨能力，我们则认为它是清晰的，那么这时照片上从 C 点到 B 点的物体也都是清晰的，C 点到 B 点的距离就是景深的范围。（《景深与分散圈示意图》图 2-15）

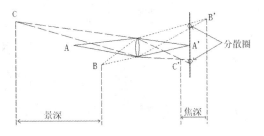

图 2-15　景深与分散圈示意图

景深是镜头最重要的造型语言，从实际拍摄的角度看，我们应当了解影响景深的三个因素：

图 2-16　大光圈的景深效果

图 2-17　小光圈的景深效果

1. 使用光圈的大小

在其他条件相同的情况下，光圈越大，景深越小；光圈越小，景深越大。从上图可见，光圈大会使投射到像点的角度增加，导致分散圈的直径增加，因此其清晰范围会减小；相反的使用的光圈小，投射到像点的角度会相应减小，分散圈的直径也减小了，因此清晰的范围加大，景深也就大了。（《不同光圈大小对景深的影响》彩图 2-16、2-17 见 186 页）

图 2-18　28 毫米镜头的景深效果

2. 镜头焦距的长短

在相同光圈和拍摄距离相同的情况下，镜头的焦距越长，景深越小；焦距越短，景深越大。长焦距镜头由于镜筒的长度大，在相同光圈的情况下，其通光孔的绝对直径也要大，所以它的分散圈也要大些，故景深小。而广角镜头则相反，镜筒短，通光孔的绝对直径小，所以分散圈小，故景深大。（《不同焦距对景深的影响》图 2-18、2-19）

3. 被摄物体的距离

在镜头焦距和所用光圈相同的情况下，拍摄的对象越近，景深越小；对象越远，景深

图 2-19 180mm 镜头的景深效果

越大。这就要求我们在近摄的时候要尽量注意控制景深。(《不同拍摄距离对景深的影响》图 2-20、2-21)

图 2-20 近距离拍摄的效果

由上可见,影响一幅照片中景深的大小有多方面的因素。在我们实际的拍摄中,应当根据以上的知识和现场的实际情况,把几个因素结合起来,灵活运用,充分发挥景深的造型特点。

四、超焦距

超焦距是景深的一种特殊情况。当我们把焦距聚焦到无穷远时,通过景深预测表我

图 2-21 远距离拍摄的效果

们能够查到前景深的位置,这个点到相机的距离我们称之为"超焦距"。如果我们在焦距还未聚焦到无穷远的时候就按下快门拍摄照片,画面中清晰的范围实际上只有前景深,也就是说浪费了后景深。这时如果我们重新把镜头的焦距聚焦到超焦距点上,原来的清晰范围成了现在画面的后景深,而现在的前景深范围实际上是重新获得的。这就增加了画面清晰的范围。

超焦距的运用有两个条件:其一、要获得尽量大的景深;其二、画面中包括无穷远处的景物。当然在实际的拍摄中,还应该把镜头的焦距、使用的光圈等影响画面景深的因素结合起来考虑。(《雅拉神山》彩图 2-22 见 186 页)

图 2-22 雅拉神山

五、镜头的造型语言

1. 取景范围与空间关系

镜头的焦距对取景的范围有显著的影响,在相同的拍摄距离,焦距越小的镜头取景的范围就越大,焦距越长的镜头取景的范围就越小。在图像的视觉效果上,焦距的不同还表现在空间关系的变化程度不一样。如果我们用一只广角镜头和一只中焦距镜头拍摄同样取景范围的画面,广角镜头取得的画面具有更纵深的效果,而中焦距镜头则具有压缩似的平面感。这说明,利用不同镜头的特点,我们可以表现不同的空间关系。

2. 最近拍摄距离

在选择和使用镜头中,要考虑其具有的潜质。镜头的最近拍摄距离就是许多初学者在选择和使用中常常忽略的功能。我们知道,广角镜头具有夸张前景的特点,离拍摄的对象越近,其影像就越大,前后的对比就越夸张。如果这只镜头近摄的能力很弱,这种夸张的效果也就比较差。长焦距镜头能够把景物放大,如果他的近摄能力强,则放大的功能可以得到最大限度的发挥,如果其近摄能力弱,则放大功能反而被削弱了。

第三节 机身的结构和控制

一、机身的主要结构

我们可以把机身上丰富的结构根据其功能分为以下几个系统:

1. 进片系统

包括装片槽、输片轮、卷片搬把、计数器等,也包括拍摄完以后要倒片的倒片把手和位于相机底部的倒片锁。现在先进的自动相机已经实行了自动卷片,其速度最快达到每秒10张,提供了高速连拍的可能。拍摄完成后也能够自动回片,使用方便。许多相机设计了多次曝光功能,即在快门上弦的时候胶片不向前移动,从而实现在同一底片上进行多次曝光。

数码相机由于用光电感应元件取代了传统的胶片,因此已经不存在进片的问题,影响数码相机连续拍摄能力的主要因素在于对已经拍摄的数据进行存储的能力。现在数码相机的像素越来越高,导致数据量越来越大,因此专业数码相机都配置了超强功能的处理器,最新型的专业单反数码相机D3在全画幅拍摄的情况下,能够实现每秒九张的高速连拍,可以满足体育、舞台摄影的严格要求。

2. 测光系统

包括测光元件分布情况、测光模式选择键、测光结果显示窗等。

常用相机的测光元件分别有以下几种分布情况:平均测光、偏重中央测光、多区域评价测光、重点测光、点测光等。平均测光和偏重中央测光多用于较早期的手动控制相机,现代自动化相机一般都同时配备了后三种测光方式。

测光结果显示的方法很多,早期的指针式因其准确性较差现在已经很少使用,三灯显示还在一部分相机中使用,但是直观性也较弱。现在最常用的是液晶数字显示,它准确直观,不受拍摄场地光照度的影响。

3. 聚焦系统

聚焦系统可以分为手动调焦和自动调焦两大类。

手动调焦的聚焦屏一般是裂像聚焦器和微棱聚焦器相结合,裂像聚焦器对于线条明晰反差大的景物使用方便、聚焦准确,微棱聚焦器在没有合焦的情况下能够通过闪烁的微棱提醒摄影师。

自动聚焦相机一般采用相位探测系统,根据对象的反差探测距离和实现调焦。其取景器中取消了裂像和微棱聚焦器,代之以聚焦点的选择框(点),通过摄影师的主动控制来实现聚焦点的选择。现代自动相机具有快速聚焦、连续跟踪焦点等强大功能,为我们在各种复杂条件下拍照提供了强大的技术

·37·

支持。

4. 快门释放系统

快门释放看起来只是手指按下快门的一个简单动作,但是它实际上会引起一系列的器械运动:反光板升起、光圈收缩、快门打开等。反光板升起会带来短暂的取景器黑屏,同时会引起一定的震动。所以有的相机设计了按快门前的反光板预升功能,使快门开启的瞬间相机的震动减少到最小的程度。相机上设计的景深预测功能实际上也是一个预收光圈的功能,通过它我们可以了解当前设定光圈拍摄出照片以后的实际景深效果。

当然快门按钮也都是测光启动钮,传统机械相机一般是在半按快门的时候启动测光电路,现代自动相机和数码相机一旦手指触摸按钮,测光电路立即启动。

二、常用控制键的主要功能

现代相机功能复杂,按键众多。每台相机在使用前都应当认真阅读使用说明书,了解其设计思想和主要功能,才能够发挥出相机的潜力,做到物尽其用。在此,我们以基础型相机凤凰828为例,就其控制键的功能作简单的介绍。(《相机的主要功能键示意图》图2-23、2-24)

1. 后盖锁、倒片钮。用于打开机身后盖,或者当胶片拍摄完以后回卷胶片。

2. 闪光灯热靴插座。用于加装电子闪光灯。

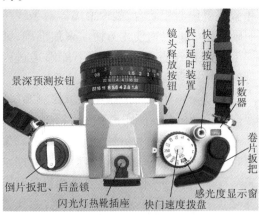

图2-23　相机的功能键示意

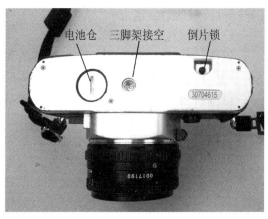

图2-24　机身功能键

3. 快门速度及感光度调节盘。用于调整曝光的快门速度和设定胶片的感光度。

4. 快门按钮。用于释放快门,同时也是测光电路启动键。

5. 卷片把手。搬动它可以卷动胶片并且使快门上弦。配合多次曝光钮使用可以实现多次曝光。

6. 镜头锁钮。在交换镜头的时候按下它可以完成镜头的装卸。

7. 景深预测按钮。按下它可以预测光圈,看到当前设定光圈拍摄画面的实际景深效果。

8. 延时曝光装置。常称为自拍钮,通过它可以把快门释放的时间延时数秒至十余秒。

9. 倒片锁。控制胶片回卷的按钮,当胶卷拍完,按下它再卷动倒片钮,可以把已经拍摄的胶片卷回暗盒里。

其他电子相机的自动化程度更高,功能更加多样,我们可以把它们看做是对以上基本功能的延伸。了解上面的基本功能,再具体了解不同相机的特点,能够快速熟练掌握主要功能。

三、正确地和创造性地使用相机

要想拍摄高质量的照片,需要我们正确地使用相机;要想拍摄出有吸引力的照片,还需要我们创造性地使用相机。

所谓正确地使用相机,就是要了解相机的基本功能,掌握相机的机械和电子特点,在使用中运用正确的方法,扬长避短,拍摄出高质量的图片。

正确的持机姿态:左手掌托起机身、手指用于调整光圈和焦距,右手掌持机身,拇指控制卷片把手,食指用于按快门,闭左眼,用右眼观察取景框。站姿拍摄时,两腿自然分开与肩宽,靠腰的转动控制左右移动的幅度。跪姿则单腿跪地,左手肘放于左腿上,保持稳定。使用数码相机的时候,由于不需要卷片,大拇指的任务是控制主控制盘和机身后部的聚焦点选择键,食指的任务除了按动快门以外,还增加了对副控制盘的操作。

正确的快门速度选择:按照经验,手持相机拍摄要想获得清晰的画面,快门速度不能低于使用镜头的焦距的倒数。如果你现在使用的是 50mm 的镜头,你至少应该选择1/60 秒或者更快的快门速度;如你使用的是200mm 的镜头,你的快门速度不能够低于1/250 秒。假如你当时是在高原拍摄,或者刚进行了快速的跑动导致心跳加速,你使用的速度还应该更高。

由于部分数码相机的感光元件面积比传统胶片小,导致镜头焦距也要进行相应的转换,例如佳能 40D 具有 1.6 倍的转换倍率,一只 50mm 的镜头装在上面其等效焦距达到80mm,尼康 D300 具有 1.5 倍的转换倍率,同样一只 50mm 镜头的等效焦距为 75mm。镜头焦距变长要求我们用更快的快门速度,按照上述经验,这时分别应该使用 1/80 秒和1/75 秒以上的快门速度才能够保证在手持拍摄情况下影像的清晰度。也就是说,感光面积越小,要获得同样清晰的画面,需要使用更短的快门时间。

但是,这些经验不应该成为摄影活动中的教条,如果需要创造出某种独具特色的视觉效果,大胆发掘相机的表现力,往往能够创造出许多出人意料的效果。即使最简单的单反相机,用好了其功能,同样可以拍出精彩的照片。

第四节 我们需要什么样的相机

每一个初学摄影的人都会问这个问题:我们需要什么样的相机?许多人往往特别关注那些最贵的相机,或者那些个头最大的相机,或者造型最时尚的相机。这些相机各有各的特点,都有其存在的理由,但是真正最重要的,是你要了解你的需求。

一、没有全能的相机

相机多种多样,就是因为摄影师有不同的需求,如果有人想设计一种大家都能够用的相机,也许它就是大家都最不满意的相机。

现在电子化程度最高的相机是 135 自动相机,其自动测光、连续聚焦、高速卷片、TTL 闪光等功能非常完备,可交换的镜头众多,具有方便快捷的特点,能够满足广泛的摄影需求,特别是在新闻、体育摄影领域具有无可比拟的优势。但是其弱点是它的底片尺寸不够大,和中画幅相机比较,画面的画质要逊色许多。在需要印制大幅照片的时候,其影像素质受到制约。

中画幅相机的画幅虽然比 135 大了许多倍,但是和座机比较,又是小巫见大巫了。中画幅相机大多采用手动聚焦,手动卷片,即使现在部分中画幅相机实现了自动聚焦和自动卷片,但是其速度还远不能和 135 相机相比。其交换镜头的数量也没有 135 相机丰富,其适用范围主要是那些追求画面素质,对象动态有限的人物和场景,例如影楼人像和自然风光。

大画幅相机交换镜头少、自动化程度低、操作复杂,拍摄一张照片需要比较长的时间。但是它具有一般 135 相机和 120 相机无法比拟的特点:矫正视差和全面主动控制景深,这些特点在建筑摄影、广告摄影当中具有决定性的作用。加之其底片片幅大,影像

第二章 照相机

·39·

素质极佳，在商业摄影和风光摄影中依然发挥着不可替代的作用。

数码相机具有即时显像的特点，产生的影像直观，方便于快速传输，使用成本低。很快便在新闻、体育等领域占据绝对的主导地位。普及型数码相机几乎成了家庭旅游照的主力；高档专业级数码相机是在传统单反相机的基础上发展起来的，有庞大的镜头群和附件作为支撑，技术全面、功能完备，随着技术的不断发展，拍摄的画质与传统胶片比较已经难分仲伯，在低照度条件下和传输方面具有传统胶片无法比拟的优势，因此已经在许多领域实现了对胶片相机的超越。虽然现在专业单反数码相机价格和普通消费者的期望相比，还有高高在上的感觉，但是其中级和普及型产品已经全面进入广大摄影爱好者的生活。

由此可见，没有完美的相机，也没有全能的相机。

二、按照需求选择功能

选择什么样的相机，决定于我们拍摄的主要内容和我们拍摄的方式。许多专业摄影师的器材相对比较简单，是因为他们对自己拍摄什么样的题材和拍摄的方式非常明确。布列松使用得最多的是标准镜头，他需要相机尽量小巧普通，不事张扬，才能保证他在人群之中抓住那些自然生动的瞬间；亚当斯使用散页片技术相机，因为他追求大画幅照片对影像质感和层次的表现，他拍摄的对象多为自然风光，对相机在方便快捷方面没有太高的要求。而一个普通的摄影爱好者，往往希望拥有从广角到长焦的所有镜头，希望拥有功能齐全的机身，这可能恰恰是他对自己的需求不明确的表现。我们建议，初学者可以先配备一只标准镜头或者含有标准镜头焦距段的变焦镜头，然后在使用过程中根据自己的实际需要再逐步考虑增加设备。

在机身的功能方面要尽量考虑到主动控制的重要性。现在很多相机都有丰富的自动功能，比如动态模式、风景模式、近摄模式、人像模式、脸部聚焦等，看上去为摄影师考虑得很周全了，但是如果你完全依赖这些模式，你的创作方式也就受到了限制。例如动态模式，相机设定的前提是摄影师希望把动态的对象凝固住，因此其设计是以高速快门配合大光圈。所以它会在当时的特定亮度条件下尽量放大光圈，提高快门速度。这能够保证我们的曝光正确，也能够保证影像清晰，但是表现动态物体并不是一定要把它拍摄清楚，模糊和虚动不也是表现动态的一种方式吗？所以相机给我们主动控制的空间有多大，我们的表现力就有多大。

从曝光模式而言：程序自动虽然最简单方便，但是它恰恰也是完全失控的。光圈优先能够让我们主动控制景深；快门优先能够让我们主动控制速度；曝光补偿能够让我们主动控制曝光量的多少；而手动曝光则能完全体现作者的意愿，虽然对摄影者的技术把握能力提出了一定的要求，但是画面的控制也真正尽在掌握。可见，方便与否的得失之间其实也蕴涵着许多哲理。

就测光模式而言：多幅面测光能够保证我们在大多数情况下获得正确的曝光、重点测光则给了我们主动的选择，而点测光的使用对于有经验的摄影师来说几乎就可以提前知道拍摄的效果。

根据需求选择功能，保持对各种功能的主动控制，这就是我们选择相机的原则。

三、当前主流数码单反相机介绍

市场上当前主要流行的数码单反相机大致可以分为三个级别：旗舰级代表的是各个厂家的最高水平，是最新技术的集中体现，虽然其价格较高，主要为主流媒体记者使用，但是它预示着数码相机的前沿技术和发展方向；中高级在技术和价格之间有较好的平衡，能够满足专业摄影师和高要求摄影爱好者的需要，市场占有率较高；普及型以相对低廉的价格和实用的功能取胜，能满足大多数业余爱好者的需求。

1. 旗舰级

A、CANON EOS-1DS Mark III

作为佳能 EOS 系列数码单反相机新一代的旗舰王牌，EOS-1Ds Mark III 配备了2110 万有效像素全画幅 CMOS 图像感应器和双 DIGIC III 数字影像处理器，高图像质量下的连拍速度最快达到 5 张 / 秒。EOS-1Ds Mark III 配置了 EOS 综合除尘系统，3.0 英寸大型 LCD，快门寿命达到 30 万次，它为追求高影像素质和综合性能的摄影师提供了目前最完备的技术支持。

主要技术性能：图像感应器约 36×24 毫米

有效像素约 2110 万像素

兼容佳能 EF 系列镜头（EF-S 系列镜头除外）

上市时间：2007 年 08 月 22 日（图2-25）

图 2-25　CANON EOS-1DS Mark III

B、Nikon D3

Nikon 最新旗舰级相机，首款 35mm 全片幅尺寸(36X 23.9mm)感光组件。高感光度下拍摄表现极其优异，能够适应以前传统的镜头，可以实现每秒 11 张的高速连拍，是新闻、体育和舞台摄影的利器。

主要技术指标：图像感应器为 FX 格式(36.0 x 23.9 mm)CMOS

有效像素数 1210 万

文件尺寸最大 4.256×2.832

上市时间：2007 年 08 月 23 日（图2-26）

图 2-26　Nikon D3

2. 中高级

A、Nikon D300

D300 采用 1230 万有效像素的感应器，拥有一个全新 51 点 AF 自动对焦系统，结合透过 3D 调节追踪系统与新 LiveView 拍摄模式，允许使用者在 170 度宽视角 LCD 上直接构图拍照。D300 启动时间仅 0.13 秒，并且只有不到 45 毫秒快门延迟时间。D300 能

图 2-27　Nikon D300

实现每秒达到 6 张的连拍，而在加装了多功能电池手柄 MBD10 之后，甚至可以达到每秒 8 连拍。

主要技术指标：有效像素数 1230 万

镜头 35mm 格式约为 1.5 倍镜头焦距

文件尺寸：最大 4,288×2,848

上市时间：2007 年 08 月 23 日（图2-27）

第二章

照像机

·41·

图 2-28 CANON EOS 40D

B、CANON EOS 40D

这是佳能面向中高端市场推出的新一代全能型产品，它具备 1010 万有效像素图像感应器，高性能的 DIGIC Ⅲ 数字影像处理器，连拍速度最快可达 6.5 张／秒，具备高精度的十字型 9 点宽区自动对焦系统以及高放大倍率的光学取景器。

主要技术指标:22.2×14.8 毫米 CMOS 图像感应器

有效像素约 1010 万像素

镜头:佳能 EF 系列镜头（包括 EF-S 系列镜头）（镜头焦距转换系数约为 1.6）

上市时间:2007 年 08 月 22 日（图 2-28）

图 2-29 SONY α700

C、SONY α700

α700 是一款面向摄影爱好者的中端数码单反相机，配备 1220 万像素 CMOS 影像传感器，搭配高性能的中央双十字 11 点自动对焦传感器系统和进一步提升的机身防

抖功能,可以令安全快门速度降低 2.5-4 挡，使拍摄的照片具有清晰的图像、丰富的细节、逼真的色彩和极低的噪点，并可实现每秒 5 张的持续连拍。

主要技术指标:有效像素 1224 万

图像感应器:23.5×15.6mmAPS-CCMOS

文件尺寸最大 4288×2856

上市时间:2007 年 09 月 07 日（图 2-29）

图 2-30 OLYMPUS E-3

E、OLYMPUS E-3

OLYMPUS E-3 由轻量、高强度镁合金制成的坚固机身，不仅拥有防尘、防水滴的特性，在性能上也有了实质性的提升，包括全十字型双感应器的 11 点自动对焦、5 幅／秒的高速连拍以及最快可达 1/8000 秒的高速快门，体现了相机的良好性能。E-3 具有液晶显示屏实时取景功能以及功能强大的除尘系统。

主要技术指标:约 1180 万有效像素

4/3 型全画幅传输原色 CCD

超声波滤镜（用于 CCD 的除尘系统）除尘系统

上市时间:2007 年 10 月 01 日（图 2-30）

3. 普及型

A、Nikon D60

D60 具有 1020 万像素的感光 CCD，并且提供 ISO100 到 1600 的感光度调节，能实现每秒 3 张的连拍模式，配合高速卡可连续拍摄 100 张、机背配有 2.5 英寸 23 万画素的 TFT LCD，新的 EL9 锂离子充电电池，则提供了多达 520 张的拍摄能力，记忆规格 SD/SDHC。

主要技术指标:有效像素数 1020 万

图像感应器为 23.6 × 15.8 mmCCD 尼康 DX 格式

镜头转换倍率 1.5 倍

上市时间: 2008 年 01 月(图 2-31)

图 2-31 Nikon D60

B、CANON 400D

佳能推出最新的普及型数码单反相机 EOS400D，是 EOS350D 的更新换代产品，使用全新的 1010 万有效像素 CMOS 图像感应器，而且含有多项最新技术，使图像质量更加优异。同时，EOS400D 采用目前最先进的综合除尘系统，并配备 2.5 英寸宽视角 LCD，同时继续保持了机身小巧、便携性能好的特点。

图 2-32 CANON 400D

主要技术指标:图像感应 22.2 × 14.8 毫米

有效像素 1010 万

镜头: 佳能 EF 系列镜头(包括 EF-S 系列镜头)

镜头焦距转换系数约为 1.6

上市时间:2006 年 08 月 24 日 (图 2-32)

四、常用附件

为了充分发挥照相机的功能，以下附件是必不可少的。用好它们，不但能够增加照相机的表现能力，还能够提高影像质量。

1. 三脚架

三脚架是用来保持相机稳定的。当我们用比较小的光圈拍摄风光照片，为了追求较大的景深，我们往往会使用很慢的快门速度;当我们使用长焦距镜头拍摄，要保持画面的清晰，也常常需要保持相机的稳定;另外在进行自拍、多次曝光的时候，一只坚固稳定的三脚架是非常重要的。

选择三脚架要考虑以下两个因素:

其一、稳定性。一般而言，大而且重的三脚架具有最好的稳定性，在野外拍摄能够有效地抵抗吹风引起的干扰。但是太重不便携带，现在许多厂家运用轻质材料制造的三脚架，在稳定和轻量之间找到了恰当的平衡，值得我们选择。

其二、要注意对云台的选择。三脚架的云台是直接支撑和调节相机的,其稳定性和方便性都非常重要，调节手柄不宜太小，以免影响操作。云台调节左右、水平、俯仰的按键应当各司其职，才能保证调节的精度。现在有一种球型云台，能够快速调节,适合在体育、舞台拍摄时使用。

选择三脚架还应该注意手柄和支架的材质,一个外面包裹有塑料材质的手柄和支架比全金属更人性化。试想在冬天的野外，当我们的手直接和冰冷的金属接触的时候是个什么滋味?

有的三脚架在中间设有连接拉杆，这种

设计方式限制了各支撑腿角度的变化,对于低角度拍摄、翻拍、微距拍摄会带来诸多不便,因此应该尽量选择三脚独立的脚架。在拍摄运动物体或者场地受到限制不便于使用三脚架的时候,我们也可以使用独脚架。运用独脚架,能够支撑相机的重量,提高影像的清晰度。(《秋水》彩图2-33见188页)

图2-33　秋水　冉玉杰　摄

2. 快门线

快门线是一个包含着柔性顶针的软管,它能够避免手与相机直接接触引起的机震,从而保证画面的清晰度。快门线的好坏主要是看其柔性如何,太硬的快门线达不到减轻机震的目的。

快门线常常是在使用较慢的快门速度时使用,在使用B门的时候,还可以利用快门线上面的长时间曝光锁,实现超长时间的曝光,例如拍摄夜景或者拍摄星光的时候都离不开快门线。

现代电子相机一般都可选配电子快门线,实现多种选项。有的相机还可以配遥控快门,实现远距离遥控拍摄。

3. 遮光罩

遮光罩是装在镜头前面防止杂光射入镜头的附件。在逆光、侧逆光条件下拍摄的时候,相机的镜头很容易进光,造成画面出现光斑或者灰雾,导致画面反差降低,严重影响画面质量。遮光罩能够有效地防止杂光的进入。

不同焦距的镜头应该有不同的遮光罩,其镜头的直径、进光的角度决定着遮光罩的深浅和形状。遮光罩的角度过大,达不到遮挡杂光的作用,遮光罩的角度太小,照片的四周会出现暗角。

现在遮光罩一般用金属、塑料或者橡胶制成。金属和塑料有较强硬度,便于成型,而橡胶材料则比较柔软,一般可以折叠,在遇到挤压碰撞的时候还可以起到一定的缓冲作用。

本章要点:

1. 照相机有哪些基本类型,它们各有什么特点?

2. 标准镜头以什么为"标准"?

3. 请描述单反相机广角镜头的焦距范围和视场角度状况。

4. 谈谈长焦距镜头的造型特点。

5. 什么是变焦比?

6. 微距镜头的物象比描述的是什么?

7. 最大光圈和相对孔径各指的是什么?

8. 影响景深有哪些因素?

9. 相机机身上包括哪几个主要的操控系统?结合你使用的相机谈谈这些系统的功能。

10. 在摄影活动中一般我们需要哪些附件?

第三章　胶片、闪光灯、滤色镜

·45·

　　胶片作为影像的载体伴随摄影一起成长，数码感光材料的出现，不应该看成是对胶片的终结，而应当看成是对传统银盐胶片技术的发展，在今后相当长的时期内，胶片与数码依然要共存。同时，数码感光元件有许多特性和胶片有类似之处，了解胶片的基本特性对于掌握数码技术也是十分有益的。闪光灯和滤色镜是摄影常用的工具，对于它们的掌握和运用，能够扩展我们的表现空间。

第一节　胶片的结构、种类与特性

　　胶片是影像的记录工具。被摄对象通过镜头形成影像投射到胶片平面，当快门打开的时候影像在胶片上曝光，从而留下潜影，然后通过冲洗使潜影得以显现和保存。因此，了解胶片的特性对于我们掌握照片形成的全过程是十分重要的。

　　一、胶片的结构

　　胶片主要由片基、乳剂层和辅助涂层三个部分组成。（《黑白胶片的结构》图3-1）

　　1. 片基

片基是涂布感光乳剂的载体，有一定强度，透明度高，一般由高分子有机材料制成。为了适应冲洗过程中温度、接触等实际情况，片基在膨胀系数、弹性、耐磨性、平整度等方面都有一定要求。

　　2. 乳剂层

　　乳剂层即胶片的感光层。常规胶片的乳剂层由明胶和卤化银混合而成。

　　明胶的主要作用是充当卤化银的介质，它主要由含有丰富胶质的动物皮、骨筋制成，当卤化银被混合到明胶之中以后，能够

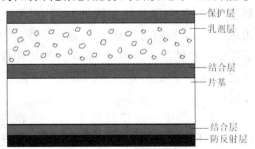

图3-1　黑白胶片的结构

均匀地悬浮其中,便于涂布。同时明胶中含有的硫化物在被光照射的时候能够形成感光核,帮助卤化银结团。

卤化银包括溴化银、氯化银、碘化银等感光能力强的银盐,它们呈颗粒状,把它们加入到明胶之中,能够让它们处于一种悬浮状态,保证其分布的均匀性。银盐的颗粒一般在 0.1 至 $20\mu m$ 之间,它们的大小对胶片的感光度有直接的影响,银盐颗粒小,感光度低,影像细腻;银盐颗粒大,则感光度高,影像粗糙。

根据不同的要求,各种胶片的乳剂层的涂布方式有差别。单层涂布能够获得很薄的乳剂层,胶片的反差大,解像力高,但是感光度比较低,宽容度小;多层涂布能够增加宽容度和感光度,但是解像力会受到一定影响。现在一些厂家采用新型的薄层多层涂布方式,在保证胶片宽容度和感光度的同时又提高了解像力,甚至制造出了多重感光度的胶片,方便了摄影师的选择。

3. 辅助涂层

除去片基和乳剂层以外,为了保证它们的结合及能完善地发挥作用,在胶片的制造过程中还有许多辅助涂层。

为了保证乳剂层与片基的紧密结合,在它们之间有一个粘合力极强的涂层——结合层。

由于乳剂层相对柔软,为了防止使用过程中不慎划伤,往往在表面涂布一个有较强韧性的涂层——保护层。

当光线穿过不同介质的时候会发生折射和反射,胶片曝光的时候,各个涂层之间的折射和反射会产生"光晕",影响画面的清晰度,特别是对发光体拍摄的时候,对象的边缘会发生"漫射",导致画面反差下降。为了减少这种情况的影响,厂家在乳剂层和片基之间涂布了吸光能力强的涂层——防反射层次。

其他涂层还有保证胶片平整的防卷曲层,防止干燥季节因摩擦产生静电的防静电层等。

可见,小小的胶片当中有极高的科技含量。当今世界只有美、日、德、英、中等极少数国家能够生产。

二、胶片的种类

胶片的种类众多,按照不同的分类原则可以分成不同的类型。

1. 按照感色性分类。感色性即胶片对光谱的感受特性。按照感色性分类,胶片主要有以下几种类型:

(1)色盲片:只对蓝、紫色短波光感光,对其他色光反应迟钝。

(2)分色片:对蓝、紫色光敏感,黄、绿色光也有较强的感受能力。对红色不感光。

(3)全色片:对全部可见光谱都敏感。我们日常使用的黑白和彩色胶片都是全色片。

(4)红外片:对红外线敏感,能感受红外区域的不可见光。由于红外片同时也对蓝、紫色光敏感,因此在拍摄的时候常常需要加深红色滤镜滤去蓝、紫色光线,以保证画面的清晰度。(《红外线胶片》图3-2、《碑林幻影》图3-03)

图3-2 红外线胶片

图3-3 碑林幻影 叶青霖 摄

2. 按照影像形成过程分类。

（1）正片：胶片曝光以后经过冲洗得到的是正性影像的底片，其影调、色彩与我们眼睛直接看到的实物一致，我们称为正片。由于正片拍摄出的照片可以通过幻灯机直接放映出正性影像，通常我们也把它叫做幻灯片。因为正片在冲洗的过程当中有一个影像反转的过程，所以也被称为反转片。（《各种规格的彩色幻灯片》图3-4）

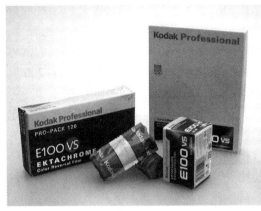

图3-4 各种规格的彩色幻灯片

图3-5 黑白负片

图3-6 彩色负片

（2）负片：胶片曝光以后经过冲洗得到的是负性影像的底片，其影调明暗与实际景物相反，其色彩是实际景物的补色，故我们称之为负片。负片拍摄的影像要制作成照片，需要通过放大机用负性相纸对影像进行还原，这个过程的控制是否得当对最后的照片效果影响很大。（《黑白负片》图3-5、《彩色负片》图3-6）

3. 按照规格分类。不同的相机有与之相适应的胶片。

（1）卷筒胶片：一般适用在中、小画幅的相机中使用。每卷胶片可拍摄多幅照片，方便携带和连续拍摄。常用的卷筒胶片包括：

A. 135胶片——两边有齿孔，装在暗盒里面。常规片幅为36×24mm，多为每卷36张，也有24张装的。根据使用的相机不同，可以拍摄36×24mm或者72×24mm的画面。（《各种135胶片》图3-7）

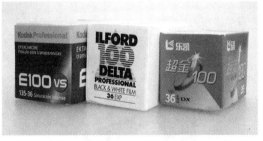

图3-7 各种135胶片

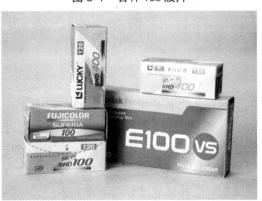

图3-8 各种120胶片

B. 120胶片——无暗盒，由遮光衬纸包裹，胶片规格61×815mm，根据不同的相机可以拍摄60×60mm的照片12张，60×

45mm 照片 16 张，60×70mm 照片 10 张。（《各种 120 胶片》图 3-8）

C. 220 胶片——与 120 胶片宽度一致，长度为它的两倍，可以拍摄的张数也成倍增加。220 胶片由于只有片头和片尾有保护纸，中间部分背后没有衬纸，因此不能使用红窗计数器，否则会使胶片曝光。

（2）散页片：供大画幅相机使用的胶片，由于大画幅相机其胶片的面积大，用卷筒的方式难以保证拍摄时胶片的平整，所以使用散页片。散叶片在使用前须在暗袋里面将胶片装入专用的片盒中，每个片盒正反各装一张胶片，所以散叶片主要用于追求影像素质的拍摄情况。

散叶片的常用规格为 4×5 英寸、5×7 英寸、8×10 英寸等。（《4×5 英寸散页片》图 3-9）

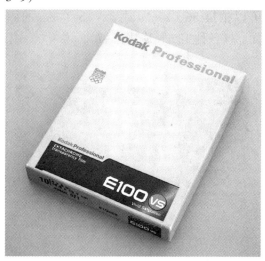

图 3-9　4×5 英寸散页片

三、胶片的特性

胶片的特性反映胶片的理化特征，了解这些特性对于我们正确地选择和使用胶片十分重要，在实际的拍摄中不断去体会和理解这些特性对影像的实际影响，会极大地提高我们对图片形成过程的掌控能力。

1. 感光度

感光度即胶片对光线的敏感程度。有的胶片对光线敏感的程度高，我们称之为感光度高，反之则称为感光度低。国际标准感光度以 ISO 表示，感光度为 100 的胶片写法是 ISO100。

感光度的强弱以感光度符号后面的数字表示：50、100、200、400、800、1600、3200、6400 等，数值增加的倍数，即是感光度增加的倍数。所以 100 度胶片的感光度是 50 度胶片的两倍，200 度胶片的感光度是 100 度胶片感光度的两倍。

感光度为 ISO100、ISO200 的胶片，其对光线的敏感程度适中，适合在光照条件较好的情况下使用，我们通常称之为中速胶片。低于 100 度的胶片其感光度较低，我们常称之为低速胶片，也称其为慢片。高于 200 度的胶片其感光度较高，也称其为快片。在实际使用中特别应当注意，照相机上设定的胶片感光度应该和实际使用胶片的感光度相一致，这样才能保证获得准确的曝光。使用胶片并不是感光度越高越好，因为照片的技术质量还要受到以下几个方面的影响。（《不同感光度的胶片》图 3-10）

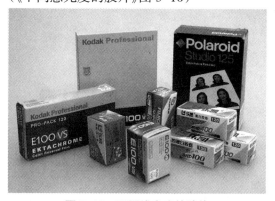

图 3-10　不同感光度的胶片

2. 颗粒性

胶片的乳剂层中包含着许多银盐颗粒，它们大多呈扁平状。为了适应不同的光线条件，在制作胶片的时候有的胶片其银盐的颗粒要大一些，有的胶片其银盐的颗粒要小一些，银盐颗粒大的胶片捕捉光线的能力强，对光线的敏感程度高，银盐颗粒小的胶片对光线的敏感程度低。

胶片银盐的颗粒非常小，即使对其进行放大我们也几乎看不到它的存在，我们看到的颗粒主要来自于曝光以后的反应。当胶片在曝光过程中银盐会发生堆积,曝光量大的地方颗粒堆积多,曝光量小的地方颗粒堆积少。由较大的银盐堆积的团会相对比较疏松,放大后的照片颗粒比较明显,而由较小的银盐堆积的团则比较紧密,放大后的照片也看不出明显的粒子,这就是照片的颗粒性。

从使用的角度出发,我们可以简单地归纳:感光度高的胶片颗粒性明显,粒子粗糙,感光度低的胶片则要细腻一些。

颗粒性还会受到其他因素的影响,例如曝光量。一张曝光不足的底片由于银盐结团疏松,其颗粒性比同感光度但是曝光正常的底片要明显得多。

3. 分辨率

即胶片对景物细部的表现能力,又称解像力、分析力。对景物细部的记录能力强,表现细节丰富,我们称之为分辨率高,反之则分辨率低。

分辨率是以胶片在每毫米范围内能够分辨出多少线条为标准的,对测试标板拍摄以后按照标准工艺冲洗,在低倍率的显微镜下观察,能够将线条与间隔分辨清楚的那一组最小的线条即是胶片的分辨率。

胶片的分辨率反映出其品质的高低,如果其分辨率在 50 线 /mm 以下,其质量等级为低级;在 65 - 90 线 / mm,其质量等级为中级;在 100 - 140 线 / mm,其质量等级为高级;超过 150 线 / mm,为很高级或极高级。

胶片的银盐颗粒越细腻,其分辨率越高;乳剂层涂布得越薄越均匀,其分辨率越高。所以一般的规律是感光度越低的胶片分辨率越高,感光度越高的胶片分辨率越低。

在实际的拍摄中,胶片的分辨率还要受到诸多因素的影响:曝光过度或者曝光不足,胶片的分辨率都会下降;显影过度或者显影不足,胶片的分辨率也会下降;显影的温度过高,会导致银盐堆积块加大,也会影响胶片的分辨率;景物的反差大,分辨率高,

反差小分辨率低,一般胶片在低反差时候的分辨率往往只有其在高反差时候分辨率的1/2 至 1/3;镜头的质量和焦距对分辨率也有较大影响。优质镜头透光能力强,杂光少,影响分辨率的因素较少,低质镜头杂光较多,拍摄的画面反差降低,会对胶片的分辨率造成直接的影响。从焦距的角度看,一般情况下长焦距镜头的反差会降低,其分辨率也会相应降低,而标准镜头其分辨率往往要高得多。

4. 宽容度

宽容度指胶片能够按比例记录的景物亮度范围的大小。能够记录的景物亮度范围大,我们称之为宽容度大,反之则宽容度小。按比例记录就是指胶片接受的曝光量和胶片密度的增加成正比例关系,景物的亮度在胶片上有相应的影调层次的表现。

从实际使用的角度出发,我们可以把宽容度理解为胶片对曝光失误能够容许的程度,即在一定程度的曝光误差范围内,仍然能够获得可以接受的影像质量。通常用可以曝光失误多少级来表示。

胶片的宽容度和感光度有直接的关系:感光度低的胶片宽容度底,感光度高的胶片宽容度高。

胶片的宽容度还受到所拍摄景物反差的影响:景物反差大,则宽容度降低,景物反差小则宽容度大。

胶片冲洗过程中的温度和搅动也会对其宽容度产生直接的影响:温度高会加大反差,缩小宽容度;搅动过度也会缩小宽容度。

5. 反差

反差即最大密度和最小密度之间的差值。我们通常说的反差包括三个方面的内容:其一是指景物的反差,其二是指胶片的反差,其三是照片的反差。

景物的反差是指景物最亮部分的影调和最暗部分影调之间的差别。它主要受景物自身的亮度范围和光照条件的影响。如果一个物体自身的影调范围大,则反差大,自身

的影调范围小,则反差小。一个自身影调范围大的物体如果置身于高反差的照片条件下,则景物的反差会更大,一个自身影调范围小的物体如果置身于柔和的光线条件下,则景物的反差会更小。

胶片的反差可以理解为胶片对亮度范围记录的层次。我们可以把胶片记录的最亮部分和最暗部分分成一个个台阶,有的胶片从最亮的地方到最暗的地方要下的台阶多一些,即它的每个台阶就要相对低一些,这样的胶片记录的层次会更加丰富,我们把它叫做低反差胶片;有的胶片从最亮的地方到最暗的地方要下的台阶要少一些,它的每个台阶也就要高一些,它的影调对比会更强烈,这样的胶片我们把它叫做高反差胶片。

胶片的反差大小我们通常用反差系数来表示:

反差系数 = 影像反差 / 景物反差

如果这个数值等于 1,则影像反差与景物反差一致;如果这个数值大于 1,则影像反差大于景物反差;如果这个数值小于 1,则影像反差小于景物反差。

为了让胶片能够充分记录对象的影调,并且有较大的宽容度,胶片的反差系数都小于 1,全色黑白胶片的反差系数在 0.65–0.7 之间。

一般的规律是,感光度低的胶片反差较高,感光度高的胶片反差低。

照片的反差除了受到景物的反差和胶片的反差影响,还要受到使用相纸的影响,反差低的相纸能够使照片的反差在底片影像的基础上降低反差,而高反差的相纸能够使胶片记录下来的影调范围得到夸张。

第二节 闪光灯的特性、类型和使用

摄影离不开光。光线达不到一定的强度胶片不会感光,有的时候虽然光线的强度足够满足胶片曝光的要求,但是不能满足摄影师理想的造型效果,这就需要我们了解和学会运用闪光灯。全面掌握闪光灯的使用,能够有效地增加我们摄影的自由度并且极大地丰富我们的表现手段。

一、闪光灯的特性

1. 闪光灯的发光特点

早期,人们利用镁粉燃烧时候发出的强光进行摄影的辅助照明。随着科学技术的发展,电子闪光灯成为我们摄影照明的主要工具,它具有小巧灵活、操作方便的特点,具有以下发光特性:

其一、发光时间短。现代电子闪光灯的发光时间一般在 1/500 秒左右,其发光峰值时间大约为 1/50000 秒。这个速度能够帮助我们凝固动态的瞬间,实现仅靠相机的快门速度无法达到的高速摄影。(《子弹穿过苹果》彩图 3–11 见 186 页)

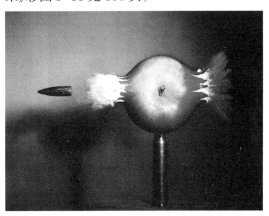

图 3–11　子弹穿过苹果　哈罗德·E·艾杰顿 摄

其二、色温稳定。电子闪光灯的色温一般控制在 5500K 左右,与日光的色温标准相似。运用电子闪光灯照明,能够有效地控制色温,保证被摄对象色彩得到准确地还原。

其三、发光强度调控方便。电子闪光灯虽然体积小、重量轻,但是其发光强度大,一个闪光指数为 30 的闪光灯,能够保证在 F2 的光圈时,15 米以内的照明需要。而且可以方便地控制发出全光强度、1/2 光强度甚至 1/64 光强度,许多闪光灯能够控制灯头的左右和俯仰角度,使用时摄影师的主动性很强。

其四、回电时间短。现代电子闪光灯大多采用闸流电路,如果一次闪光没有把电容器里的电用完则把它存储下来,留待下一次闪光时使用。这就大大减少了下次充电的时间,提供了闪光灯快速连拍的可能。这在新闻摄影当中尤其显得重要。

2.闪光灯的自动控制

现代电子闪光灯都能够自动控制发光量。

电子相机的专用闪光灯都能够提供"TTL"闪光模式,即对反光量的检测区域在镜头后面的胶片平面,当感应器检测到胶片平面的照明强度足够时,指令闪光灯停止闪光。这种方式使闪光灯的曝光准确性得到很大的提高。

现在最先进的闪光灯把焦点距离的因素作为重要的依据,根据镜头实际聚焦的距离确定曝光主体的位置,在此基础上控制闪光灯的发光量,从而实现精确的曝光。这种自动控制方式能够有效避免前景物体对发光量的影响,保证主体得到正确的照明。

二、闪光灯的类型

1. 机身内置闪光灯

通常被中低档单反相机和轻便相机所采用,其特点是轻巧、方便。这类闪光灯一般闪光指数较小,大多在12至14(ISO100/米)左右,光照强度有限,适合于对近距离(2至

图3-12 机身内置闪光灯

4米范围内)的被摄对象照明和补光。

机身内置闪光灯有的也有许多功能,例如自动闪光、强制闪光、强制不闪光、逆光补光、慢门同步闪光、后帘同步闪光、防红眼闪光等,由于内置闪光灯距离镜头的光轴较近,在光线较暗的环境拍摄,人眼视网膜中的血管反射的红光可能直接进入镜头,使照片出现"红眼"现象,这时使用防红眼功能是非常必要的。(《机身内置闪光灯》图3-12)

2. 外置闪光灯

又称为独立闪光灯,是离开机身而存在的单体,一般具有功率强大、功能多样、操控方便的特点,是专业摄影师和高级摄影爱好者的首选。

常用的外置闪光灯闪光指数可达到45(ISO100/米),配合大口径光圈的使用,能够

图3-13 环形闪光灯

实现远距离的闪光摄影。外置闪光灯其发光点与镜头光轴的距离较远,一般都大于10cm,能够有效地减少"红眼"现象的发生。外置闪光灯功能多样,不但能够保证曝光的准确性,还为摄影师创造性地用光提供了极大的空间,这一点我们在下面再详述。(《独

立闪光灯》图3-13）

环型闪光灯也是一种外置式闪光灯,主要在微距摄影时使用,功率较小。环型闪光灯一般在灯环里内置两个灯管,前面有散光玻璃,能够使光照分散和柔化,达到近似无影灯的照明效果,在静物、花卉等艺术摄影和医学摄影、科技摄影当中使用广泛。环型闪光灯左右两个灯管的发光比可以人工控制,也可以离机使用,使我们能够根据需要获得正面平光或者不同位置与方向的侧光照明。(《环形闪光灯》图3-14)

图3-14　环形闪光灯

3. 大型摄影棚闪光灯

其特点是体积大、功能全、功率高,是摄影室人物和广告摄影的主要光源。使用交流电,回电迅速、色温准确、可精确控制,现代大型摄影室灯具能够实现计算机控制,可以加用多种附件,获得不同性质、不同色调、不同光效的照明,表现空间广阔。

三、闪光灯的使用

1. 闪光指数

闪光指数是衡量闪光灯输出功率大小的数据指标,用字母 GN 表示,数字大则功率大,数字小则功率小。

闪光灯的闪光指数与使用胶片的感光度有关,我们通常说某闪光灯的指数是多少,往往是指它在使用感光度为 ISO100 的胶片时指数的大小。

从实际使用的角度出发,我们特别应当注意闪光指数和光圈及被摄体距离之间的关系:

光圈 F= 闪光指数 GN ÷ 闪光灯到被摄体的距离

通过这个公式,在拍照时我们能够根据已知的闪光指数和拍摄灯距,计算出应该使用的光圈,从而获得准确的曝光。需要特别强调的是,这里的距离是指闪光灯到被摄体之间的距离,因为我们在实际拍摄中,有可能把闪光灯离机使用,这时候相机和闪光灯与被摄对象之间的距离未必相等,应当以灯距作为计算的标准。

2. 闪光同步

运用闪光灯摄影的时候一定要注意对"闪光同步时间"的正确理解。所谓闪光同步,就是闪光灯闪亮的瞬间快门应当是完全打开的,这样才能保证全画幅获得均匀的曝光。而闪光同步时间,则是指能够保证全画幅正确曝光的最短快门时间。

焦点平面快门的照相机一般采用纵走式快门,在运用较长快门时间时,快门的前帘和后帘打开持续的时间较长,在这个期间,闪光灯发光,能够保证被摄对象的反射光透过镜头投射到胶片上。在使用较短快门时间的时候,往往后帘快门紧跟前帘快门启动,之间只有一条狭窄的缝隙,如果此刻闪光灯发光,镜头透过来的光线只有一部分通过缝隙到达底片,其余的被快门幕帘遮挡,使底片不能正常曝光,这就是常说的闪光不同步。使用镜间快门的照相机由于没有快门幕帘的遮挡,能实现全快门时段的闪光同步。

闪光同步时间在相机的快门速度盘上一般用红色表示,中档单反相机的闪光同步时间大致为 1/60 秒或者 1/125 秒,高档电子相机的闪光同步时间可达 1/250 秒。这个时间越短,使用闪光灯的余地越大,比如 1/250 秒的闪光同步时间,可以让摄影师在较强的光线条件下使用大口径镜头并且用闪光灯补光,即在使用闪光灯的时候仍然能够有效地控制景深,这对丰富摄影的表现手段是极为有利的。

闪光同步时间并不是用闪光灯拍摄时必须要使用的快门时间,任何长于该快门时间的曝光选择都能够使全画幅正常感光,这也为我们增加了表现手法。

3. 前帘同步和后帘同步

闪光灯的使用除了需要保证与快门时间同步以外,在快门开启的短暂时间中,闪光灯是在开启时闪光,还是在关闭前闪光,其造型效果是有差别的。快门前帘刚好完全启动的时候闪光灯发光,其同步时间紧随前

图 3-15　训练中的少年女足运动员
帕特里克·扎克曼　摄

帘的启动而进行,我们称为前帘同步;在快门准备关闭、后帘即将启动的时候,闪光灯开始发光,我们称之为后帘同步。

前帘同步和后帘同步对画面的效果有显著的影响,特别是在曝光时间相对较长的时候更加明显。假设我们拍摄的对象是一个在夜色中从左向右移动的人,曝光时间 1/2 秒,当我们用前帘同步的方式拍摄,人物进入画面的时候按下快门,闪光灯同时打开,这一瞬间闪光灯的照明使人物在画面的左侧形成一个曝光充分影调鲜明的影像。闪光结束以后快门并没有关闭,人物在画面里继续从左往右移动,在画面上会留下一个比较模糊的运动轨迹,画面给人的感觉是运动的轨迹在动体的前面,这不符合我们通常的习惯,让人觉得别扭。如果我们使用后帘同步方式拍摄,在快门打开的初期,人物的运动

轨迹是模糊的,当快门即将关闭的时候闪光灯打开,拍摄下一个清晰的影像,画面给人的感觉是运动的轨迹在动体的后面,符合我们的欣赏习惯。(《训练中的少年女足运动员》彩图 3-15 见 186 页、《自行车手》图 3-16)

图 3-16　自行车手　戴夫·尤利特　摄

所以一般情况下,在曝光时间比较长、拍摄对象有明显的动态的时候,以使用后帘同步方式为宜。

4. 慢门同步和频闪

在实际拍摄中我们可能遇到这样的情况:元宵观灯,当我们被五颜六色的灯饰吸引,站在前面拍张纪念照,按下快门,闪光灯一闪完成拍摄。照片出来后大失所望,画面

图 3 17　舞会　埃利·里德　摄

中的人物倒是清清楚楚,后面的灯饰则黯淡无光,完全没有达到预想的效果。错在哪里?曝光的方式不对,这时候我们正确的选择应该是慢门同步闪光。

慢门同步闪光往往是在光线条件较暗的情况下,既要保持现场的气氛,又要对光照不足的部分进行恰当的补光的时候使用。正确的方式是:首先对被摄对象测光,确定出要表现该对象细节所需要的曝光量,然后

按照此曝光量的需要设定快门时间和光圈，再依据设定的光圈调整闪光灯，使背景和主体都能够获得恰当的曝光。

以上面提到的灯饰前拍摄人物纪念照为例，首先应当依照灯饰的亮度进行测光，以确保能够充分表现其细节，然后根据你设定的光圈调整闪光灯，将前面的人物照亮，使人物与背景都能够得到正确的表现。（《舞会》图 3-17）

频闪即在短时间以内的连续闪光，频闪摄影常用在低照明条件下拍摄动态物体。具有频闪功能的闪光灯能够在 1 秒钟的时间内连续进行几次至几十次的闪光，因而可以在同一个画面上留下被摄对象的多个连续影像，记录下对象的运动轨迹，具有独特的表现力。频闪的次数可以人为设定，闪光的次数越多，每次闪光发出的功率越小，这就需要我们根据设定的次数认真考虑被摄对象是否在闪光灯能够照明的范围以内。要想频闪的效果明显，宜选择深色影调的背景。（《频闪的画面效果》彩图 3-18 见 186 页）

图 3-18　频闪的画面效果　Globus,Holway 摄

5. 闪光灯发光量的控制

闪光灯的发光量可以进行控制，实现全功率输出和部分功率输出。现代闪光灯大都采用闸流式电路，其发光量的输出控制方式很多，曝光精度高。

其一、自动控制

通用型闪光灯的自动控制通常用 A 档，摄影师根据闪光灯的功率大小和自己对景深的需求设定光圈值，闪光灯依据发出光线的反射光确定发光量来控制曝光。在这种方式下要注意景物距照相机的距离应该在闪光灯功率能够覆盖的范围内，超出这个范围就必然出现曝光不足。

专用型闪光灯的自动控制常采用"TTL"挡，即"通过镜头测量胶片平面反射光控制曝光"方式。这种方式是检测到达胶片的实际光线，作出曝光是否准确的评判，来确定切断电源的时间，因此曝光精度很高。有的相机通过闪光灯和机身的配合，还能够提供被摄体的距离数据，为精确地曝光提供依据。

运用"TTL"方式闪光，其发光控制直接由闪光灯完成，不需要把光圈大小作为控制曝光的因素，因此能够灵活选择光圈，便于摄影师对景深的控制。在需要获得柔和的光线时，可以在灯头的前面加装散光片或者掉转灯头打反射光，都能够获得准确的曝光。

其二、手动控制

普通闪光灯的手动控制是依据闪光灯的功率和被摄体的距离来确定光圈值。专用型闪光灯则可以根据被摄对象的距离来调节闪光灯的发光功率：从 1（即全光）到 1/64 不等，这样就能够获得精确的控制。

在进行辅助照明的时候，闪光灯也可以在保持被摄对象的实际照明条件下，增加或者减少发光量，从而达到既保持现场气氛，又能弥补现场光造型上的不足的效果。

6. 闪光灯使用的常用技法

了解了闪光灯的主要功能，在实际的使

图 3-19　火把节　冉玉杰 摄

用中,结合对象和现场的实际情况,根据摄影师的表现目的, 能够衍生出多种使用方法。

其一、机顶直接闪光。这是最常用的闪光灯使用方法,闪光灯置于机顶,直接对被摄体照明,优点是光线强、操作方便,不足之处在于,正面光造型能力差,容易在对象边缘产生浓重的阴影,影响画面效果。特别是在竖画幅拍摄人物的时候,人物的侧面阴影较大。(《火把节》彩图 3-19 见 186 页)

其二、反射闪光。当我们需要柔和的光线照明时,反射闪光是一个有效的方法。反射闪光即把闪光灯的灯头转向,可以把灯头向上,也可以向左右转动,利用天花板或者墙壁的反射作用,使光线反射过来,照明被摄体。运用反射光能够避免正面直接闪光造成的阴影,获得中景和近景相对均匀的照明。但是在运用反射光时还要考虑闪光灯的功率和反射体的颜色,如果闪光灯的功率较低,经过反射后的光线会更弱,可能造成曝光不足。反射体如果带有明显的色彩, 也可能造成图片偏色。(《人像》彩图 3-20 见 186 页)

图 3-20　人像　冉玉杰 摄

其三、离机闪光。有时候为了获得更加自然的光照效果,我们可以用闪光灯实现离机照明。离机闪光一般需要用闪光灯连接线把灯和相机连起来,实现闪光同步。也可以用遥控装置控制离机的闪光灯,或者在机顶上装一个闪光灯作为离机闪灯的引发器,实现多灯联闪,这种方式在户外摄影的时候比用闪光灯连接线更加安全方便。(《回眸》彩图 3-21 见 187 页)

图 3-21　回眸　冉玉杰 摄

其四、光绘。光绘是灯光摄影的一种特殊形式,在一个近乎全黑的环境中,我们可以根据我们的设想用灯具照亮画面的某些部分,来表达摄影师的创作思想,这个过程就如同用光在绘画一样。电子闪光灯由于重量轻、功率大、携带方便,是进行光绘摄影的重要工具,在拍摄中还可以根据需要在灯头前面加各种色片获得不同的色光,其表现力

第三章　胶片、闪光灯、滤色镜

·55·

图 3-22　光绘的效果　张益平 摄

非常丰富。进行光绘摄影的时候,快门时间一般都很长,通常使用 B 门、快门线和三脚架,以保证获得清晰的影像。连续光源也可以用于光绘,比如纤维灯甚至手电筒都可以在画面中划出你需要的线条,光线的强度较弱,往往需要更长的曝光时间。(《光绘的效果》彩图 3-22 见 187 页)

第三节 常用滤色镜的特点和使用

滤色镜能够有选择地控制色光的通过,了解滤色镜的种类和特点,能够有效地控制画面的效果,也是增加摄影表现力的一种有力手段。

一、滤色镜的作用

滤色镜是摄影包中价格最便宜,但是最有效的附件。滤色镜的工作原理是:与滤色

图 3-23 夕照 冉玉杰 摄

镜颜色相同的色光全部或者大部分通过,与滤色镜颜色相邻的色光部分通过,滤色镜的补色光全部不能通过,与滤色镜补色相邻的色光只能少部分通过。同时因为滤色镜有不同的深浅,色彩深则滤色能力强,通过的光线少,色彩浅则滤色能力弱,通过的光线多。滤色镜的作用大致可以归纳为:

1. 调整色彩。在彩色摄影中,由于光线条件的不同,色温的高低差异很大。而胶片能够达到色彩平衡的色温条件是相对固定的,为了适应外界色温条件的变化,需要用滤色镜来实现色彩的平衡。假如我们在一个

白炽灯照明的厂房里拍摄一个产品,用日光型胶片拍摄色彩会显著偏黄,为了实现正确的色彩再现,就需要加蓝色滤光镜来矫正色彩。有的时候,出于创作目的的需要,摄影师需要改变和调整对象的色彩,选用恰当的滤色镜就可以实现这个目的。例如我们在下午拍摄风光片,希望天空的云彩能够有更强烈的色彩表现,出现类似于晚霞的效果,我们可以加用橙色滤镜来降低色温,达到我们需要的效果。(《夕照》彩图 3-23 见 187 页)

2. 调整反差。在黑白摄影中,由于不同

图 3-24 光亮派建筑 袁草田 摄

的色彩都是以不同的灰调反映在胶片上,有的色彩对比强烈的颜色转换成灰阶后影调非常接近,造成画面主体不鲜明,运用滤镜能够有效地改变画面的反差。比如红花与绿叶,在黑白片中都是深灰,如果我们加用红色滤色镜,红光能够通过滤镜,得到充分的曝光,而绿光大部分被阻止,影调被压暗,从而使画面中的红花更加突出。UV 镜、PL 镜、黄滤镜、红滤镜在黑白摄影时调整蓝天白云的反差有不同程度的效果,PL 镜能够有效地消除偏振光,对调整反差效果非常显著,在黑白和彩色摄影中都十分有用。(《光亮派建筑》图 3-24)

3. 调整亮度。有许多拍摄对象其亮度范围往往超过胶片的记录能力,为了能够在胶

图 3-25 春到草原 冉玉杰 摄

片上记录尽量多的细节,我们可以利用滤色镜来调整景物的亮度,以适应胶片的记录特性。例如当我们拍摄夕阳西下的风景时,天空往往具有非常高的亮度,地面则较暗。如果我们对天空曝光,天空能够获得正常的影调,地面则可能曝光不足,导致细节丧失;如果我们对地面曝光,地面虽然能够获得正常的影调,天空则会出现严重曝光过度,导致影调丧失。这时最有效的办法是使用渐灰镜,对天空亮部的光线进行一定的阻挡,使亮部和暗部的影调对比降低,以保证胶片能

图 3-26 夜市 冉玉杰 摄

够记录主要的细节。彩色渐变镜还能够实现色彩的过渡,创造出特殊的艺术效果。(《春到草原》彩图 3-25 见 187 页)

4. 制造特效。有许多滤镜由于其设计的独特,能够拍摄出特殊效果。星光镜能够让点光源发出光芒,制造出闪闪星光。彩虹镜利用镜面的微菱导致光线的色散,制造出斑斓的色彩。多影镜能利用镜面的角度变化制造出像差,使一个对象在底片上形成魔幻般的影像。中空镜能够实现由中间到边缘的不断晕化效果……丰富的特殊效果镜能够造成无穷的变幻。(《夜市》彩图 3-26 见 187 页)

二、滤色镜的种类

滤色镜的种类繁多,我们根据用途选择以下常用类型进行介绍。

1. 黑白摄影滤色镜。黑白摄影滤镜的作用主要是依靠对通过色光的控制来影响画面的反差。常用滤镜有黄滤镜、橙滤镜、红滤镜、绿滤镜等。

黄滤镜能够通过黄、橙、红、绿等色光,吸收蓝色光和紫外光,在拍摄人物的时候能够使皮肤的质感表现得更丰富。

橙滤镜能够吸收紫色光、蓝光和部分绿光,在拍摄蓝天白云的时候能够使蓝天的影调变暗,提高画面的反差,使白云更加突出。红滤镜能够通过红、橙、黄色光,吸收绿、蓝、紫色光,在晴朗的天气条件下拍摄,能够压暗天空的影调,加强画面的反差,实现独特的视觉效果。

绿滤镜能够透过黄绿光,吸收紫、蓝、红光,如果在拍摄植物、风景等绿色对象的时候加用绿滤镜,能够有效克服胶片对绿色光不够敏感的缺陷,提高绿色景物的亮度,改善景物的影调关系。

2. 彩色摄影滤色镜。彩色摄影滤色镜的作用主要是依靠对通过镜头的色光的控制来影响进入镜头的光线色温,从而达到调整画面色彩倾向的目的。可以分为两类:

其一、色温转换滤镜,即通过滤镜的色温转换,使灯光型胶片能够在日光条件下正

常使用,日光型胶片能够在灯光条件下正常使用。如雷登 80 系列和雷登 85 系列。雷登 80 系列适用于日光型胶片在灯光下拍摄,通过提高色温达到色彩的平衡。雷登 85 系列适用于灯光型胶片在日光下拍摄,通过降低色温达到色彩的平衡。

其二、调整升降色温滤镜,即通过滤镜的使用,对通过镜头的色光的色温进行一定程度的调整,从而改变画面的色彩倾向。偏暖色调的滤镜都具有降低色温的作用,常用的有橙色滤镜或琥珀色系列滤镜。偏冷色调的滤镜都具有升高色温的作用,常用的有蓝滤镜。

3. 黑白、彩色通用滤色镜。有的滤镜在彩色摄影和黑白摄影中都可以使用,具有良好的通用性。

UV 镜能够过滤紫外线,在拍摄有远景的景物时,能够有效地减少远处紫外线对曝光的影响,提高画面的清晰度和反差。由于它无色透明,价格便宜,可以经常装在镜头前面,也能够起到保护镜头的作用。

PL 镜(偏振镜)能够过滤部分偏振光,可以减少甚至消除非金属物体表面的反光,在拍摄玻璃器皿、橱窗的时候能够减少照片上的光斑,拍摄植物的时候也能够消除树叶上

图 3-27 天幕低垂 冉玉杰 摄

的高光,拍摄风景的时候能够使蓝天变暗,白云突出,是风景摄影师必不可少的附件。偏振镜的滤光效果可以通过取景器直接观察到,使用方便。

渐变镜有两种:一种是渐灰镜,在拍摄包括天地等明暗对比强烈的景物时,渐灰镜能够阻挡亮部景物的光线,使画面的影调压缩到胶片能够记录的范围以内,记录更多的细节。渐灰镜只减弱局部光线的亮度,对景物的色彩没有影响。另外一种是彩色渐变镜,它通过颜色的渐变来改变对象不同部分的色调,一只橙色的渐变镜能够在风光摄影中制造晚霞的气氛。彩色渐变镜的种类很多,应该根据自己的实际需要进行选择。(《天幕低垂》图 3-27)

4. 特殊效果滤色镜。效果镜品种众多,恰当的运用能够改善画面的效果,但是如果用得不恰当,也可以造成画蛇添足的感觉。

柔光镜能够使画面取得一种柔和的效果,在进行人像摄影的时候,能够制造朦胧的气氛,也可以利用它来掩盖某些缺陷。在风光摄影中恰当地运用柔光镜能够拍摄出一种如梦似幻的超现实效果。柔光镜的柔化效果和光圈的大小有直接的关系,光圈越大柔化效果越明显,光圈越小柔化效果越弱。

近摄镜不是一只镜头而是一片镜片,近摄镜能够使普通的镜头具有很强的近距离拍摄能力,运用近摄镜拍摄能够使物像比达到 1:2 甚至 1:1,对于表现对象的某些局部特征非常有效。使用近摄镜的时候应当注意,它的中心成像和边缘成像质量有很大的差别,宜使用较小的光圈。近摄镜能够进行微距拍摄,但是不能完全取代微距镜头。

其他效果镜除我们上面提到过的星光镜、彩虹镜、中空镜、多影镜以外,还有魔幻镜、超速镜、双焦镜等,对它们的使用应该既大胆、又慎重。

三、滤色镜的使用

1. 滤镜因素与曝光补偿。滤镜因素即滤色镜的阻光系数。镜头前面加装滤色镜以后,会阻挡一部分光线的通过,达到胶片平面的光线与实际曝光组合的设定比较会有所减弱,要想获得准确的曝光,必须进行适当的补偿,滤镜因素就是补偿的依据。具体的使用方法是,当曝光组合测定以后,在光

圈不变的条件下，新使用的快门速度等于滤镜因数乘以原先设定的快门速度。假如我们针对被摄对象测光得出的曝光组合是 F16，1/250 秒，拍照的时候在前面加装的滤色镜其滤镜因素为 2，那么相机的实际设定快门应该为：

$2 \times 1/250 = 1/125$ 秒

滤镜的因素一般刻在滤镜的边框上。有一些滤镜因为透光率高，在使用时不需要补偿，比如 UV 镜、星光镜等，一些较深色的滤镜，比如有色滤镜、PL 镜等，阻光能力强，一般都需要补偿。

内置测光表的相机测量通过镜头到达胶片平面的光线，其提供的曝光组合已经将滤镜的阻光因素考虑在内，这个组合不需要进行补偿。使用独立测光表测得的曝光组合，在调整相机的时候就必须把滤镜因素考虑在内，以避免曝光失误。

2. 滤镜使用的注意事项。

滤镜的使用不在多，但是要尽量选择优质的滤镜。滤镜直接加装在镜头前面，处于成像的光路中，其质量的好坏对图片的品质有直接的影响，一片劣质的滤镜能够使一只优质的镜头拍摄出的照片全部成为劣质的照片。

加装滤镜还要考虑滤镜与镜头和遮光罩是否匹配。有的滤镜边框较厚，加装到镜头上后会延长镜头的镜筒，可能使拍摄的画面出现暗角现象，特别是在重叠使用滤镜或者在滤镜前面使用遮光罩的情况下，暗角出现的几率较高，在拍摄时应当注意观察。

本章要点：

1. 黑白胶片的主要结构是什么？

2. 什么是全色胶片，一个常用的黑白胶片是全色胶片吗？

3. 谈谈胶片的特性及其相互的关系。

4. 闪光灯有什么发光特点？

5. 什么是闪光指数，怎样利用它来获得正确的曝光？

6. 闪光摄影时是否必须使用闪光同步时间，为什么？

7. 前帘同步和后帘同步画面效果的差异如何，为什么形成这种差异？

8. 闪光灯使用的常用技法有哪些？

9. 滤色镜有哪些主要种类？分别有什么作用？

10. 什么是滤镜因素，它有什么意义？

第三章　胶片、闪光灯、滤色镜

第四章　测光与曝光

正确的测光是正确曝光的基础,只有掌握了正确的测光和曝光,才能保证获得技术品质优异的照片。所以,了解测光表的基本原理,掌握正确的测光方法,在实际使用中灵活地运用,是每一个摄影师必须具备的基本技能。

第一节　测光表

一、测光表的设计原理

测光表是一个光电感应器,当光线照射到光敏元件上会产生电流,根据电流的强度显示出相应的数据作为我们曝光的依据。

1. 测光基准

在设计上测光表有两大类:入射式和反射式。

入射式测光表直接对着镜头光轴的方向测光,它测量的是照射到被摄体上面的光的强度,这种测光方式不受被摄体影调的影响,无论被摄对象是何种色彩或影调,都能获得正确的再现。

反射式测光表测量来自被摄对象的反射光,其设计原理是依据众多的统计数据,

图 4-1　独立测光表

把被摄对象假定为反射率为18%的中灰度，按照其提供的数据，就能够实现被摄对象18%的中灰度的再现。

因此可以看出，测光表并不能判定被摄对象的实际影调，特别是在使用反射式测光表的时候。它在任何时候都只是按照其设计基准工作：把对象看成反射率为18%的灰调，由于该基准来自于多数情况的数据统计，因此在大多数时候，它们能够提供正确的曝光。但是在特殊的时候则可能出现曝光失误，因为无论你对准的是一堆煤炭还是一地白雪，只要你按照测光表提供的数据曝光，它们都被再现为反射率为18%的中灰影调。所以测光表是一个反应灵敏但是不会思考的低能儿。（《独立测光表》图4-1）

2. EV值

当我们购买了一台相机，说明书上可能会说，这台相机的测光范围是EV1——18，那么什么是EV值？EV值是曝光值的简称（Exposure Value），它描述的是景物的实际亮度。当使用ISO100胶片时，设定景物亮度在光圈用F1、曝光时间1秒时为EV0，以此作为基准，曝光量每减少一级，EV值就增加1个单位。按照上面的例子，如景物的亮度显示应该用F1的光圈，1/2秒的时间作为曝光组合，则这时其EV值为EV1，如果光圈不变，快门应该用1/8秒，则景物亮度为EV3。可见，EV值越小景物亮度越低，EV值越大景物亮度越高。

EV值的意义在于，它把景物的亮度数值化，每一整数级EV值的亮度差别是一级光圈（或者一级快门）的差别，具有重要的实用意义。

首先，它可以描述照相机测光表的测光能力。一台测光范围为EV1——18的测光表，其测光范围比EV5——17的测光表要大得多，这意味着它能在更暗和更亮的环境中使用，能够适应更大的亮度范围。

其次，它可以简单而统一地反映拍摄现场的光照强度。我们知道，在同一光照条件下，使用同样感光度胶片，其曝光组合可以是多样的：F22、1/15，F16、1/30，F11、1/60，F8、1/125，F5.6、1/250，F4、1/500，其实描述的是同样的曝光值，如果我们用EV值来描述，就简单得多，它们是EV13。

其三，它可以用来描述景物的亮度差。如果我对一个景物测光，其亮部为EV15，暗部为EV13，由于每个EV值反映的是亮度的倍数，那么其亮部与暗部的光比应该是以2为底数，亮、暗部EV值之差（15-13=2）为指数的幂与1的比，$2^2=4$，光比为4:1；如果景物的亮部为EV15，暗部为EV11，其EV值之差为（15-11=4），则亮部与暗部的光比为2的4次方与1的比值，即16:1。这对于我们在摄影室进行灯光摄影的时候控制光比是非常有效的。

3. 测光表的显示

测光表显示方法很多，早期测光表用指针显示，其精确度较差。有部分初、中级单反相机用三灯显示，一般在取景框内右侧设有三只灯，上方的红色"+"号表示曝光过度，中间的绿色圆点表示曝光正确，下方的红色"-"号表示曝光不足。

现在大多数单反相机机内测光表和独立测光表都用数字显示，一般可以精确到1/3级，能提供准确的测光。有的独立测光表还能够直接显示EV值，以利于对光线条件的掌握和对光比的控制。

二、测光表的种类

1. 入射式测光表和反射式测光表

从测光方式出发，我们可以把测光表分为入射式和反射式两种。

入射式测光表测量入射光，是独立测光表常用的测光方式。它不受被摄对象自身的影调和色彩的影响，测光的准确度高。典型的型号有：美能达ⅥF、世光508等。在使用入射式测光表的时候，要注意感应器的角度，正确的方法是将感应器对准镜头光轴的方向。入射式测光表如果加装点测光适配器也能够测量反射光。（《测量入射光》图4-2）

图 4-2　测量入射光

图 4-3　测量反射光

反射式测光表测量被摄对象的反射光，是机内测光表常用的方式。反射式测光表的感应器设在机内，测量通过镜头达到胶片平面的光线强度，在通常情况下测光准确，使用灵活方便。由于它测量的是被摄对象的反射光，当遇到对象反射率特别高或者特别低的时候，其提供的测光数据可能引起曝光失误，需要摄影师根据实际情况进行适当调整。（《测量反射光》图 4-3）

2. 内置测光表与独立测光表

从设计特点出发，我们可以把测光表分为内置式和独立式两种。

内置测光表和相机是一体的，安装于相机的内部。现代电子相机的内置式测光表往往与光圈快门联动，可以实现功能强大、方式多样的自动曝光，并且其测光的数据能够在取景器中即时显示，使用方便。内置测光表一般只能测量反射光。

独立测光表是离开相机而单独存在的，功能多样、测光准确。既能够测量入射光，也能够测量反射光。对于影调差异较大的被摄对象，也可以分别测量景物亮部和景物的暗部，然后给出综合平均数，是使用中画幅、大画幅相机的摄影师们的有力助手。独立测光表在使用上方便性稍差。

3. 连续光源的测光和瞬间光源的测光

从可以测量光线的种类出发，我们可以把测光表分为测量连续光源和测量瞬间光源两种。

内置式测光表一般都只能测量连续光源。独立式测光表经过设置的转换都能够测量瞬间光源，因此它能够适应摄影室内进行闪光灯摄影的测光需求。

三、机内测光表的功能和使用

由于现在单反相机功能多样、使用方便，因而被普遍使用，在此我们就单反相机的机内测光表的功能和使用进行专门介绍。

现代单反相机都使用 TTL 测光方式。什么叫 TTL 测光？所谓"TTL"测光，即"透过镜头测光"(Through The Lens)。其特点是：测光元件设置在机身内部，测量透过镜头照射进来的光线，其测光范围与实际拍摄的景物相一致，因此其测光准确性高。

现代最先进的照相机还采用了"TTL-OTF"测光方式，即"透过镜头测量胶片反射光"（Through The Lens -Off The Film）。这是一套更为先进的测光方式，其测光元件置于胶片的前下方，当拍照时光圈收缩、快门打开，光线照射到胶片上，一部分光线反射到测光元件上，测光系统根据感受到的光的强度，指令快门关闭。这种测光方式在每次快门打开以后还不断对光照的强度进行即时评估，然后作出决断，因此也叫"实时测光"。

我们现在使用的相机在测光功能上大致有以下几种设计：

1. 平均测光

平均测光是一些普及型单反相机常用的测光方式，其特点是，相机的测光元件平均分布于取景框的整个范围内，对拍摄范围的光线强度进行平均估价。在大多数情况下，使用平均测光方式的相机能够给我们提供准确的曝光，但是由于其提供的是整个拍摄区域的平均亮度值，在以下情况下可能出现测量失误：

其一、当天空进入画面的时候。假如我们在草原上拍摄一张纪念照，人物与环境兼顾，蓝天、白云、草地都进入画面，地平线接近于画面的中间，天空在画面中占较大的面积，其较高的亮度对会测光产生影响，提供的参数可能导致人物和草地曝光不足。解决的方法是，先把镜头压低，以人物和草地作为主要的测光区域进行测光，然后再重新构图进行拍摄。

其二、当主体与背景反差较大的时候。假如我们拍摄舞台演出，舞台背景是深色的影调，而演员处于追灯之下，照明充足，由于我们的取景范围比较大，这时深暗的背景对测光表起了主要影响，如果我们按照这个数据组合进行曝光，必然导致主体人物曝光过度。解决的办法是，近距离对主体人物测光；或者根据对暗部和亮部影调级差的分析，适当地减少曝光。

2. 多区域评价测光

多区域评价测光即把测光范围分成多个区域，然后对各区域测得的数据进行加权平均以后提供出相应的数据。区域分布的多少根据各种品牌和型号的相机有所不同，从五区到数十区不等，在实际测光的时候，能够进行类似于"去掉一个最高分，去掉一个最低分"式的运算，削弱某些区域的权重。这种测光方式能够避免局部的高光或者暗调对测光的影响，获得更加准确的曝光，特别是在使用自动曝光模式的时候，使用多区域评价测光的方式能够适应大多数拍摄对象。

3. 重点测光

重点测光又称"中央重点测光"，其测光范围集中在画面的中央一定区域内，在取景框的内部一般有区域范围的显示。正确使用中央重点测光能够给我们提供更加准确的曝光。例如上面我们提到的舞台演出的情况，如果我们的测光重点能够和舞台上的人物活动区域相吻合，就能够获得准确的测光。

重点测光由于只是测光元件的局部发挥作用，因此应当选用适当的曝光模式，一般以手动曝光模式为好，这样可以避免因为测光区域变小而位置出现偏差的时候造成的测光失误。

4. 点测光

点测光即测光区域比重点测光更小的测光方式，一般点测光的测光范围居于取景器中央位置，覆盖角度大致为取景器整体面积的3%到5%，因此能够方便地对某些局部进行准确的测光。例如我们拍摄夜空中的月亮，用长焦距镜头加点测光模式，我们能够准确测定月亮的亮度，获取正确的曝光。（《独立测光表加装点测光适配器进行点测光的状态》图4-4）

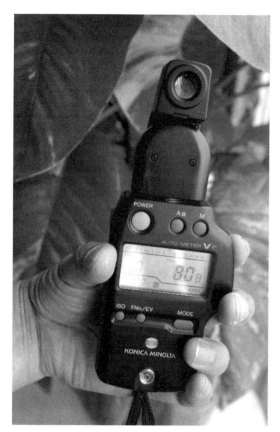

图 4-4　独立测光表加装点测光适配器进行
点测光的状态

点测光方式也要注意曝光模式的选择，一般以手动曝光方式为好，它能够防止因测光点的移位而导致的测光失误。试想我们使用点测光的方式时用自动曝光模式拍摄一个人物，如果测光点正对在他的脸上，那曝光正确，如果对在了衣服上，而他正好穿的又是件黑衣服，那么这个曝光数据就失之毫厘、谬之千里了。

第二节　如何获得正确的曝光

一、认识中灰影调区域

有了测光系统先进的照相机就能够保证正确的曝光吗？不能。测光表只能提供一个把被摄对象还原成中灰影调的曝光组合，至于这个物体该不该是中灰影调，则需要摄影师自己判断。因此要获得正确的曝光，必须认识中灰影调区域。

如前所述，测光表的设计原理是把被摄对象都假定为反射率为 18% 的中灰调，一个影调丰富的被摄对象，其亮部与暗部的平均值一般都接近于中灰调，对着它们进行测光可以得到恰当的曝光；乡间的黄土路也接近于中灰调，黄种人的皮肤也接近于中灰调，这些都可以为我们的测光提供参考。最准确的方法是携带一块标准的灰板，在与被摄对象受光条件相同的条件下作为测光的依据，就能够为我们提供正确的曝光。

在实际拍摄中，应该养成分析景物亮度的习惯，主动去寻找哪些地方是中灰影调区域，然后结合拍摄的效果不断总结，逐步形成较强的判断中灰影调区域的能力。

二、关于区域曝光理论

美国摄影家安塞尔·亚当斯提出的"区域曝光理论"对于我们正确认识影调区域、恰当进行曝光量的调整有十分重要的指导意义。

亚当斯的"区域"概念表述的是被摄体的亮度与胶片上代表它的密度及照片上相应影调之间的一种关系。他把一幅包含所有灰色级谱的照片上的影调分为 11 个区域，分别以 0 到 10 区来表示。0 区代表照片上能够获得的最大黑度，10 区代表纯白，1 区代表第一个能够分辨的黑灰影调，9 区代表最后一个能够分辨的白调区域，他们都不能记录细部的质感。2 区至 8 区能够记录被摄对象的细部。（《灰阶和区域分布图》图 4-5）

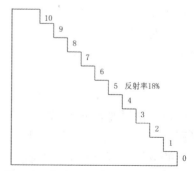

图 4-5　灰阶和区域分布图

要点一:11个区域中的第5区被定义为中灰,即反射率为18%,也就是按照测光表提供的数据进行拍摄而还原的影像影调。

要点二:每个相邻影调之间的级差相当于一级光圈或者一级快门之间的曝光量。例如我们要把某个景物的5区正常还原需要用F8、1/125秒,那么如果要把它的6区还原成中灰调则应该用F11、1/125秒或者F8、1/250秒。

如图所示,(《心不在焉》图4-6)虽然包含了从绝对黑到绝对白的全部影调,但是大部分影调处于中间段,总体上看,图片的平均影调是中灰调,在这种情况下,测光表提供的数据不需要调整。

图4-6 心不在焉 罗伯特·杜瓦诺 摄

三、曝光量的调整

那么一个主要区域不是中灰调的照片,我们怎样进行曝光呢,这就需要我们依据上面的理论和我们的分析进行适当调整。

图片(《雪原晨牧》彩图4-7见188页)几乎包含了全部影调,但是画面的总体影调并不是中灰调,而是更亮。如果我们按照相机提供的测光数据进行曝光,就必然导致曝光不足,画面呈现灰暗的现象,地上的雪不

图4-7 雪原晨牧 冉玉杰 摄

白,天不亮。这时就需要我们对曝光量进行调整。由于测光表提供的数据是将景物影调还原为5区的数据,而我们实际分析景物的影调应该在7区左右,因此,我们应该增加两级曝光,即在测光表提供的数据基础之上把光圈放大两级,或者把快门速度调慢两级,这样就能保证雪地亮度的正确再现。

如果景物的亮度比较暗呢?像图片(《滋味》彩图4-8见188页)这种情况,人物的脸部处于阳光下,背景深暗,如果我们对着整个画面范围测光,并且按照测光表提供的数

图4-8 滋味 冉玉杰 摄

第四章

测光与曝光

·65·

据进行曝光，整体的景物将被还原为中灰调，人物的面部就必然曝光过度。因此，这时应当减少曝光量。按照区域曝光理论，深暗而有细节的影调应该在 2、3 区，测光表提供的是 5 区的数据，因此应该减少 2 到 3 级的曝光，即把光圈缩小 2 到 3 级或者把快门提高 2 到 3 级，就能够获得正确的影调。面对这种情况，如果你的相机具有点测光功能，可以直接对人物面部受光的地方进行测光，也能获得正确的曝光。

关于曝光量的调整，我们可以把梯级图理解为一个可以滑动的轨道，测光表提供的始终是 5 区的数据，然后根据我们对对象影调的分析，从中间向上、下方向滑动，以获得我们希望得到的影调。

区域曝光理论的重要意义在于，正确运用这个理论能使摄影师预先知道图片的影调结果，并且根据它，完全主动地控制影像。

第三节 常用曝光模式的运用

现代电子相机功能多样，就曝光模式而言，一般都具有以下几种方式。这些不同的曝光模式各具特点，根据不同的拍摄目的和拍摄条件，恰当地选用相应的曝光模式，对于实现摄影师的拍摄要求是非常重要的。

一、程序自动曝光（P）模式

程序自动曝光模式即相机按照设定的程序，根据现场光线的亮度，自动地调节光圈的大小和快门的速度。程序自动曝光模式在相机上用字母 P 表示。程序控制的过程比较复杂，各个厂家不同型号的相机也不完全一致，每一款相机在使用不同焦距的镜头和不同感光度的胶片的时候曝光程序线也不一样，它们要受到现场光的亮度、镜头的最大光圈的影响。如（图 4-9）是宾德 645N 相机使用 75 毫米 FA 镜头、100 度胶片时的曝光程序图，从中我们可以看出，当亮度在

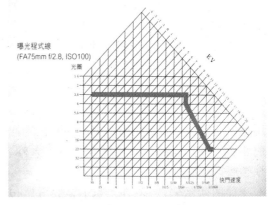

图 4-9 宾德 645N 相机程序曝光图

EV9 以下的时候，相机的程序一直给定使用最大的光圈（F2.8），曝光程序线一直处于水平状态，随着亮度的不断提高，快门速度也相应提高。当景物亮度超过 EV9 以后，光圈随着快门速度的提高逐渐收小，曝光程序线呈斜向运动。由此可以看出，这种设定方式在光线较暗的情况下，首先使用最大光圈，以保证获得相对较高的快门速度，防止出现机震，以保证获得尽量清晰的图像，当光线较亮的时候，光圈逐步变小，快门逐步提高，以使用像质更好的光圈和更快的速度来保证更好的影像品质。

程序自动曝光可以适应大多数情况下的拍摄要求，在拍摄对象环境变化多样、需要快速抓拍等情况下，能够确保大多数图片获得正确的曝光。但是程序曝光的不足在于其光圈、快门完全由相机自动给定，摄影师缺乏主动控制，画面造型语言单调。

现在大部分相机设有程序偏移功能，在使用程序自动挡的时候，通过调整控制盘，可以选择程序向较小的光圈或者较大的光圈方向偏移，以对曝光组合实现一定程度的人为干预。

使用程序自动曝光模式的时候，如果是镜头上装有光圈调节环的镜头，应该把镜头的光圈调整到最小并且锁定。

二、光圈优先曝光（A）模式

光圈优先曝光模式即人为地设定光圈值，相机根据景物的亮度和使用胶片的感光

度自动给定快门速度，以实现正确的曝光。光圈优先自动曝光模式在相机上用字母 A 表示。

光圈优先的主要意义在于控制画面的景深。我们知道，画面的景深由镜头的光圈大小、镜头的焦距和拍摄的距离三个因素影响，当具体拍摄一张照片的时候，镜头的焦距和拍摄的距离都是一定的，能够变化的只有使用的光圈的大小了，因此，光圈的大小对画面的景深实际上起着决定性的作用。在使用自动曝光模式又需要主动控制画面的景深时，光圈优先模式是我们最好的选择。使用光圈优先模式的时候也应该注意观察取景器中显示的快门速度，如果拍摄现场光线极强，你又选择了最大光圈，当快门速度已经超过你相机实际有的最高快门速度时，就会出现曝光过度，这时你应当缩小光圈以获得正确的曝光；当现场光线较弱，或者你使用较小的光圈时，相机会选择较慢的快门速度，如果你是用手持拍摄，就可能使画面出现模糊的情况，影响图片质量，这时就应该开大光圈或者使用三脚架保持相机的稳定。

三、快门优先曝光(S，部分厂家表示为 TV)模式

快门优先曝光模式即人为地设定快门速度，相机根据景物的亮度和使用胶片的感光度自动地给定光圈值，以实现正确的曝光。快门优先曝光模式在相机上用字母 S 表示。

快门优先曝光模式的意义在于控制被摄对象的虚实程度。我们知道，如果我们拍摄的对象有一定动态，根据我们选用的快门速度不同，我们可以把它拍摄成凝固的实像，也可以把它拍摄成不同程度的虚像，其虚实的程度取决于我们快门速度的选择。比如拍摄田径运动，如果我们用较快的快门速度，就能够凝固运动员某个精彩的瞬间，看到我们平常难得一见的力量的爆发，如果我们使用较慢的快门速度，就能够表现运动员

强烈的动势，看到其运动的轨迹。所以快门速度的不同选择会增加相机不同的表现力。使用快门优先曝光模式的时候也应该注意观察取景框内光圈值的变化范围，如果现场光线较暗，而你又选择了较高的快门速度，可能出现相机的最大光圈也不能满足曝光需要的情况，这时你就必须降低快门速度，以保证获得正确的曝光；如果现场光线较强，而你又选择了较慢的快门速度，相机即使用最小的光圈也会出现曝光过度的时候，你就必须提高快门速度，以获得正确的曝光。

使用快门优先曝光模式的时候，如果是镜头上装有光圈调节环的镜头，同样应该把镜头锁定到最小光圈。

四、手动(M)模式

上面三种曝光模式都是按照相机设定的程序给出相应的曝光量，许多时候我们希望完全人为地控制曝光组合，这就需要手动曝光。手动曝光即完全人为控制的曝光模式，由摄影师完全控制光圈和快门的组合，便于摄影师根据现场的光线条件和自己的拍摄经验，按照自己希望的效果进行曝光的安排，有很强的主动性。手动曝光在相机上用字母 M 表示。

手动曝光模式适合于那些光线条件特殊的拍摄环境，例如高反差的环境、大量的白背景或者大量的黑背景等场合。由于这些场合其综合亮度往往与反射率为18%的灰有较大差距，如果运用自动曝光方式则很容易出现曝光失误，因此运用手动曝光方式，能够让摄影师在现场测得的曝光数据的基础上做出一定的调整，以适应相应条件的需要，保证获取正确的曝光。

使用手动曝光模式时，应该随时注意现场光线的变化，养成不断测光的习惯，以保证拍摄的时候不至于手忙脚乱。

第四章

测光与曝光

·67·

本章要点：

1. 测光表的设计基准是什么？

2. 多区域测光、重点测光、点测光分别适用于什么场合？

3. 什么是 TTL 测光？

4. 谈谈区域曝光理论对测光的意义。

5. P 模式适合在什么情况下使用？

6. 什么是光圈优先，它适合在什么情况下使用？

7. 快门先决应当注意的哪些问题？

8. 通常在什么情况下使用手动曝光模式？

第五章　摄影用光

·69·

　　摄影是光的描绘。了解光的基本特点，掌握光线与画面影调之间的相互关系，熟悉各种光照条件的造型能力，学会在不同光照条件下正确地利用光线和调整光线，对于我们拍摄出层次丰富、形象鲜明、表现力强的照片具有十分重要的意义。

第一节　对光的基本认识

一、光的基本特点

　　没有光线就没有摄影。胶片是一种感光材料，当一定强度的光线照射到胶片以后，银盐的堆积记录下不同影调的潜影，为影像的再现打下了基础，CCD 或者 COMS 也只有在光线的作用下才能转换成光电信号，所以光是产生影的基本条件。

　　光线条件的变化决定着影像形态的多样化。同样的物体随着光照条件的变化，会显现出不同的状态：朝霞下的景物沐浴着金色的阳光，呈现出勃勃的生机；正午时分强

烈的日照，能显现出物体丰富的细节；夜幕下的点点星光，幽蓝的光影能够给景物蒙上一层神秘的面纱。所以光不但决定着影的再现，也决定着影的表现。

　　要利用好光线，必须从认识光线开始。

1. 光的强度

　　光的强度指光线能量的相对强弱。直射的阳光强烈而明亮，阴天的光线微弱而昏暗。用测光表测量，强度大的光线会呈现出更大的 EV 值，强度弱的光线其 EV 值就显得更小。

　　光的强度取决于光源的发光亮度和物体与光源的距离，太阳光远比月亮的反光强得多，因此白天摄影可以在极短暂的时间内获得正确的曝光，而夜间摄影则需要更长的曝光时间。在阳光下拍照，高楼顶上到地面的距离相对于太阳到地球的距离可以忽略不计，其光照强度的衰减对于摄影来讲微小到无法计量的程度。

　　对于人工光源而言，由于光线具有呈辐射状发射的特点，因此离光源越远，辐射的面积越大，单位面积接受的光照强度就越

图5-1 劳动的大娘 冉玉杰 摄

艳，弱光下的物体则灰暗、反差小、色彩暗淡。不同强度的光照效果还能左右人们对对象的情绪：强烈而明亮的光线会给人明快、确定的感觉，暗弱的光线则会显示出郁闷或神秘的气氛。（《劳动的大娘》图5-1、《无题》彩图5-2见188页）

2. 光的方向

光线具有明显的方向性。对于摄影来讲，光的方向体现的是相机、被摄对象、光源位置三者之间的相互关系。在实际的摄影活动中，由于三者之间的关系是不断变化的，而且摄影师也可以主动地调整自己的位置，从而带动三者关系的变化，这就使我们不但在摄影室内能够完全主动地控制光线，在自然光条件下也能发挥主观能动性，充分利用好光线，使其为我所用。

考察光的方向性，我们可以从两个方面进行。其一、看光照方向的变化，我们可以简单地假定被摄体和相机处于静止的状态，光源围绕被摄对象在进行圆周运动，这样我们可以看到以下几种典型的光照情况：正面光、45度前侧光、90度侧光、135度侧逆光、正逆光等。其二、看光线高度的变化。我们假定被摄对象与相机的相对位置不变，太阳从东方升起，西方落下（《光的高度图》图5-3），

小。所以，光照的强度与距离的平方成反比。这一点在使用人工光拍摄的情况下，诸如摄影棚内的闪光灯摄影，夜景条件下的灯光摄影等时候应当引起足够的注意，要注意根据光照距离的变化，测算出其强度的衰减。

光照的强度直接影响着照片的视觉效果。强光下的物体往往明亮、反差大、色彩鲜

图5-2 无题 玛纽埃勒·列曼 摄

图5-3 光的高度图

九点钟以前可以看做是顺光，九点左右是高位侧光，十二点前后是顶光，下午四点前后是高位逆光、傍晚六点前后是正逆光。

由于光线的方向和高度是在不断变化的，他们会产生不同的光线组合，为摄影提

供千变万化的条件,充分地认识和理解它们的变化,正确地利用它们的特点,就可以为我们的摄影提供丰富的造型手段。

3. 光的色彩

光的色彩指光的颜色呈现。不同的光源具有不同的颜色。同样的光源,由于其光路当中不同介质的影响,其色温也会发生相应的变化。同样是日光照明,早晨的光线由于入射角度低,空气中有较多的水气导致色温偏低,光的色彩呈现为暖调;正午的光线入射角高,空气干燥,介质少,所以色温偏高,光的色彩呈现为偏冷调。日光灯下的物体色彩会有偏绿的倾向,而白炽灯下的物体色彩会有偏黄的倾向。

对于光的色彩特性我们可以从两个方面去把握。其一、正确地还原色彩。当我们希望拍摄的照片忠实地还原物体正常色彩的时候,我们就应当选用与光源颜色相协调的

图5-4　南海日出　冉玉杰　摄

胶片。通常的胶片有两种,　种是日光型的,即在日光条件下拍摄的照片能够达到色彩平衡,还原被摄体本来的色彩。另一种是灯光型,　即在白炽灯照明条件下实现色彩平衡。如果我们选择的胶片与光源的色温相一致,照片就能够获得正常的色彩再现。如果不一致,也可以通过使用色温矫正滤镜,使其达到正确的色彩平衡。在数码相机中有一个白平衡调节功能,就是通过调整相机的色温来实现与对象色温条件的匹配,从而实现

对图片色彩倾向的控制。其二、充分地利用色彩和夸张色彩。在进行摄影艺术创作的时候,我们常常希望利用色温的变化来渲染画面的气氛,比如朝霞中的云彩我们并不希望还原成洁白的水晶,而是希望表现其明丽灿然的感染力,所以我们可以有意利用日光型胶片去拍摄低色温的景物,以表达我们需要的意境。(《南海日出》图5-4)

图5-5　收获　冉玉杰　摄

对于数码相机而言,正确地还原色彩和有意识地夸张色彩是通过色温的调节来实现的,其基本原理与胶片一致,在操作上更加方便快捷。

二、光的性质与画面的影调

所谓光的性质是指光线的软硬,它受到光源发光面积的影响。光源的面积小则会产生硬的光线;光源的发光面积大则产生软的光线。

硬光由于发光面积小,单位面积光照强,能产生耀眼炫目的感觉。照射到被摄体上会产生明显的阴影,使画面形成鲜明的反

图 5-6　参加社火表演的女孩　冉玉杰　摄

差，产生强烈的立体效果。但是硬光由于反差较大，如果超出胶片能够记录的范围，可能使高光部或者暗部的细节受到损失。(《收获》5-05)软光由于发光面积大，光线没有明显的方向性，因此光照柔和。照射到被摄体上没有明显的阴影，反差较小，层次丰富，细节展示充分。但是由于软光反差小，影调相对平淡，立体感较差，对被摄对象空间关系的展示较弱。(《参加社火表演的女孩》彩图5-6 见189页)

　　就自然光条件而言，晴天太阳的直射光就是典型的硬光。其特点是强烈、明亮、反差

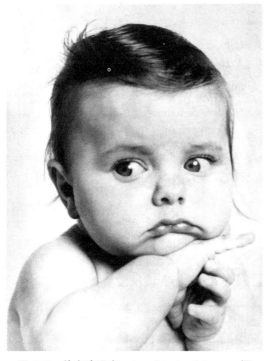

图 5-7　他有我没有　Ann-Marie Gripman　摄

大、立体感强。但是如果拍摄人物，会在眼窝、鼻子下方等处留下较深影调的阴影。而阴天由于云层对太阳的遮挡使阳光发生散射，投射到地面的光线性质属于软光，其强度相对较弱，反差小，层次丰富，如果拍摄人物，能够展示细腻的质感。

　　在摄影室，标准灯罩或者聚光灯发出的光线都是硬光，为了改变光的性质，通常的方法是在灯具前面加柔光箱或反光伞，让它们起到类似云层的作用，使光线变得柔和。相机机顶闪光灯发出的光也是硬光，通常我们靠加装散光罩或者对天棚打反射光来制造更柔和的光线效果。

　　不同强度和性质的光线对画面的影调效果有直接的影响。

　　影调是指构成照片的黑、白、灰组成的相互关系。一般情况下，我们把在画面中占主导地位的影调称为基调，按照图片的基调我们可以把照片分为高调、灰调、低调三种类型；按照影调的反差，我们可以把照片分为软调、中间调、硬调三种类型。这些影调类型首先取决于光照条件的影响，其次也可以根据作者的需要通过技术控制进行适当地调整而获得。下面我们就各种影调进行具体分析。

　　1. 高调。是以中灰到白的影调构成照片的基调，整个照片以浅淡的影调为主，画面影调明快，给人纯洁、高雅、清秀的感觉。值得注意的是，高调照片中虽然深色影调占的面积极小，但是其作用非常重要，少量的深色影调能够有效地提高画面的反差，从而反衬其亮部的明快。从光照条件来看，高调照片需要正面的散射光照明，光源的面积要大，即大面积的软光照明，同时主体和背景都应当以浅色调为主。比如在摄影室内拍摄高调照片通常使用大型的柔光箱配合明亮的背景来取得高调的效果。(《他有我没有》图 5-7)

　　2. 灰调。是以灰调为基调的照片，画面影调层次丰富，包含从黑到白的所有影调。

图 5-8　老街人情浓　冉玉杰　摄

是摄影中最常见的影调结构。灰调能反映被摄对象丰富的细节，能够充分表现质感，立体感强，给人自然、和谐的视觉感受。灰调照片可以在多种光线条件下获得，通常其光比不是太大，被摄对象的平均反射率通常以中灰为主。在大多数自然光条件下都能够获得灰调的照片，在摄影室常常用标准灯罩配合中灰背景来获得灰调的效果。（《老街人情浓》图 5-8）

3. 低调。是以中灰、深灰及黑色影调为基调的照片，画面总体给人深沉、厚重、凝练的感觉。低调照片往往是深色的背景中反映深色的景物，明亮的影调在画面中所占的比例极小，但是却非常重要，具有画龙点睛的作用，它能够提高画面的反差，反衬暗部的静谧与庄严。拍摄低调照片往往惜光如金，常常采用小面积的逆光或者侧光，依靠硬性的光线在深色的背景中勾勒出对象的轮廓，达到以少胜多、欲露还藏的艺术效果。（《美髯公》图 5-9）

图 5-9　美髯公　冉玉杰　摄

4. 软调。软调照片的明暗反差较小，中间层次过度细腻，对细节有深入具体的呈现，给人含蓄、柔和的感觉。软调照片的光源条件通常是散射光，光线没有明显的方向性，在景物上面不会投下明显的阴影。厚云的阴天、雾景、晨昏时刻及室内光线不能直

·73·

图 5-10　雨后轻妆　冉玉杰　摄

射的地方拍摄的照片往往都有软调的效果。（《雨后轻妆》图 5-10）

图 5-11　纽约·灰狗汽车站　埃斯特·巴布雷 摄

5. 中间调。中间调照片反差适中，画面具有从暗到亮的丰富的影调，以中灰调占主导地位，层次丰富，细节充分，画面和谐自然。中间调照片的光源条件通常是阳光普照或者多云的晴天，光线明亮、方向性显著、同时反射充分，在景物上能够形成明显的明暗对比，层次过渡细腻，立体感强。中间调照片对于再现对象的特征和细节非常有利，在大多数光照条件下都能够获得。（《纽约·灰狗汽车站》图 5-11）

6. 硬调。硬调照片画面明暗对比大，反差强烈，大部分影调被压缩在亮、暗两端，视觉效果独特，画面简洁单纯。由于缺少中间层次，硬调照片的立体感较弱，装饰性较强，极端的时候有类似色调分离的效果。拍摄硬调照片往往依赖强烈的阳光，强烈的反差有利于夸大画面的明暗对比。如果以强光为背

景并且按照亮部曝光能够得到硬调照片的极端效果——剪影。剪影以影调的高度压缩使画面显得极为单纯，强烈的对比特别适合表现对象的轮廓和姿态，具有独特的艺术魅力。（《马里恩.戴维斯》图 5-12）

三、影调的控制

画面的影调取决于光照的条件和被摄对象本身具有的特点，同时摄影师也可以在以上前提下利用各种技巧进行适当的调整和控制。

1. 调整拍摄位置。在实际拍摄中，光照条件是根据被摄对象、光源位置、摄影师的位置三者的相互关系而变化的，特别是在自然光条件下拍摄较大的被摄对象，我们几乎很难改变对象的光照条件，但是通过摄影师位置的变化，能够轻易地改变光线的照射角度，而实现画面影调的变化。例如早上八点钟的时候我们在顺光位置拍摄一个建筑，拍摄出的影调效果是一个平淡的中间调，如果摄影师把自己的位置调整到逆光的位置，拍

图 5-12　马里恩·戴维斯　马丁·莫卡西 摄

图 5-13　上学路上　冉玉杰 摄

摄出来的照片就是一个剪影,是典型的硬调照片。

拍摄位置的变化一般有两种:前、后、左、右方向的变化,不同高度的变化。(《上学路上》图5-13)

2. 调整照明条件。在条件许可的情况下,我们也可以通过调整照明条件来改善画面的影调效果。在强光下拍摄的照片往往呈现出硬调的特点,为了改善影调效果,我们可以利用闪光灯或者反光板进行适当补光,以减小光比,增加画面的层次。在一个逆光下拍摄人物照片,我们通过补光,可以把原先拍摄出的剪影或者低调效果改变为一个

图5-14 节日 冉玉杰 摄

明亮的中间调效果。在强烈的直射光下拍摄,被摄对象被硬光照明,影调层次过渡生硬,这时用散光板进行遮挡,使光照变得柔和,能够有效地改善影调的过渡。(《节日》彩图5-14见189页)

3. 使用滤镜。滤镜能够有选择地让部分光线通过,而阻挡另外一部分光线,因此对改善画面的影调是十分有效的。在进行黑白摄影的时候,在晴天的条件下,加用黄滤镜和红滤镜能够阻止部分蓝光的通过,从而提高画面的反差,使蓝天更暗,白云更白。在拍摄大场面风景照片的时候,如果把天、地都拍摄进画面,常常会因为其亮度的差别而使照片显得反差过大,这时加用渐灰镜能够阻挡部分天光的通过,从而达到控制影调的目的。

4. 利用感光材料的特性。不同的感光材料具有不同的特性,其感光度、反差、颗粒性、宽容度都能够对画面的影调产生积极的影响,充分利用好感光材料的特点,能够有效地帮助我们控制画面的影调。利用低感光度胶片反差大的特点,我们可以在正常照明条件下拍摄到硬调的照片;反之,利用高感光度胶片反差小的特点,我们可以获得软调的照片。不同纸号的相纸具有不同的反差,掌握好了他们的特性,即使是同一张底片,也能制作出不同影调特性的照片。

第二节　　自然光摄影

一、学会观察光的变化

所谓自然光即是以太阳为主要照明光源,它包括阳光的直射、反射、散射等各种情况,也包括极光、星光等自然光源。这些光线因为季节、气候、时间等多种因素而不断发

图5-15 风雪赶路人 冉玉杰 摄

·75·

生变化，为我们提供了丰富多彩的光照条件，正确地认识它，主动地利用它，能给我们的摄影作品带来奇妙的艺术效果，增强其表现力。

在学习观察光线的变化时，我们可以故意想象我们的眼睛看到的是黑白照片的效果，这样能够排除色彩的影响，看到光的细微变化产生的不同情调，那便是我们摄影当中的"真实的光"：硬光具有强制、粗放的性情；软光具有柔和、细腻的情绪；多云的时候，光线生动跳跃；阴天的光线则显得含蓄甚至冷漠。用这样的眼睛去看待光线的变化，就能够让我们触摸到光的灵魂。

1. 季节对光线的影响

季节因为地球绕着太阳公转而产生，由于地球的自转轴与公转的平面有一定的倾角，因而造成不同时候太阳光直射到地球上的位置发生变化，形成季节。

图 5-16　东拉山之春　冉玉杰　摄

冬季太阳偏南，阳光以最大的倾角照射地面，景物会投下斜长的影子。由于光照强度相对较弱，景物的反差相对较小。南方的冬季空气湿润，常见阴天或者雨雪天气，提供给我们的往往是散射光的照明。北方的冬季，气候干燥，天空明净，即使在正午也能够得到侧光，裸露的树干和长长的影子对于摄影来说，具有极好的造型效果。（《风雪赶路人》图 5-15）

春天太阳逐渐北移，气温回升，万物复苏，阳光明媚，光线明快但不粗暴，春风和煦，暖意融融，人与景都有神清气爽的感觉。

光照之下，影调变化微妙，色彩斑斓，具有丰富的表现力。春天由于空气潮湿，常有春雨无声而下，远景雾气朦胧，能让我们拍摄到油润、厚重、色彩饱和的照片。（《东拉山之春》图 5-16）

夏季阳光直射，光照强烈，除去早晚时间，大多数时候阳光处于顶光照明状态，对于摄影有较大局限，特别是拍摄人物，因为反差强烈往往会留下浓重的阴影，影响视觉效果。由于光照强、气温高，地面的水分蒸发快，早晨出现的云雾往往很快被蒸发掉，空气给人干涩的感觉。傍晚时分空气中常常弥漫着尘土等介质，在夕阳下会呈现丰富的色彩变幻。夏季空气对流强烈，气候多变，因此在夏季拍照，要注意观察，抓住那些稍纵即逝的机会。（《晚归》彩图 5-17 见 189 页）

图 5-17　晚归　冉玉杰　摄

秋季天高云淡，风清气爽，阳光开始南移，斜阳草树，遍地金黄，为摄影提供了良好的光照条件。秋季光线强度适中，景物的明暗反差恰当，立体感强，恰当的角度选择和镜头的运用能够表现良好的空间感。秋季日照时间渐短,早晚时候的斜射阳光具有强烈的表现力,配合秋季丰富的色彩,能够有多变的视觉呈现。(《金色的秋天》彩图5-18见189页)

图5-18 金色的秋天 冉玉杰 摄

2. 气候对光线的影响

阴、晴、雨、雪、风、霜、云、雾,气候的变换会带来光照条件的变化,为摄影提供多样的机会。了解各种气候条件的特性,抓住这些时机,可以使我们的照片具有丰富的变化。

图5-19 收获时节 冉玉杰 摄

晴天阳光直射,光线相对生硬,照射到被摄体上,明暗分明。对象形象鲜明,立体感强。但是过强的光线可能造成强烈的光比,超出胶片的记录范围,这时候要注意根据拍摄的需要,确保主要表现的部分获得正确的曝光。在晴天的早晚,可以充分利用强硬的斜射光,拍摄影调对比强烈、重点表现块面

和线条的装饰性图片。多云的天气,由于云层的反射,光照明快但不生硬,利于表现被摄体的更多细节。拍摄人物能够获得层次与立体感兼得的效果,如果此时较大场面的风景,可以借助云块的飘动,利用其透过的光线和投下的阴影,抓取那些富有戏剧性的光照效果。(《收获时节》彩图5-19见189页)

许多摄影师不喜欢阴天,觉得阴天照度较低,光线没有明显的方向性,拍摄出来的照片不够醒目,这确实是阴天光线的不足。但是正因为如此,它也同时具有其优势:由于光照的方向性不强,在我们拍摄照片的时候,可以完全根据画面构成的需要选择拍摄角度,散射光的照明使我们在任何角度拍摄都能够获得丰富的细节层次,这一点,在拍摄那些不能或不便干涉的对象时尤其显得方便。阴天景物的反差较低,即使是在屋檐下或者在树荫里的景物,与明亮地方之间的反差也都能够被胶片所记录。阴天的远景因为雾气的影响会失去许多细节,但是如果我们能够恰当地利用它,也能够表现出景物的空间效果。(《草地上的孩子》彩图5-20见190页)

图5-20 草地上的孩子 冉玉杰 摄

雨天一般照度也较低,但是雨天由于雨水的反光,往往使景物形成较大的反差,能够增加画面的层次。需要注意的是,景物高光部分过强的反光可能失去部分细节,这时使用偏振镜是一个有效的办法。雨水还能够使景物显得更加润泽,能显示出更强的生

机。雨水本身也可以成为我们拍摄的对象，要使雨水的形象鲜明，可以利用暗调的背景来表现水滴的晶莹，不同快门速度的选择，还能够表现出雨滴程度不同的动感。（《细雨润绿》彩图5-21见190页）

图5-21 细雨润绿 冉玉杰 摄

下雪的时候可能天气昏暗，雪后放晴则会一片银色，雪天的光照变化极大。雪天拍摄要注意正确的测光，顺光拍摄的雪景往往缺乏层次，侧光和逆光的运用不但能增加雪地的影调，其受光部与背光部的不同色彩表现也是雪景中的一绝。高速快门能够凝固雪花，给人以冰晶的感觉，低速快门则能够表现出雪花飘落的状态。

风看不见，但摇曳的树枝和飘荡的烟雾会告知风的到来；霜落无声，窗上的冰花和田里的结晶会透出刺骨的寒意；云彩飘动，

图5-22 高原彩虹 吴怀谷 摄

如天马行空，上有色彩变幻，下有魅影憧憧；雾气蒸腾，似梦里看花，远亦虚亦幻，近若真非真。这些气候的变化丰富了我们的拍摄条件，给我们提供了极大的表现空间。（《高原彩虹》彩图5-22见190页）

3. 时间对光线的影响

每一天中的不同时间，由于太阳所处的位置不同，会带来光线的不同特点。

晨光熹微，太阳还在地平线以下，天边泛出鱼肚白，由于大气的折射，天空会呈现丰富的色彩变化。如果有薄云，还可能看见彩霞。所以风光摄影家们往往天不亮就出门，去捕捉那些美妙的光影。这时由于地面还没有光照，景物的光比较大，拍摄时为了表现出地面的层次，摄影师们经常会去寻找那些有较强反光的前景：水塘、河流等，使画面的暗部不至于死板。加用渐灰镜也能够有效调节画面的反差，如果使用有色的渐变镜，还能够渲染画面的气氛。（《雅拉雪山的日出》彩图5-23见190页）

图5-23 雅拉雪山的日出 冉玉杰 摄

当太阳露出地平线，低角度的光线照射到地面会给景物投下斜长的影子，具有很强的造型作用，通过摄影师不同角度的位置调整，能够拍摄到顺光、侧光、逆光等多种光位的照片。太阳刚刚投射到地面时，地气升腾，晓雾弥漫，景物若隐若现，注意利用雾气的变化，能够帮助我们使景物该露的露、该遮的遮，拍摄到虚实得当、变化丰富的图片。不过早上的地气停留的时间一般比较短暂，往往转瞬即逝，要注意把握。

随着太阳的不断升高，光线逐渐变成顶光，照射到地面会显得平淡。中午的阳光强烈，温度升高，水汽蒸发厉害，给人干涩、粗暴的感觉。如果在顶光下面拍摄人物，往往会在眼窝、鼻子、嘴唇、下颌等处留下浓重的

阴影,造型效果不佳。

太阳渐渐偏西,阳光倾斜,光照的特点又有类似早上的效果:角度变低,强度变弱,照度柔和,立体感强。与早上不同的是,经过一天的阳光照射,地面的水汽蒸发较多,空气变得干燥,一些微粒悬浮其中,远景的清晰度有所下降。当阳光透过,也会呈现丰富的色彩变化,是摄影师们非常喜欢的时刻。(《牧》图5-24)

图5-24 牧 冉玉杰 摄

太阳落下地平线对于风光摄影师来说还不是收工回家的时候,地平线下的太阳如果有山或者云的遮挡,有可能在天幕上投下美丽的地光,那奇妙的景观和美丽的色彩具有撼人心魄的魅力,可遇而不可求,需要我们随时做好准备,切莫错失良机。即使天色渐晚,美丽的星空也可以作为我们的拍摄对象,每天不同的时间实际上给我们提供了不同的机遇。(《黄河落霞》彩图5-25见190页)

图5-25 黄河落霞 冉玉杰 摄

摄影师们对户外摄影有"早九晚五"的经验,即是说在早上九点以前,下午五点以后自然光具有最佳的造型效果,是摄影师们最喜欢的拍摄时段。

在实际拍摄中,季节、气候、时间等因素对光线发挥着综合的影响,所以我们在充分认识其特点的基础上,还要根据当时的实际情况仔细观察,发挥主观能动性,利用好光线,并且运用恰当技术手段作适当的调整,以获得理想的照明效果。

二、不同光线条件的造型特点

下面我们根据景物、照相机、光源的不同位置关系,来分析一下几种典型的光照效果和造型特点。

1. 顺光的效果

我们可以用几个典型的位置关系来理解不同方向的光线在摄影造型上的意义。

顺光时相机、被摄对象和光源处在同一直线上,光线从相机的后面照耀到被摄对象上面,故顺光又称正面光。顺光照明条件下,被摄对象朝着镜头的一面一直处于阳光的照射下,阴影投射到被摄对象身后,从镜头的方向几乎看不到,因此顺光具有光照均匀、细节呈现丰富、影调明快的特点。对于希望清晰地再现细节和色彩,或者要表现小孩、女性人物光滑的皮肤等拍摄对象是比较有利的。

顺光由于没有阴影,因此影像的立体感较差,影调层次缺少变化,画面缺乏深度,不利于表现空间感,画面容易给人平板的感觉。在顺光下拍摄人物,由于光线直射人物的面部,眼睛正对着光源,容易出现眯眼。

2. 侧光的效果

当光源处于被摄对象的侧面,与相机的位置形成一定角度的光照效果,我们称之为侧光。典型的侧光位置有45度和90度。

45度侧光的照明效果有明显高光区域和暗部区域,影调有丰富的明暗过渡,层次细腻,立体感强,画面生动。被摄对象的背侧面会投下明显的阴影,利于表现空间深度。45度侧光兼有正面光的描述能力,同时具有较强的表现力,是拍摄风景、建筑等大场景的理想光源。

45度侧光如果光源有一定高度,则照明具有"伦勃朗"式的效果,是拍摄人物的理想

图 5-26　塞谬尔·贝克特像　路特费·乌兹库克　摄

光源。(《塞谬尔·贝克特像》图 5-26)

90 度侧光与 45 度侧光比较具有更强的反差，画面的影调被压缩到亮部和暗部两段，中间层次较少，过渡生硬。90 度侧光具有较强的装饰性，在这种光线条件下拍摄，要充分利用景物的投影，以增加画面的戏剧效果。(《彝家姑娘》彩图 5-27 见 191 页)

图 5-27　彝家姑娘

3. 逆光的效果

当光源处于被摄对象后面，被摄对象处于光源和相机之间的时候，我们称之为逆光。典型的逆光光位有侧逆光和正逆光。

逆光照明的时候，被摄体的背光面正对镜头，其受光面在镜头中只能看到景物的边缘，因此景物的反差较大，正面的细节处于阴影之中。逆光条件下拍摄物首要问题是获得准确的曝光，这需要根据拍摄的实际需要进行具体分析，如果我们希望获得一张剪影照片，那么我们可以以景物的亮部作为测光的依据，如果我们要表现被摄物对象的暗部细节，则必须对你准备表现的部分进行测光。

逆光条件下有利于表现景物的外部轮廓，在逆光条件拍照还要注意对背景的选择，一个深色的背景能够使景物边缘的线条显得更加醒目，而浅色的背景则会把这些线条给淹没掉。

侧逆光即光源的位置与相机的光轴有一定角度，景物的受光情况有明暗的过渡，层次较多，立体感强。而正逆光的时候由于光源、被摄对象和相机的位置处于一条直线，这是拍摄剪影、表现景物姿态的最佳光线。(《通向天堂之路》图 5-28)

图 5-28　通向天堂之路　尤今史密斯　摄

4. 散射光的效果

散射光照明即光源面积大，没有明确的方向性，在自然光条件下多云天和阴天是典型的散射光。散射光照明能够充分表现景物的细节，画面影调层次丰富，在拍摄时对于

摄影师的位置没有特殊的限制，是拍摄人物、微距等照片的理想光源。（《老黑奴》图5-29）

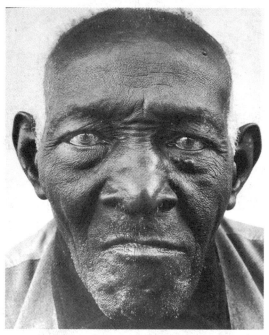

图 5-29　老黑奴　理查德·阿威顿　摄

但是由于散射光照明的景物明暗对比较弱，画面反差较低，如果在这种光照条件下拍摄大场面的景物，会使人产生画面沉闷、缺乏生气的感觉。

5. 反射光的效果

反射光即光线不直接照射到被摄对象，而是通过一定物体的反射以后作为照明的光源。反射光一般情况下光的强度较弱，照射到被摄对象上的光线也没有直射光那么强的明暗对比，过渡柔和，层次丰富，是具有相当造型能力的光线。

利用反射光拍摄，首先要注意的是在反射光相对低的照度下如何保证相机的稳定，一般应当使用三脚架或者使用大光圈镜头并且配合以较高感光度的胶片。

利用反射光拍摄还要注意反射体对光线强度和色彩的影响，一般来说，反射体越光滑，其反射率越高，同时反射体与被摄对象之间的距离也影响着光线的强度，这在实际拍摄的时候，要注意观察不同对象与反射

体的距离，并且按照需要进行准确地测光。特别应当注意的是，反射物对光线颜色的影响，充分利用那些有利于表现对象特点和作者意图的颜色，而避免过渡失真和夸张的颜色。（《读》图5-30）

图 5-30　读　冉玉杰　摄

三、利用光线和调整光线

在自然光条件下摄影最重要的是利用好光线，同时要注意利用现场的条件，进行适当地调整，充分发挥自然光的表现力。

1. 利用光线的基本方法

顺光照片。《康巴汉子》（彩图5-31见

图 5-31　康巴汉子　冉玉杰　摄

191页）是一张顺光条件下拍摄的照片，光源的方向、摄影师的位置和被摄对象基本处于一条直线上，人物面部受光充分，细节特点表现明确，背景的受光情况与人物一致，画面的影调统一。由于太阳所处的位置较低，直射人物的眼睛，因此被摄对象感到有些刺眼。

前侧光照片。《崛起》（彩图 5-32 见 191页）拍摄于紫坪铺水利建设工地，当时初升的阳光从画面的右边斜射过来，形成前侧光的效果，桥墩的受光面因为阳光的照耀发出暖调的光芒，背景由于还处于阴影之中，亮度较低，色彩偏冷，形成强烈的对比。

图 5-32　崛起　冉玉杰　摄

侧光照片。《美景绘不够》（图 5-33）是一张典型的侧光照明的效果。光线从画面的左边照射过来，人物和景物有显著的受光面和背光面，影像反差对比强烈，立体感强。人和物体在地上投下长长的影子，丰富了画面的细节，同时强化了画面的空间深度。

图 5-33　美景绘不够　冉玉杰　摄

逆光照片。《暮归》（彩图 5-34 见 191页）是一张典型的逆光照片，光线从左后面射来，人物和马匹居于高高的田埂上，前景

和背景都处在阴影中，逆光的照明使主体在较暗的背景前异常醒目。

图 5-34　暮归　冉玉杰　摄

散射光照明。《清澈的眼神》（彩图 5-35见 191页）拍摄于阴天，散射光照明没有显著的阴影，让摄影师对拍摄角度有自主的选择，利于抓取最重要的细节。

图 5-35　清澈的眼神　冉玉杰　摄

2. 调整光线的基本方法

加反光板。《金色年华》（图 5-36）这张作品是在下午太阳处于高位逆光的时候拍摄的，夏季的阳光强烈、光比较大，为了表现出人物面部的更多细节，在画面的右边加用了反光板，不但改善了画面的反差，而且突出了人物的表情。

加散光板。微距摄影通常要避免过大的反差，因此在阳光直射下拍摄微距照片，经常要在被摄体上面加散光板，改变日照的直射，获得柔和的软光。《驿动的心》（彩图 5-37见 191页）就是这样获得的。

加闪光灯补光。闪光灯不只是在光照不足的情况下使用，过强的光线会造成强烈的明暗对比，导致部分细节的损失。如果能够

图 5-36　金色年华　冉玉杰　摄

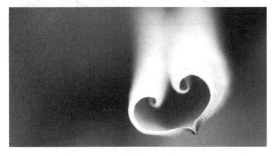

图 5-37　驿动的心　冉玉杰　摄

用闪光灯进行适当的补光,就能降低画面的反差,增加暗部的细节。《拉保保》(彩图 5-38 见 191 页)就是在逆光条件下,为了减小画面的反差,使用闪光灯进行补光,从而增加了暗部的细节。

图 5-38　拉保保　冉玉杰　摄

　　加暗背景。在拍摄花卉的时候,如果白的花衬托到白的背景前面,必然导致主体与

图 5-39　欲飞　冉玉杰　摄

背景混淆,形象不鲜明。这时用一块深色的布料放在景深以外的地方,就可以达到衬托主体的目的。如果通过摄影师位置的改变能够找到深暗的背景,也能达到相同的效果。(《欲飞》图 5-39)

　　加亮背景。相应的,一个深色影调的景物如果要使其轮廓分明,通常需要一个浅色的背景。具体方法与加暗背景相同,重点是注意背景应当放在景深之外。(《邱吉尔》图 5-40)

图 5-40　邱吉尔　尤素福·卡什　摄

第三节　　现场光摄影

一、现场光及其特点

所谓现场光即指拍摄现场固有的光线，不是户外的阳光，也称为现有光。它包括透过窗户进入室内的光线，室内的灯光，舞台上为演出需要而布置的光线，夜晚街道上路灯的照明以及橱窗里辉映出的光芒，还包括酒吧里的烛光，郊外夜色中的月光等。现有光摄影即只利用现场已经有的光线进行拍摄，而不额外加用闪光灯等其他人工光源。

现场光摄影有以下特点：

1. 真实。现场光摄影能够真实记录拍摄对象的面貌，包括其光照的实际情况也恰好是画面真实性的最好注脚。这一点对摄影来讲是十分重要的，它从一个侧面反映了摄影的本质特征。现场光照明减少了对对象的干扰，使照片传递的信息更为真实可信。（《老夫妻》图5-41）

图5-41　老夫妻　彼德·寇宁斯 摄

2. 方便。现场光摄影带给摄影师最大的好处是方便，使用现场光拍摄，从而省略了携带灯具、脚架、电源箱、反光伞等诸多麻烦。许多时候，摄影师为了拍摄到事件的真实面貌，也必须尽量避免引起别人的注意，因此会尽量使用现场光。19世纪早期德国摄影家埃里奇·萨洛蒙，借助于现场光拍摄禁止拍照的法庭和会场以及上流社会的生活，使他赢得了"看不见的摄影师"的美誉，现在许多新闻记者进行暗访，揭露不良事件的真相也常用现场光。

3. 自然。用现场光拍摄人物还能够获得最自然的照片，被摄对象处在自己最熟悉的环境当中能够获得足够的自信，其喜、怒、哀、乐都出之自然，而一旦布置灯光和改变环境，对于普通的被摄者，往往可以引起情绪紧张，手足无措。

4. 现场气氛强烈。现场光还能较好地记录现场气氛，明朗的光亮建筑能够反映出轻松愉悦的情调，深沉的教堂光线反映的是庄严肃穆的气氛，摇曳的烛光能够传达浪漫温柔的意境。

正是因为现场光具有这样一些特点，使它很受摄影师的重视，许多摄影师都把现场光摄影作为一种十分重要的摄影方法学习、掌握和使用。（《欢乐时刻》图5-42）

图5-42　欢乐时刻　冉玉杰 摄

二、现场光摄影要点

在现场光条件下摄影不进行额外的照明，而现场光往往具有光的强度较弱、照度低的特点，会给摄影带来一定的局限，所以现场光摄影对摄影师提出了一些特殊的要求。

1. 器材上的要求

大口径镜头：大口径镜头能够增加通光量，有利于提高快门速度，在现场光条件下拍摄十分有效。就镜头而言，一般标准镜头的光圈较大，通常的标头光圈能够达到F1.8或者F1.4，部分高级镜头能够达到F1，这样就大大提升了光线通过的能力。

高感光度胶片：高感光度胶片对光线的敏感程度更强，在低照度条件下拍摄能够在较短的时间内获得正确的曝光，使摄影师选择快门的余地有较大的增加，是现场光条件下摄影的重要材料。

短焦距镜头：有这样一个经验，"要想手

持相机拍摄而照片不出现虚动,使用的快门速度不应该低于镜头焦距的倒数"。即50mm的镜头应该使用快于1/50秒的快门速度,100mm的镜头应该使用快于1/100秒的快门速度。因此35mm的镜头使用1/35秒的快门速度就能够拍摄到清晰的影像,16mm的镜头大致用1/15秒即可以了。所以在现场光条件下拍照,使用短焦距镜头是增加我们成功率的一个有效手段。同时现场光拍摄环境往往相对狭窄,短焦距镜头的视角宽,因此使用率也比较高。(《化妆》彩图5-43见192页)

图5-43 化妆 冉玉杰 摄

数码相机:技术已经相当成熟,被广泛使用。在现场光条件下摄影,数码相机也是非常有力的工具,它能够随时调节感光度以适应不同光线条件的要求,同时也可以根据现场的色温情况调节白平衡,从而保证我们获得正确的曝光和完美的色彩再现。(《舞台神韵》彩图5-44见192页)

三脚架或单脚架:经常在现场光条件下拍摄的摄影师应当随时准备一台坚固的三

图5-44 舞台神韵 冉玉杰 摄

脚架和一支单脚架,在需要长时间曝光时,三脚架是不可替代的工具,特别是拍摄建筑等一些较大场景的时候,往往需要追求最大的景深和清晰度,这时候使用小光圈,快门速度很低,照相机必须有稳定的支撑。有时候受到现场场地狭小的限制,三脚架没有施展的余地,单脚架就会派上用场,用它能够支撑相机的重量,在降低一至两级快门速度的时候也一样能够获得清晰的影像。在拍摄体育、舞台演出的时候,单脚架十分方便。

其他器材和功能:快门线是一个简单而有效的工具,用它可以避免手与机身的直接接触,从而减轻机振,保证影像的清晰。经常在现场光条件下拍照的摄影师,在选择相机的时候最好选择有反光板预升功能的机种,在快门启动时相机的震动,最主要的能量来自反光板抬升时的冲击,如果使用有反光板预升功能的相机,提前抬起反光板,就能够把拍摄时的机振降到最低的限度。选配具有减震功能的镜头,也能够保证在快门速度更低的情况下手持拍摄的成功率。

2. 方法上的要求

正确的持机姿态:在现场光条件下拍摄,采用正确的持机姿态是十分重要的,它能够减少不必要的震动,提高相机的稳定性,以获得更加清晰的影像。一般情况下,站姿拍摄的时候应该让双脚自然分开,与肩宽一致,两手贴近身体,左手支撑相机的重量,右手控制快门。蹲姿的时候通常一腿曲蹲,一腿屈膝跪地,把相机的重量经过左肘支撑到左腿上,右手控制快门。

利用现场的物体保持相机的稳定:有条件的情况下要使用三脚架,没有条件的时候也要尽力想办法保持相机的稳定,要学会利用现场物体,如果条件许可,坐下来拍摄的照片要比站立拍摄的更保险,如果有墙面或者门槛可以依靠也能够增加画面的清晰度。(《双胞胎的凝视》彩图 5-45 见 193 页)

图 5-45　双胞胎的凝视　拉斐尔·盖拉德　摄

轻按快门:要养成轻按快门的习惯,当一切准备就绪,在按快门的瞬间应当屏住呼吸,缓慢柔顺地按下快门。

3. 技术上的要求

对亮部曝光:现场光条件下一般光线较暗,而且光比较大。因此在现场光条件下拍摄一定要注意正确的测光,如果使用平均测光可能导致画面整体曝光正确而主体对象曝光过度,因此要注意分析被摄对象,根据要表现的主体最重要的部分确定曝光。一般现场光下的景物,其亮部特别突出,也通常是我们要表现的主体,所以往往以景物的亮部作为测光的依据,而舍弃暗部的细节。

对暗部显影:与上面对亮部曝光相适应的是,在显影的时候以暗部为依据,即增加显影时间,使暗部的细节有一定的呈现。仅对亮部曝光,如果又正常显影,则会出现曝光不足显影正常的底片,其结果是底片偏薄,影响照片的质量。对暗部显影能够弥补曝光不足带来的底片偏薄的缺陷,获得正常的底片。但是这样的处理方式会提高画面的反差,带来一定程度上的图像品质的损失,所以它只是处理现场光线较弱时的补救办法。

在使用卷筒胶片时,"对亮部曝光,对暗部显影"的方式必须整卷一致,以免造成不必要的失误。

本章要点:

1. 怎样认识光的基本特性?

2. 就几种典型的光位谈谈它们的造型特征。

3. 自然光的色彩变化和时间有什么关系?

4. 光的性质通常是指什么?它和发光面积有什么关系?

5. 什么叫基调?通常有哪几种基调,各有何特点?

6. 按照画面的反差可以把图片分成几种类型,各有何特点?

7. 影调控制有哪些基本方法?

8. 影响自然光照明效果的主要因素有哪些?

9. 顺光照明、侧光照明、逆光照明、散射光照明的图片分别有什么特点?

10. 什么叫现场光?它有什么优势和不足?

11. 现场光摄影在器材的使用上应当注意哪些问题?

12. 现场光拍摄的方法和常用技术要求是什么?

第六章 摄影的技术语言与相机的使用

·87·

摄影作为一种特殊的视觉传达形式，有其独特的话语方式，我们把它叫做摄影语言。摄影语言包括三个方面：其一、本体语言；其二、技术语言；其三、艺术语言。

摄影的本体语言，是摄影作为一种独立的视觉传达方式而存在的基础。认识摄影的本体语言，能够从根本上把握摄影和其他视觉传达方式之间的差别。

摄影的技术语言，是指摄影过程中依赖的器材所具有的光学、机械、化学、电子学等特性对图片产生的影响。掌握摄影的技术语言，能够使我们熟练地运用技术手段来传递我们的思想。

摄影的艺术语言，是指人们在长期的实践过程中总结出来的结构画面、强化主题、渲染气氛等表现方法。恰当地运用摄影的艺术语言，能够增加图片的表现力。

摄影的本体语言包括两个方面：摄影的记录性特点和瞬间性特点。这个问题我们在第一章第二节已经进行了充分讨论，这是我们认识摄影的基础。关于摄影的艺术语言，我们在下面一章讨论，本章重点讨论摄影的技术语言。

第一节 常用的摄影技术语言

在图片形成的整个过程中有许多因素会对图片最后的效果造成直接影响，这些因素一方面反映的是影像形成当中的技术环节，另外一方面也是我们可以充分利用图像表达的话语方式。如果我们能够充分了解它们，在拍摄照片的时候利用好这些技术特点，它们就能成为我们的技术语言。这些技术特性在相关章节进行了讨论，本章重点讨论它们作为摄影语言对画面效果能够产生的影响。

一、不同焦距镜头的表现力

前面我们已经知道，按照焦距来划分，镜头大致可以分为以下几类：广角镜头、标准镜头、长焦镜头、微距镜头等。从摄影造型语言的角度出发，我们应该看到它们在以下几个方面的表现力。

图 6-1　竹海轻舟　冉玉杰 摄

1. 视野的变化。镜头焦距的变化会直接带来画面视野的变化，我们可以把镜头带来的视野变化分为以下几种情况。

标准镜头带来的常规视野：标准镜头的视野接近人眼观看时的清晰范围，取景范围适中，没有显著的变形，符合我们通常的视觉习惯，画面自然。如果我们希望读者不要太关注摄影师的存在，而把注意力尽量集中到被摄对象上去，标准镜头带来的常规视野是一个很好的选择。（《竹海轻舟》彩图 6-1 见 193 页）

图 6-2　奋力　冉玉杰 摄

广角镜头带来的宽阔视野：广角镜头以宽阔的取景范围为其最显著的特点，如果你希望把广袤的草原和无际的大海尽收眼底，广角镜头是个不二的选择。在使用广角镜头的时候，由于镜头取景范围宽，景物在画面中占的位置相对较小，应当特别注意对主要被摄对象的位置进行恰当安排，从而避免被大场面所淹没。（《奋力》图 6-2）

图 6-3　春笋　冉玉杰 摄

长焦镜头带来的局部视野：长焦距镜头取景范围相对较小，远景能够被有效地放大，形成对局部细节的深入描绘。它能够帮助我们排斥那些不太重要的景物，而将读者的注意力尽量集中，使画面更加简洁明了。对局部的关注，能够给读者提供平常难得的视野体验，增加图片的感染立。（《春笋》彩图 6-3 见 193 页）

微距镜头带来的微观视野：专用微距镜头能够达到 1:1 的物像比，可以把我们平常难得注意的对象进行详尽刻画，延展我们的观察深度。在使用微距镜头的时候，应当有

图 6-4　初醒　冉玉杰　摄

意识地调整自己的思维习惯，放慢步履，降低身影，体察世界的微妙变化，感受细小生命的勃勃生机。（《初醒》图 6-4）

图 6-5　浪漫巴黎　冉玉杰　摄

2. 透视关系。焦距的变化不但带来取景范围的变化，还带来透视关系的变化，这是由镜头的光学特性决定的。了解和利用它，能够丰富我们的表现手法。

正常透视：所谓正常透视，即图片的近大远小的程度符合我们常规的视觉经验。正常的透视依赖于"正常焦距"段的镜头，一个

标准镜头拍摄的图像的透视感接近于我们眼睛看到的状态，能够给人真实自然的感觉。（《浪漫巴黎》图 6-5）

空间的夸张：当景物近大远小的效果被夸大的时候，我们会更加关注对象在空间关系上的变化。广角镜头由于其视场角度大，能够将近景的物体摄入画面，而远景的物体由于在画面当中占据的位置比较小，因此显得更加遥远，从而夸张了空间深度。利用它的这个特点，我们可以强化景物之间形体上的对比和距离上的变化。（《茶客》图 6-6）

图 6-6　茶客　冉玉杰　摄

空间的压缩：如果远景和近景之间没有明显的近大远小的差别，我们看到的景物之间的距离感就会比实际景物的距离更小些，空间有被压缩的感觉，长焦距镜头就具有这样的特点。镜头的焦距越长，空间的压缩感觉就越强烈，拍摄的画面立体感变得不那么显著了，反而具有一定的平面效果，甚至可以拍摄出图案似的照片。利用空间压缩的特点，我们可以去强化两个景物之间的相互关

第六章　相机的使用与摄影的技术语言

·89·

系,从而传递出作者的主观意图。(《余晖中的骑手》图6-7)

图6-7　余晖中的骑手　冉玉杰　摄

3. 变焦效果。变焦镜头由于同一支镜头覆盖了一定的焦距范围,如果在拍摄的过程当中变焦,景物在曝光的过程中有一定的缩放,画面的中心变化小,因此相对清晰,画面的边缘移动较多,因此变得更虚,如果拍摄的对象有较强的明暗反差,还能够看到明显的放射状线条,故也被称为爆炸效果。在运

图6-8　晨歌　冉玉杰　摄

用爆炸效果的时候要注意两点:其一、较慢的快门速度。其二、明暗对比较强的背景。

二、不同光圈的表现力

前面我们分析镜头的光学特性时,讨论了镜头的最大光圈和相对孔径。下面我们就镜头的光圈在画面造型上的意义进行分析。

1. 最大光圈。最大光圈的镜头能够通过更多的光线,能够适应较暗的拍摄环境。在造型意义上,在相同焦距的前提下,具有最大光圈的镜头,能够更有效地控制景深。在大光圈的情况下,主体可以从背景当中分离出来,把摄影师关于对象的主次安排表现得更加淋漓尽致。(《晨歌》图6-8)

2. 最佳光圈。镜头的最佳光圈是指其在一定的光圈条件下具有最好的成像效果,一般是在最小光圈放大一级至两级的时候拍摄的照片影像素质最好。对于我们常用的135相机来说,由于最小光圈一般为F22,所以,最佳光圈一般是F16和F11。由于拍摄对象的不同,最佳光圈的使用也是有条件的,一般在拍摄风光、静物等静态对象的时候,由于使用了三脚架,能够保持相机的稳定,所以可以尽量使用最佳光圈来追求优质的成像效果。(《静谧的高原》图6-9)

图6-9　静谧的高原　冉玉杰　摄

3. 常用光圈。在实际拍摄中,使用最大的光圈还是中级光圈,毕竟拍摄要受到光照强度的影响,要考虑手持拍摄是否能够保证画面清晰等因素。在手持拍摄的情况下,广角镜头可以使用相对较低的快门速度,因此可以用较小的光圈,而长焦距镜头由于低速

容易造成影像虚动，一般宜使用稍大的光圈。根据镜头焦距的不同，F5.6、F8 都是既能满足成像质量又能适应大多数拍摄条件的光圈。

三、不同快门速度的表现力

相机的快门能够和光圈一起配合，控制图片的曝光量。同时由于快门可以调控的范围相当大，在确保曝光正确的前提下，具体使用怎样的快门可以有多样的选择。

1. 高速快门。所谓高速快门是指快门打开的时间极短，一般我们把快门时间短于 1/250 秒的快门速度叫做高速快门。其特点是，能够对被摄对象进行瞬间记录，展现我们平常难得一见的画面，具有留滞时间的效果，让我们可以以静止的状态来欣赏本来激烈运动的对象，呈现特殊的视觉经验。高速快门是拍摄竞技体育常用的选择。要保证高速快门有充分的选择余地，大光圈的镜头和高感光度的胶片（或者数码相机的高感光度

图 6-10　大黄蜂战斗机突破音障　约翰·盖伊 摄

设置）是十分必要的。（《大黄蜂战斗机突破音障》图 6-10）

2. 中速快门。在大多数情况下，为了保证画面的技术质量，我们会尽量使用低感光度的胶片，或者把数码相机的感光度设置得较低；同时要考虑常规光照条件下能够有足够的快门速度以保证手持拍摄的时候能够获得清晰的影像，所以，中速快门是我们经常使用的。所谓中速快门一般指 1/60 秒至 1/125 秒之间的快门速度，它们能让摄影师在光圈的选择上也有较大的余地。（《归》图

图 6-11　归　冉玉杰 摄

6-11）

3. 低速快门。低速快门有两大特点，其一是配合小光圈的选择可以获得更大的景

图 6-12　铁匠铺　冉玉杰 摄

深，其二是能够表现动态。所谓低速快门，一般是指快门速度低于 1/30 秒以下，因此使用低速快门的时候往往能够使用更小的光圈，从而能够使照片有更大的景深。这种方法，在我们拍摄风景照片的时候经常使用。对于有一定动态的物体，低速快门能够使其动感得到夸张，提高图片的表现力。低速快门在

实际运用中要考虑镜头焦距的影响,焦距长的镜头能够把虚动的特点放大,所以对于一支 200 毫米的镜头,1/60 秒就是一个低速快门了,而对于一支 30 毫米的镜头,也许要

图 6-13　巴山背夫　冉玉杰　摄

1/8 秒才能获得近似的效果。(《铁匠铺》图 6-12)

4. 临界快门。要获得清晰的图像大家总结出如下的经验:手持拍摄时快门速度不能低于镜头焦距的倒数。在实际拍摄中,其实并不是每张图片都一定要拍摄得那么清晰,有时候适当的虚动更能够表现对象的特点,特别是那些本身有一定动作、但是动态并不太强烈的对象,如果我们拍摄出有虚有实的效果,画面会更有感染力。在这种情况下使用临界速度是一个好的选择。所谓临界速度,即能够既让对象的主体保持清晰,又能够让运动的部分保持动态的快门速度。临界速度具体是多少要考虑以下因素:对象运动的幅度,运动的幅度大则所用的速度较高,运动的幅度小所用的速度要低一些;被摄对象与摄影师之间的距离,距离近需要较高的速度,距离远需要的速度要低一些;镜头焦距的长短,焦距短使用的速度较低,焦距长使用的速度较高。(《巴山背夫》图 6-13)

第二节　影响摄影技术语言的其他因素

除去上述常用的技术手法以外,还有许多相关的环节会对画面的效果产生重要的影响,对它们的认识和把握,也是丰富我们摄影技术语言的重要内容。

一、来自感光材料的影响

1. 黑白的抽象与彩色的真实。传统的感光材料有彩色胶片与黑白胶片之分,现在数码技术的发展,也能自如地获得彩色或者黑白的数码文件。黑白照片和彩色照片之间的差别不只是因为两种感光材料在出现时间上的差异,如果仅仅如此,随着彩色感光材料的成熟,为什么黑白照片依然能够大行其道?黑白图像能够存在的重要原因,是它特有的抽象特点。

黑白照片把所有可见光谱转换为灰阶,使我们看到的图像和平常司空见惯的景物拉开了距离,改变了我们的观察习惯,让我

图 6-14　模特　让洛普·希福　摄

们撇开色彩的影响去关注对象之间的结构关系和内在意味。其丰富的灰阶能表现强烈的质感,在情绪上传递深沉、厚重、本真的特

点点,营造出独特的气氛。(《模特》图 6-14)

彩色感光材料能够记录对象丰富的色

图 6-15　老人与鲜花　斯蒂夫·麦可利　摄

彩,能够让我们看到真实。另一方面,在使用彩色感光材料的时候,也应当利用色彩的对比与夸张来表现对象,烘托情绪。(《老人与鲜花》彩图 6-15 见 193 页)

2. 感光度的变化与画面的反差。胶片的感光度描述的是它对光线的敏感程度,但同时也反映出它记录照片的明暗对比状况。一般情况下,感光度低的胶片具有较强的反差,感光度高的胶片反差要小一些。其实际使用的价值在于,如果对象本身的反差较大,我们可以选择反差小的胶片来适当降低画面的反差,比如在高原强烈阳光下拍摄人物,这是一个较好的办法;如果对象的反差较小,选择反差大的胶片能够使照片显得更明快。

3. 颗粒与画面的气氛。胶片的颗粒性能够带给画面粗糙或者细腻的感觉,大多数情况下我们喜欢精细的画面,它能够再现对象

更多的细节,因此通常在光照条件许可的前提下,我们会尽量使用感光度更低的胶片。但是在特定的时候,粗颗粒也许不是缺点而是特点。它能够营造梦幻般的意境,也能够表现粗犷豪迈的气氛。

二、白平衡的设置和画面色彩倾向的控制

1. 作为再现的方法。对于数码相机而言,白平衡的设置实际上为我们提供了新的语言方式。数码感光元件可以通过白平衡的调节来适应环境的色温变化,以保证获得准确的色彩再现。由于环境变化多样,传统胶

图 6-16　雪夜　冉玉杰　摄

片仅有的日光型胶片和灯光型胶片的两种选择很难适应不同的色温环境,而数码感光材料涵盖的色温区域宽,调节的精度高,完全能够满足不同场合的需要。(《雪夜》图 6-16)

2. 作为表现的方法。丰富的白平衡调节功能,也让我们可以有意通过白平衡设置上的错位来使色彩发生偏移,以表达我们的主

图 6-17　晨读　冉玉杰　摄

观需要。比如在下午的时候拍摄霞光,可以通过把相机的白平衡设置调高来获得更暖调的画面,也可以通过把相机白平衡调低来获得冷调的效果。(《晨读》图6-17)

3. 不同色彩倾向的单色照片也是白平衡偏移的结果。现在有的数码相机设计有单色照片模式,模仿类似于传统黑白照片的效

图6-18 回廊 冉玉杰 摄

果,而且这些单色照片还可以根据个人的喜好有多种色彩倾向的选择:有褐色倾向、兰色倾向、紫色倾向、绿色倾向等等。了解和掌握它们,也能够增加我们的表现力。(《回廊》图6-18)

三、来自相机机械结构的影响

1. 多次曝光。现在大多数单反相机都设计有多次曝光功能。多次曝光往往用于对时间流程当中的某几个片段的记录,也可以在同一画面中表现空间的不同侧面,具有浓缩时空的双重功能。与慢速快门比较,它对运

图6-19 古奈良的历史遗迹 周剑生 摄

动过程的记录是选择几个有代表性的"点"进行串联,而慢门记录的是整个流程。多次

图6-20 跑道上的音符 冉玉杰 摄

曝光可以有更长的时间间隔,其拍摄时间的"点"的选择和"点"与"点"之间的时间间歇能够给摄影师留下巨大的表现空间。(《古奈良的历史遗迹》图6-19)

2. 追随拍摄法。追随法摄影是慢速快门的一种特殊运用方式,即在拍摄动态对象的时候,运用较慢的快门速度,用镜头跟踪被摄对象的运动轨迹,在移动的过程当中按下

图6-21 山涧飞瀑 冉玉杰 摄

快门。追随法拍摄描述的是主体在运动过程中的状态,而通常的慢速快门描述的是动体与环境的相互关系。(《跑道上的音符》彩图6-20见193页)

3. B门。B门是一个超长的慢门,其时间可以是数秒,也可以以小时计。利用它,可以在光线极差的条件下获得足够的曝光,作为摄影语言,它可以在较长的曝光时间中去记录下对象的状态,让我们去了解对象在特定时段中的运动轨迹。(《山涧飞瀑》图6-21)

本章要点：

1. 摄影语言包括哪几个方面？

2. 什么是摄影的技术语言？

3. 镜头焦距的表现力主要从哪些方面体现？怎样运用？

4. 镜头的光圈作为摄影语言在表达上有什么特点？

5. 快门速度有怎样的表现力？

6. 如何理解感光材料可以作为一种摄影的技术语言？

7. 白平衡是怎样实现再现和表现的？

8. 相机机械结构可以给画面效果带来怎样的影响？

第六章

相机的使用与摄影的技术语言

第七章 摄影的艺术语言与画面的构成

摄影画面的构成，即指在组织摄影画面的时候对画面结构进行的经营。它是以揭示对象的内涵为目的，以摄影的技术手段为基础，以画面的组织形式为切入点的分析、判断和行为过程。特别应当强调的是，这里的"组织摄影画面"不是去随意安排和调动对象，而是在尊重客观现实的基础之上，按照摄影师对画面形式的理解，去适应对象的特点，通过一系列技术手法的运用和画面的取舍，达到强化主题、突出主体、渲染气氛、增强画面感染力的目的。由于这个过程具有强烈的主观色彩，摄影师对画面的安排反映了他的认识水平和审美理想，因此，这个过程实际上也是摄影艺术语言的运用过程。

第一节 摄影构图的过程

摄影画面的组织是对立体对象的平面化，是对连续景观的局部化。

取景与构图不只是一个简单地用镜头取舍多少画面的问题，它涉及到摄影师对对象的判断、对画面主题的提炼以及为了表现这个主题而采取的画面经营策略；它还涉及到摄影师对进入画面的形象要素的认识，哪些形象居于主导地位、哪些形象居于从属地位？应当怎样进行恰当的位置安排？并且应当运用怎样的技术技法来处理它们相互之间的关系？所以，摄影取景的过程实际上是摄影师对被摄对象的认识和应对的互动过程，认识得越充分越深刻，应对的策略就越明确、技术手法的运用就越恰当、图片传递的信息就越准确，画面的表现力也就越强烈。

在此基础上，我们可以从以下几个方面着手，去考虑画面的安排。

一、摄影构图是对连续对象的截取

摄影是对连续画面的截取，是将三维立体场景向二维平面的转换。因此在画面的构成上，我们不但要考虑画面自身的完整与和谐，还应当考虑画面在信息传递时应具有的承前启后的能力。

图片的边框是我们截取画面时判定

"去"与"留"的边界,对于摄影师而言,我们应当充分认识到它在画面构成中所具有的意义:它不应当只是几根线条的简单组合,而是有一定疏密程度的可以控制其开合的隐性空间。

从边框的意义出发,我们可以把画面分成以下两种类型:

1. 封闭式构图

所谓封闭式构图,即画面的框架内部具有完整的结构,具有向内的吸引力,其边框的意义在于使框内的影像具有相对的独立性,画面具有内在的协调与和谐。构成边框的线条没有画面内外的信息交流,结构紧密。

封闭式构图一般具有以下特点:主体形象完整;画面结构稳定;构图严谨均衡;叙事清楚明了。但是也有言尽意尽、缺乏想象空间的不足,适合那些信息相对单一、作者观点明确的表现对象。(《阿克巴皇帝陵园》图7-1)

图7-1 阿克巴皇帝陵园 赫伯特·G·邦丁 摄

2. 开方式构图

所谓开放式构图,即画面的框架具有强烈的外向性张力,进入画面的某些视觉元素不仅代表着它自身,还以巨大的牵引力指向画面以外,传递着更多的信息。在这种画面中,边框具有强烈的渗透性,画框内外的信息能够充分地交换,画框内的被摄对象表现出较强的辐射能力,暗示性强,意犹未尽,给观众理解画面以较大的自由空间,适合那些信息复杂、摄影师不便简单下结论的表现对象,利于调动观众的主动性。开放式构图一般具有以下特点:构图方式富于变化;形象夸张,视觉张力显著;便于对重要信息进行集中强化。面对当代纷乱的社会现状和多样的价值观念,摄影师采用这种构图方式,可以把尽量多的信息和评判的权利交给读者。在当代新闻摄影中,开放式构图得到了广泛运用。(《车臣战争》彩图7-2见193页)

图7-2 车臣战争 Vladimir Velengurin 摄

二、摄影构图需要动态思维

由于被摄对象不是一成不变的,同时摄影师和对象之间也可以有丰富的位置变化,使用镜头的焦距也有多种选择,这些变化会对画面的形象构成产生显著的影响,并且决定一张照片对对象本质特征的把握程度和视觉形象的吸引能力,因此,摄影师要想获得精美的构图,必须具有动态思维的能力。

所谓动态思维,就是在观察被摄对象的时候,应当把它作为一个运动变化的对象来考察。既要看到对象的现状,又要看到其变化的可能性,并且从中找到最能够反映对象本质特征的形象方位和拍摄瞬间。

1. 动态思维是客观对象对摄影师的必然要求

世界是处在运动变化和发展状态中的。我们的摄影对象,无论自然景观或社会生活,都是不以人的意志为转移地按照一定的规律运动和变化着。自然界春、夏、秋、冬的季节更替、阴、晴、雨、雪的气候变化,晨、午、暮、夜的时间变化都能带给我们不同状态和气氛的影像。学会动态思维,即使我们只看到某一对象在某一特定时间的状态,也可以根据我们的直接或间接经验想象到其多方面的风貌,提供更广泛的可能性。社会生活的对象既有时间、地点、人物的变化,也有观点、情绪、形象组合之间的变化,这些变化能够呈现不同的画面结构,揭示不同的社会内涵。所以,动态思维实际上是了解和把握对象的前提,是摄影师应当具备的基本素质。(《绿茵鏖战》彩图7-3 见194页)

图7-3　绿茵鏖战　冉玉杰 摄

2. 动态思维能够帮助我们提高预见能力

动态思维的过程是一个物我观照、不断变换信息、并且指导行动的过程。面对被摄对象,摄影师应当主动把自己放到事物整体的运动过程当中去,认识和体会对象运动的规律,让你的思维节奏跟随对象运动的振幅而激荡,踩准事物变化的节拍。这样,你就能

图7-4　老哥,加油!　冉玉杰 摄

够抓住对象的核心,理解事物的本质,找到最具表现力的形象瞬间和画面构成,拍摄到精彩的摄影作品。

动态思维能够强化我们的预见能力。结合我们的生活经验和对现实对象的把握,我们就有可能在事件的发展过程当中预见未来,并且提前做好相应的心理和技术准备,迎接最重要的瞬间。(《老哥,加油!》图7-4)

3. 动态思维的价值在于对拍摄行为的实际指导

动态思维的意义在于对实践的直接指导,其价值通过摄影师的行动来体现。当摄影师观察对象的时候,应当不断地给自己提出问题,作出判断,并且依据你的判断有所行动。就是说,你应当在判断的基础之上有行动上的提前量,在最具表现力的画面构成出现之前,你应当处于把握这个画面的最佳位置,并且你使用的镜头焦距及其他技术准备都应当与之相适应。这样才能保证最重要的画面不至于从你的眼前溜走。

动态思维与行动之间本身也是不断影响的,行动促进新问题的产生,对新的问题的回答又促进了新的行动。心灵与自然和社会的映照,镜头对物象的把握,这不仅是一种方法,也是摄影作为一门艺术最大的魅力所在。(《以色列人和巴勒斯坦人》图7-5)

图7-5　以色列人和巴勒斯坦人　朱达·帕索 摄

三、关于"决定性瞬间"

动态思维的目的就是要抓住事物的本质,体现在对主、陪体及环境等相关视觉因素的把握上,就是要抓住决定性瞬间。法国

著名摄影家卡迪尔·布列松提出的"决定性瞬间"的理论，以动态观察的方法，把摄影的瞬间性上升为摄影审美的核心理念，主张在时间和空间的变化中，去抓取事物的形象本质。

1. 布列松和"决定性瞬间"

亨利·卡迪尔·布列松（Henri Cartier-Bresson），1908年出生于法国诺曼底地区，早年学习文学和绘画，1930年前后开始拍摄照片，热衷于小型相机的灵活，开始用它抓取日常生活中的精妙瞬间。他说"它变成了我眼睛的延伸……我整天在街上徘徊，感到兴奋并随时准备扑上去，把我眼前展示过的一些过程捕捉到。"

1952年，布列松结集出版了他前期的摄影集《决定性瞬间》，他认为："一个人、一个事物，都具有决定性的瞬间。这个瞬间决定了此事物与他事物的区别，决定了其典型意义。"摄影家的使命，就是要抓住这些瞬间。"要把眼睛、头脑和心灵放在一条瞄准线上，

图 7-6　满载而归　亨利·卡迪尔·布列松 摄

这条瞄准线和现实世界相扣的一刻，就是决定性的一刻。""摄影是唯一能把精确的和瞬息即逝的瞬间丝毫不差地固定下来的一种手段。"

"决定性瞬间"是布列松长期摄影实践的理论总结，他常常使用一台轻便相机，巧妙地躲在人群里，不动声色地等待，当机会来临的时候，果断地抓拍那些转瞬即逝的刹那。深入观察使他成竹在胸，举起相机能够手到擒来、稳操胜券，拍摄以后也不作剪裁，把按快门时的感受直接地作为作品的重要内容。（《满载而归》图 7-6）

布列松的"决定性瞬间"具有深远的意义和美学价值，它是人们对摄影本体意义的第一次真切触动。瞬间性特点的提出，让摄

图 7-7　蒸汽机车停车场　斯蒂夫·杜邦 摄

影彻底摆脱了绘画的衣钵，使得看似二维平面的照片具有了强烈的时空感：在空间关系上，照片具有绘画的特点，即用二维表现三维，但是其时间的因素却是绘画永远无法超越的。照片记录的不只是空间，更重要的是时间。摄影以曝光的时间历程，记录对象相应时间里的状态，摄影术越发达，时间的美感就越强烈，这在当代摄影技术高度发达以后得到了更有力的证明。（《蒸汽机车停车场》图 7-7）

对摄影瞬间价值的理性认识，使得摄影真正具有了自己的灵魂。

2. "决定性瞬间"的实践意义

"决定性瞬间"的理论来源于实践，也可以反过来指导实践。

我们可以把决定性瞬间概括为这样一句话："构成画面的视觉因素，在特定的空间、特定的时间，能够达到最完美的和谐。"这样我们就可以比较清晰地理解决定性瞬间，并且利用它来指导我们的拍摄实践。

这里我们要重点把握以下三个要素：

其一、构成画面的视觉因素。即我们的取景范围，哪些是对渲染主题有意义的，它们当中哪些是居于主导地位的，哪些是居于次要地位的，哪些是居于从属地位的？也就是说，在决定画面取舍的时候，应当认识清楚主体、陪体、环境之间的关系。将有利于主题的渲染和主体表达的因素尽量保留和突出，将不利于主题的渲染和主体表达的因素尽量排斥在画面之外，或者削弱其在画面里的影响。就画面处理顺序来看，这里要解决的是哪些因素需要保留，哪些因素需要排除的问题。（《绝地狙击》彩图7-8见194页）

其二、特定的空间。即摄影师与被摄对象的位置关系，是前后左右或者上下，什么

图7-8 绝地狙击 冉玉杰 摄

距离用什么焦距的镜头？它要求我们根据对象的变化，不断调整我们的位置，以取得最佳拍摄角度。就画面处理顺序来看，这里要解决的是主体、陪体和环境的关系问题。

其三、特定的时间。就是什么时刻事物的发展最能够展示其内在的本质，就画面处理顺序来看，它决定着我们什么时候按下快门。（《飞吧》彩图7-9见194页）

以上三个要素是把握"决定性瞬间"的关键所在，即是以动态思维的方法来研究对

图7-9 飞吧 冉玉杰 摄

象，认识其内在本质，在运动过程中把握主、陪体及环境的相互关系，通过摄影师与对象的互动来寻找最具表现力的瞬间，以确保画面构成的形象张力。

四、拍摄角度对画面的影响

"横看成岭侧成峰，远近高低各不同"，说的就是角度和景别对画面效果的影响。就拍摄角度而言，它体现的是摄影师的位置与对象的相互关系，这种关系的变化，左右着前景、中景、远景之间的透视关系和主次地位，从而达到通过拍摄角度的变化来强化主体的地位、表达摄影师主观选择的意愿。

1. 平视角度。平视角度即照相机的位置与被摄对象之间大致处在一个水平的角度，

图7-10 巴以冲突 Thomas Coex 摄

比如在拍摄人物的时候镜头处于摄影师眼平的高度，这种角度观察到的对象符合我们通常的视觉习惯，画面平和自然，再现对象真实，具有较强的客观性。但是这种角度由于其司空见惯，也容易给人呆板、老套的感

觉,缺乏视觉上的冲击。(图例《巴以冲突》图7-10)

2. 俯视角度。俯视角度即照相机处于高位向下俯拍,它能够看到对象位置的分布状态,利于表现景物之间的相互关系。如果取景的位置足够高,画面具有一定的装饰性,例如航空摄影俯拍大地,山峰江河都被压缩

图 7-11　乡村的大肉会　冉玉杰　摄

到一个平面,具有强烈的图案感,能给人新颖的视野,具有较强的表现力。但是其压缩空间的能力会改变我们通常的视觉习惯,对于一些特定的对象要慎重使用,例如俯视角度拍摄人物,会造成人物头大身小的畸形效果。(《乡村的大肉会》图 7-11)

3. 仰视角度。仰视角度即相机从较低的位置向上拍摄,这种拍摄角度由于视角的变化能够使景物呈现出特殊的效果,有利于夸张前景,与广角镜头配合能够表现强烈的空

图 7-12　城市雕塑　冉玉杰　摄

间关系。仰视拍摄会带有了显著的透视畸变,在拍摄那些我们熟悉的对象时,要考虑其夸张的程度是不是在我们的接受范围以内。比如仰视拍摄人物,会使腿变得较长,脚变得较大;仰视角度拍摄建筑,会产生大厦将倾的感觉。(《城市雕塑》图 7-12)

五、信息的重点和景别的选择

所谓景别是指拍摄距离的变化带来画面结构的变化,它影响着取景的范围、决定着对象之间的相互关系和地位。在实际拍摄中,应当根据不同的拍摄对象和表现目的,选择不同的景别,以达到形式和内容的统

图 7-13　巴西圣保罗　雷奈·伯里　摄

一。一般我们把景别分为以下五种类型:

1. 远景。拍摄距离远,取景范围宽,能够全面表现景物的整体状态和所处的环境,具有综合陈述的概括能力。在专题摄影中,一幅远景图片能够交代事件发生的背景,给出总体的环境定位。(《巴西圣保罗》图 7-13)

2. 全景。是对画面主体的完整介绍,能够全面表现主要人物或事情的整体面貌,交

图 7-14　回娘家　冉玉杰　摄

代其相互关系，并且利用环境来烘托气氛。在人物摄影中，全景照片可以看做是主要对象的集体亮相。(《回娘家》图7-14)

3. 中景。画面对事件的主要部分进行集中介绍，陈述对象之间的相互关系，能够反

图7-15　圣地亚哥　康斯坦丁·马诺斯　摄

映事件中的高潮或者冲突，说服力强。(《圣地亚哥》彩图7-15见194页)

4. 近景。近距离地拍摄，取景范围较小，能够集中对对象的局部进行细致描写，在进行人物摄影中，是表现人物情绪的良好手

图7-16　老人院的一幕　玛蒂娜·弗兰克　摄

段，在自然环境的拍摄中，能够呈现对象具体的面貌。(《老人院的一幕》图7-16)

5. 特写。对对象的局部进行详细描述，能够呈现丰富的细节特征，画面形象具体生动，视觉冲击力强。用于表现人物的思想感情，能够传递出强烈感染力，用于对对象的细节表现时，也因为其真切与具体而能够产生强烈吸引力。(《手》彩图7-17见194页)

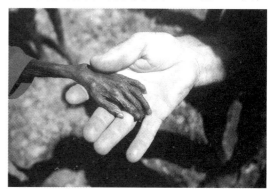

图7-17　手　　迈克尔·维尔斯　摄

景别的运用取决于对象自身的特点，也根据摄影师表现题材的不同而变化。一幅单张新闻照片，就需要我们言简意赅地进行陈述，这时一个全景或者中景照片也许最能够表达事件的全貌并且呈现出重要的细节；而一组专题图片，就可以给我们足够的空间，以多种景别对事件进行全方位介绍，既表现环境又表现人物，还能够呈现情绪与细节，使故事具有更加丰富的结构和多层次的视觉呈现。

第二节　画面主体的处理

摄影构图的要点就是处理好主体、陪体和环境的关系。在此，我们有必要引入"形象"与"环境"两个概念。当我们在一定的场合观看对象的时候，在我们的视野中有一部分对象能够被我们充分地注意，另外一部分对象往往被我们忽略，那些被我们充分注意的对象我们称之为形象，常常被忽略的对象

我们称之为环境。形象和环境可以通过以下特征加以区别:形象具有较强的形状或形式特征,通常有显著的轮廓,占据的面积一般比环境小,呈现一定的质量,具有独立的整体感等。因此,那些具有生命的物体也往往能够脱离背景而成为我们关注的主角。

对于照片来说,形象通常就是主体和陪体,而环境则是其他周围的事物,比如背景或者前景。

一、画面主体的作用

在摄影画面中,最能体现主题的对象,我们称为主体。主体是画面中居于主导地位的形象,是故事的主角,是视觉关注的中心。画面的主体通常具有鲜明的形象特征,能够从陪体和环境中跳跃出来,并且能够发挥以下作用:

1. 画面的主体应当是图像主题的载体。任何一张照片的主题思想都是形而上的,作

图 7-18　两代人　冉玉杰 摄

为一种视觉语言,照片要表现的这些抽象而深刻的寓意必须通过一定的视觉形象来传达,而主体作为最重要的形象必须承担直接陈述画面主题的责任。因此,主体的选择是否恰当,决定着一幅照片的主题是否能够鲜明地呈现,也决定着图片最终的表现力。(《两代人》图 7-18)

2. 画面的主体应当是图像的信息中心。照片的记录性特点决定了其具有传递信息的价值,真实、直观、形象的信息是摄影最独特的魅力,也是摄影的影响越来越大的本质基础。镜头观看方式相对客观的特点决定了进入画面范围的信息的多样性。摄影师应当

具有甄别信息的能力,只有当信息的轻重与角色的地位相适应,主陪体关系才能协调,画面的涵义才会清晰。

图 7-19　缅甸帕港　伊涅斯托·巴赞 摄

3. 画面的主体应该是图像的结构中心。即在摄影构图中主体应当居于画面的枢纽位置,具有牵一发而动全身的影响,其他形象因为它的存在而有价值,也因为它的影响而使画面的意义得到辐射。图像的结构中心不一定是画面的几何中心,而应当是画面的重心。我们应该根据表现主题的特点,来辩证地处理好主陪体之间的关系。(《缅甸帕港》图 7-19)

图 7-20　我的中国心　冉玉杰 摄

4. 画面的主体应当是图像的趣味中心。好看的图片总是有其吸引人的地方,它能够让我们关注、欣赏、品味甚至思考。在一张图片的内部,可能有多个令我们注意的地方,我们的目光可以在画面当中流淌。不同的人因为关注的侧重点不同,目光流转的线路也会有差异,但是最后往往会到同一个地方停留,这个地方就是画面的趣味中心。趣味中心一般具有形象突出、涵义明确的特点,能够抓住读者的眼球,诱发读者的想象。从本质上讲,趣味中心是摄影师对客观对象的心理认同,也是摄影师和读者进行情感交流的心灵通道。通过对趣味中心的营造,摄影师可以借助被摄对象传递自身的认识和情感,实现借景抒情、借景传情的艺术目的。(《我的中国心》彩图 7-20 见 194 页)

二、突出主体的方法

一幅好照片应该主题鲜明、形象突出、结构合理。要达到这个目的,如何突出主体形象是最为关键的。由于实际摄影活动中对象千差万别、环境变化无常,摄影师要表达的主题思想也因人而异,所以突出主体的方法也是法无定法。正因为如此,才衍生出千变万化的表现技法,才造就了丰富多彩的艺术形象。下面我们就常用的几种突出主体的方法作为简要的分析。

(一)位置突出法

所谓位置突出法,就是在进行画面经营的时候,把主体形象安排在画面中最重要、最突出、最显眼的地方,使它能够得到最充分地展示,传达出最强烈的信息。

使用位置突出法来突出主体形象应该考虑以下两个方面的因素。

1. 被摄对象自身的特点。由于摄影作品是以客观对象为基础,无论信息的传递和情感的表现都不能脱离对象的实际情况,所以在安排主体在画面中的位置时,应当分析对象,将对象最核心的部分进行优先考虑。并

在此基础上利用陪体来衬托和呼应主体,以产生共振,提高其表现能力。

2. 画面构成中的形式规律。画面构成的形式规律是指人们在长期的艺术实践中总结出来的一些行之有效的平面构成的内在法则,它们是对现实生活的提炼,符合自然规律和人们的审美习惯,具有普遍性,成为大多数人能够交流和理解的平台。例如画面的中心具有强烈的视觉张力,会让人无法回避;黄金分割点附近被认为是最显眼的位置,而且具有和谐自然的特点;线条的指向能够延伸观众的注意力,并且直线具有对立、直接的感觉,曲线的延伸则给人舒缓、流畅的感觉等等。

根据对象的实际情况提炼主题,结合画面构成的形式规律安排主体,就能够使图片中最重要的内容得到充分展示,图片整体的表现力也能得到强化。(《花开》图 7-21)

图 7-21 花开 罗姆亚达·拉考司卡 摄

(二)对比反衬法

对比即在摄影画面布局中利用被摄对象自身固有的某些属性,强化其相互之间的差异性,通过反衬的手法使画面的主体更突出、鲜明,从而实现画面更生动、表现力更强的艺术效果。

对比的方式多种多样,从突出主体的目的出发,对比主要应当考虑主体与陪体之间的关系和主体与环境之间的关系。下面我们就几种常用的对比手法进行简要分析。

1. 大小对比。即在取景的时候寻找恰当的参照物,通过与参照物的对照,来强化主体的形态特征。这里的参照物可以是主体本身的一部分,也可以是画面中的陪体,它应该具有观众比较熟悉的形态大小特点,能够成为判定对象形态大小的依据。

大小的对比除了能够传递对象的形态信息以外,还可以用来强化对象主次关系。

图 7-22　穿礼服的多维玛　理查德·阿威顿 摄

对一些我们常见的景物,其形态大小对于普通观众都有既往的经验,因此,信息的交代已经退居于次要的地位,这时我们可以通过镜头的夸张和摄影师位置的变化,来改变对象之间的实际比例关系,从而强化摄影师对某个特定对象的指向。(《穿礼服的多维玛》图 7-22)

2. 虚实对比。虚实对比即通过对对象虚实关系的强化来达到突出主体的效果。当镜头对着某个方向取景的时候,可能出现进入取景范围的景物较多、较杂乱的情况,为了减轻不必要的景物对画面主体的干扰,我们可以通过虚实关系的运用,来将那些不必要的对象虚化,使它的影响降低到次要地位。

处理虚实关系有以下两种手法,其一、通过景深的控制来强化虚实关系;其二、通过快门速度的控制来处理虚实关系。

我们知道,影响画面的景深有三个因素:光圈的大小、拍摄距离的远近、镜头焦距的长短。在其他因素不变的情况下,光圈大则景深小,光圈小则景深大;拍摄距离近则景深小,拍摄距离远则景深大;镜头的焦距短则景深大,镜头的焦距长则景深小。根据实际拍摄的要求,恰当地运用上述方法,能够帮助我们有效地控制画面的景深,使主体更加突出。(《顶上功夫》图 7-23)

图 7-23　顶上功夫　冉玉杰 摄

运用快门速度控制画面的虚实关系,就是利用快门开启的时段记录下对象的运动轨迹来展示对象的动态,动的部分在画面上留下虚的影像,静的部分则留下实的影像,从而达到虚实对比的目的。常用的方法有两种,即慢速快门和追随法拍摄。慢速快门能够使动态的对象虚化,造成强烈的虚实对比,常常需要与三脚架配合使用;追随法拍摄则是反其道而行之，运用较慢的快门速度，在镜头跟随对象移动的过程中按下快门，从而使运动的物体有清晰的呈现，而让静态的物体得到虚化。

3. 影调对比。即利用被摄对象黑、白、灰的不同影调，相互烘托，相互比较，从而达到突出主体、强化画面特点的效果。例如拍摄高调照片的时候，往往需要利用画面中局部的暗调来衬托整体的明快；在拍摄低调照片的时候，也需要局部的亮调来提高画面的反差。

在进行影调对比的时候，要特别注意对对象自身影调特点的分析。物体本身的明暗变化、光源照射的情况、摄影师与被摄对象的位置关系都可能对画面最后的影调关系造成直接的影响，因此要善于观察，充分利用各种带来影调变化的可能性。（《摩洛哥》彩图7-24 见 194 页）

图 7-24　摩洛哥　布鲁诺·巴贝　摄

4. 质感对比。即通过对象材质的细节比较，以粗糙对比细腻、以坚硬对比柔软、以轻巧对比沉重等手法，强化对象的表面特征，从而达到使主体形象突出鲜明的效果。

（三）光线突出法

光线突出法即是利用光照的条件，将需要重点表现的对象呈现在受光部位，而利用阴影掩盖那些不重要的部分。通过光影的变化反映对象的主次关系，达到强化主体的目的。

运用光影突出法，要加强对光线变化的研究，养成对光影敏锐的感悟能力。我们观

图 7-25　草地初醒　冉玉杰　摄

察光的变化一般主要从以下几个方面考察：光的强度、光的方向、光的性质。

1. 光的强度反映的是光线能量的相对强弱。直射的阳光强烈明亮，阴天的光线微弱昏暗。光线的强度直接影响着照片的视觉效果：强光下的物体往往明亮、反差大、色彩鲜艳，而弱光下的物体则显得灰暗、反差小、色彩暗淡。利用光的强度上的特点，如果我们把主体形象安排在强光之下，而把陪体和背景安排在弱光或者背光中，对象之间的主次关系便一目了然。（《草地初醒》彩图7-25见 195 页）

图 7-26　乡村码头　冉玉杰　摄

2. 光的方向指的是照相机、被摄对象、光源位置三者之间的相互关系。考察光的方向性我们通常从两个方面进行，其一、看光照方向的变化，其二、看光源高度的变化。综合光线变化的这些可能性，通常我们把常用光线分为以下几种：顺光、前侧光、正侧光、侧逆光、正逆光、顶光以及散射光等。它们各自有其造型上的特点，在处理主体与陪体及环境的关系时都能够发挥重要的作用。

例如顺光条件下，物体的受光比较均匀，细节呈现丰富，主体、陪体与环境一般有相同的照明条件，仅从受光情况，难得区分出其间的主次。侧光照明条件下，被摄对象一部分受到阳光的直射，一部分处于阴影之中，画面有较大的反差，如果注意调整摄影师与对象的位置关系，就有可能把最重要的物体置于明亮的环境之中，把次要的物体安置在阴影里，从而削弱其对画面的影响。而逆光方向的照明，则能够获得剪影的效果。（《乡村码头》图7-26）

3. 光的性质指光的软硬，它受到光源发光面积的影响。发光面积小则产生硬光，发光面积大则产生软光。硬光能够产生强烈的明暗对比、画面的反差强烈、立体感强，对于强化对象的主次关系具有十分显著的作用。而软光反差小，影调相对平淡，立体感差，不利于被摄对象空间深度的展示。相比较而言，硬光的塑形能力比软光更强，突出主体的作用会更加明显。

（四）色彩突出法

色彩表现法即利用色彩的对比与和谐等关系来强化主体。色彩的对比主要从三个方面来关注。其一是色别的对比，即利用不同色彩之间的差别来使主体更加突出。其二是利用色彩之间明度的不同，来达到突出主体的目的。其三是利用色彩饱和度之间的差异来突出主体。

就色别而言，近似色给人和谐自然的感觉，补色因为光谱波长之间具有较大的差异，能够产生较强的对比。

相同色或者近似色放在一起，如亮度接近，能够造成整齐划一的感觉，如果一部分物体比另外一部分物体更明亮，那它会显得更加醒目。比如生漆桌面上的西红柿，谁成为主角便是不言而喻的了。

饱和度的差异会带来显著的情绪变化，即使是同样的颜色，厚重的色彩能够传递浓郁的情绪，淡雅的色彩则给人舒缓、清丽的感受。在同一画面中，应当注意对象色彩浓淡的变化，并且主动控制它们的差异，为描

图7-27　墨西哥　亚历克斯·韦布 摄

述主陪体之间的关系服务。

所谓色彩的和谐，是指画面具有一个色彩基调，它决定和影响画面的整体色彩倾向，同时也贯穿在其他颜色之中。例如我们常常看到关于秋色的图片，虽然画面中有红叶、黄叶甚至蓝天的变化，但是整体上的暖调倾向表现了秋色浓艳的特点。在运用色彩的和谐特点来突出主体的时候，应当特别注意相近色之间相互烘托的作用，把握好主体对象与其他对象的相互关系，让它们产生情绪上的共振，强化主体的价值。（《墨西哥》图7-27）

（五）气氛烘托法

所谓气氛烘托法，即利用现场环境的特殊氛围来渲染一定的意境，进而强化对象某个方面的特质，达到以境托景、借景抒情的艺术目的。

在风光摄影中我们常用气氛烘托法，比如我们看到的许多表现名山大川的照片，摄影师往往选择在特殊的气候条件下拍摄。清晨的彩霞、傍晚的斜阳能使对象具有壮美的

特性;朝岚暮霭、云蒸霞蔚又能够赋予对象清丽柔和的美感。只要我们加强对现场条件的分析，发掘对象具有的多方面的潜质，尽量利用好这些特殊的气候条件和环境对象，就能够创造出意蕴悠远令人赞叹的作品。(《贡嘎神韵》图7-28)

图 7-28　贡嘎神韵　冉玉杰　摄

第三节　画面陪体的处理

在摄影画面中，那些不是最直接体现主题思想，仅对主体起一定程度的烘托、陪衬，帮助说明主题思想的对象，我们称之为陪体。它们往往是画面中居于次要地位的形象，是故事的配角，在视觉意义上是托月之云，配花之叶。

画面的陪体不是可有可无的。在决定画面取舍的时候，应当把那些对表现主题无关的对象排除在画面之外，以免因为进入画面的对象过于繁杂而分散我们的注意力，并且削弱主体形象的表现力。这里分析的陪体是进行画面经营的十分必要的对象，只不过在所有进入画面的对象中，居于相对次要的地位而已。

一、画面陪体的作用

1. 帮助主体阐释主题。陪体虽然在进入画面的视觉形象中居于次要地位，但它不是可有可无的，它和画面的主体之间具有依存和映照的关系，如同绿叶与红花，在强化主

图 7-29　家园　冉玉杰　摄

体形象、烘托画面气氛、深化主题思想过程中，具有不可替代的作用。(《家园》图7-29)

2. 完善画面的信息。陪体在画面中要直接参与表现力的营造，要帮助主体传递更多的细节，呈现更多的信息。摄影所具有的记录对象的能力，使一些画面中，信息本身就是目的。陪体的恰当运用，能够使画面传递的信息更多样，形成更强烈的感染力。

3. 促进画面结构的完善。画面结构反映的是画面当中多个趣味点之间的相互关系，

图 7-30　秋水如镜西湖晨　冉玉杰　摄

摄影基础教程/
A COURSEBOOK OF BASIC PHOTOGRAPHY

陪体能够帮助主体实现结构的完善和多样化,以便更好地适应客观对象。

4. 渲染画面气氛。和主体比较,陪体在营造画面的气氛方面具有更大的灵活性。形象主体往往是画面主题的直接载体,对主体形象的呈现要以形象的明晰和意义的准确为首要前提。所以在对画面气氛的渲染上,陪体反而能够发挥更重要的作用。(《秋水如镜西湖晨》图7-30)

二、处理陪体的方法

画面陪体的处理应该服从于主题的表达,服务于主体的需要。进行画面陪体的处理,实际上是在一定的客观条件的限制下,怎么处理宾主关系的问题。把握好宾主之间的呼应关系,处理好它们之间的相互对比,是处理主体与陪体关系的最常用手法。

(一)宾主呼应

呼应即几个对象之间相互依存、相互渗透、和谐共振的关系。宾主呼应,就是要以主体为核心,充分发挥陪体的作用,张扬图片形象的意义,构筑画面整体的合力。一般应当考虑的内容包括:

1. 内容上的呼应。即注重对象之间的相互联系和影响,反映对象的客观内容,把握现实生活的本质。

图7-31 救火 斯蒂夫·麦考利 摄

2. 情感上的呼应。在情感的传递和影响上一般主体决定情感的质,陪体强化情感的量。处理好主体和陪体的相互关系,能够对画面的情绪进行更加强烈的渲染和烘托。(《救火》彩图7-31见195页)

3. 趋势上的呼应。就是要注意主陪体之间动态上的特点,在画面的经营当中注意把握节奏的变化和重心的偏移,可以在静态的画面中呈现一定的动感和趋势。

4. 结构上的呼应。即注意安排主体和陪体的相互位置关系,注意利用镜头焦距的变化,拍摄距离的变化和拍摄角度的变化带来的对主陪体关系的影响,使对象最后的呈现符合我们的认识和判断。(《金镇农场》图7-32)

图7-32 金镇农场 埃德温·史密斯 摄

(二)宾主对比

"红花还需绿叶配",宾主对比即通过比较陪体与主体之间共同属性的差异,来强化主体的意义和价值,更好地表现主题。宾主对比主要有以下几种形式:

1. 形态上的对比。所谓形态,指对象的外在形式,包括方与圆、曲与直、点和线等,也包括影调、色彩及质感等因素。它们之间的对比能够强化对象的外在属性,吸引读者

图7-33 守望 冉玉杰 摄

的注意力,引发观众的思考,是传达作者想法的有效途径。

利用形态上的对比来处理主陪体关系的,就应当有意识地强化它们在这些方面的差异性。暗与明、冷与暖、粗糙与细腻等,这些方式都有利于让图像具有更强的吸引力,也能够让画面的意义更加清晰。(《守望》彩图 7-33 见 195 页)

图 7-34　乡村舞台　冉玉杰 摄

2. 虚实上的对比。控制画面的虚实是影像述说的一个重要手段,通过它的运用,能够表达作者希望强化什么、弱化什么,能够反映作者对于画面效果的主观选择性,能够体现作者的价值判断和视觉传达能力。

在处理陪体和主体的关系时,虚实的对比通常有两种方式来实现:其一、通过景深的控制。其二、通过快门速度的控制,具体方式在前面已经有相应的描述。(《乡村舞台》图 7-34)

3. 质量上的对比。所谓质指的是主体和陪体在画面中所具有的内在价值。所谓量,主要指对象在画面中占据的面积,占据的面积越大,则其量显得越大。我们通常说的对称的画面,就是一个既等质又等量的比较;而所谓均衡,则是等质不等量的关系。

质的对比,是通过比较主体与陪体在画面中价值的差异,来强化其各自的特点和相互的影响。它看重的是形象承载的实际内容和对画面主题的实际贡献。量的对比,则主要比较主体和陪体在画面中面积上的差异,来帮助对图片信息的传达和内涵的把握。

图 7-35　剑门雄关　冉玉杰 摄

4. 属性上的对比。在人类认识世界的过程中,我们按照一定的标准把客观世界的不同对象进行分类,标准不同,类别各异。相同类别的物体具有其本质上相同的属性,不同类别的对象又存在着本质的差异。对于摄影而言,注意不同类别的不同属性,在画面的构成中强化它们之间的差异,能够帮助我们更好地认识对象和表现对象。(《剑门雄关》彩图 7-35 见 195 页)

第四节　画面环境的处理

画面环境的处理实际上是如何把握主体、陪体与环境三者关系的问题。虽然很少有照片只去表现一个没有主体形象的环境,但是没有一张照片能够脱离环境而存在。环境是一个舞台,是主体、陪体能够存在的基础,主体与陪体只有在一定的环境条件下才

图 7-36　农民年画家　冉玉杰 摄

能够展开它们的叙述,同时环境又反过来传递一定的现场信息,营造某种气氛,为主体和陪体的话语提供空间并且展开注释。

所以,画面环境的处理,既有其客观现实的依据,又有主观能动的余地。它对于画面主题的阐述和感染力的营造具有十分重要的价值。

一、画面环境的作用

环境是指画面中那些居于从属地位的景物。它在画面中的地位处于主体和陪体之后;在形象特点上它一般没有太显著的形状,形式感也比较弱;通常没有显著的轮廓,占据的面积一般比较大,许多时候都能够包围主体和陪体,基本不具备整体感,结构上比较松散。

根据它们在画面中的位置,我们一般把环境分为前景和背景两种。所谓前景,是指环境形象的位置处于照相机与主体形象之间;所谓背景,指环境形象在主体形象之后,在镜头的远端。

环境虽然在画面中居于从属地位,但是他们仍然具有十分重要的作用:

1. 塑造主体形象

任何对象都不能离开特定的环境而独立存在,环境能够交代对象所处的状态,传递一定的时空信息,反映对象的身份特征。(《农民年画家》彩图 7-36 见 195 页)

图 7-37　山寨的早晨　冉玉杰 摄

2. 传递现场信息

环境在画面中最重要的意义是提供了判读对象的坐标,好照片之所以能够一图胜千言,是因为它不但有主陪体本身的表现力,还有来自环境信息的烘托。环境在画面中虽然常常以背景的方式存在,但是正是它们的存在,使事件和人物易于解读。(《山寨的早晨》图 7-37)

3. 抒发内在情感

借景抒情即是利用一定的景观实现情感的外化,以强化内在情感的外向性张力。天光云影、朝岚暮霭,由于在人类社会发展的历程中已经被赋予了丰厚的精神寄托,我们只要能够用恰当的方式加以利用,就一定能够引起读者的广泛共鸣,用这些自然界客观的存在,来实现主观情感的宣泄。(《坐看

图 7-38　坐看云起时　冉玉杰 摄

云起时》图7-38）

二、处理画面环境的方法

进行画面环境的处理就是要根据画面的需要，强化或者弱化环境在画面中的影响。由于每张图片拍摄现场的情况不一样，处理的方式也是多种多样的。常用的方法有：

（一）通过位置的变化来处理环境

在处理画面环境的时候要充分认识到主体、陪体和环境之间多种变化的可能和相互之间的影响。同一个对象，拍摄的角度不同，呈现的面貌则不同，前景和背景也会发生相应的变化。在这些变化中，摄影师是起主导作用的。你位置的移动，无论左右或者高低的变化，都会带来显著的画面结构变化。同时你使用的镜头焦距的变化，也会使画面的构成产生极大的差异。

图7-39　赶集去　冉玉杰　摄

位置变化可以是多种多样的，变化的依据是如何能够最大程度地提高画面的表现力。一个单纯的画面可能需要尽量弱化环境的影响，这时没有前景同时背景又不显眼的画面也许是最好的选择；而另外的时候，前景和背景当中有许多重要的细节能够帮助交代画面需要的信息，摄影师就应当通过自己位置的调整，让它们在画面中占据恰当位置，实现信息的传递。（《赶集去》图7-39）

（二）通过虚实的变化来处理环境

环境的虚与实的差异能够决定它在画面中影响力的大小，从而表现出作者对它的重视程度。一个信息价值大、表现力强的环境往往会受到摄影师的青睐，在位置上让它占据比较重要的地位，在虚实上用比较实在清晰的影像来传递更多的细节。而一个信息价值和表现力都比较弱的环境因素往往被摄影师有意回避，但是有时候受到取景角度和方位的限制，不能够完全回避，则采用削弱其影响的方法，对其进行虚化是最常用的方法。

图7-40　角斗　冉玉杰　摄

控制环境的虚实方法很多，恰当地控制景深是最常用的方法；另外，利用快门速度的变化也可以帮助我们控制虚实关系。（《角斗》彩图7-40见196页）

（三）通过明暗的变化来处理环境

明暗的对比可以提高画面的反差，也可以实现对象的藏与露。通过明暗关系的变化，可以帮助我们有效地控制主陪体与环境之间在画面中不同的影响程度，更好地为表现画面的主题服务。

利用明暗关系来处理环境，应当加强对光的观察和分析。不同气候、不同时间、不同现场光线条件的变化都是十分丰富多样的，我们应当充分认识和利用它。同时，利用明

图7-41　斗马　冉玉杰　摄

暗关系来处理环境,也应当注意不同拍摄位置的调整,同样的一个对象,如果我们把主体放在强光下,而让前景和背景处于阴影中,则能够得到一个反差强烈、主体形象鲜明的画面;如果我们让主体处在背光的条件下,而环境有充分的照明,则会产生一张对比强烈、轮廓分明的剪影照片。(《斗马》7-41)

(四)通过色彩的变化来处理环境

通过色彩的变化来处理环境,就是要利用色彩的对比与和谐来强化主陪体与环境之间的差异性或者一致性,从而达到相互对比或者相互烘托的效果,提高画面整体的表现力。

图 7-42　寺庙　冉玉杰 摄

色彩的对比是多方面的,可以是色别之间的对比,也可以是明度之间的对比,还可以是饱和度之间的对比。这当中,色别之间的对比在视觉上尤其显著。俗话说,"红花还靠绿叶配",就是利用了暖色与冷色之间显著的色彩差异,它能够产生强烈的视觉效果,增加画面对人眼的刺激。按照这个原理,我们处理画面的时候,可以有意强化主陪体与环境之间色别上的差异,利用色彩来区分主陪体与环境,让画面中最重要部分和环境分离开来。(《寺庙》彩图 7-42 见 196 页)

在现实对象中,色彩明度的对比往往和色别的对比同时存在,它包括不同色别景物之间的明度对比,也包括相同色里面的明度对比。例如我们拍摄荷花,红花与绿叶之间虽然主要表现为色别的对比,但是受到照明

情况的影响,也会反映出不同明度之间的差别。但就红花而言,由于受光情况的差异,花瓣又有不同的明暗,则是反映的相同色别内部的明度差,对于画面表现来说,它能够突出花的立体感。所以,在实际拍摄中,我们应当培养发现这种差异的眼光和利用它的习惯。

饱和度的对比反映的是色彩浓度上的不同,它对我们视觉感受的影响是很大的。对象自身的特点和光线条件都会对景物的色彩饱和度产生直接的影响,我们要善于利用对象的色彩浅淡与浓烈之间的差别,来实现对于主陪体和环境之间"扬"与"抑"的主观目的。

图 7-43　望江楼落霞　冉玉杰 摄

而利用色彩的和谐则更多的是看重景物中所具有的相似色,它可以为画面提供一个色彩基调色,让我们感觉到画面色彩的统一,从而强化画面的整体感。如果我们面对的画面其环境信息与图片的主题相呼应,而环境色又与主陪体的色彩相和谐,则可以起到相互烘托的作用,具有十分重要的利用价值。(《望江楼落霞》图 7-43)

(五)通过影调的变化来处理环境

照片的影调指的是画面的明暗关系。对于被摄对象来说,指的是他们之间的明暗变化。景物的影调是十分丰富的,不同的影调反映了景物自身的特点,同时也能反映它们所处的环境状况。作为摄影师,则可以利用景物影调的多样性,来实现作者表现的目的。

景物的影调受到光照条件的影响,不同的方位会有不同的影调呈现。同一个对象,如果它处在受光的位置,环境处在背光的位置,则会显得非常醒目;如果光线条件相反,则有可能使主体淹没于环境之中。

图7-44 深秋 冉玉杰 摄

在通过影调处理环境的实际运用中,常用的方法是将画面的主体安排在比较明亮的影调区域,而降低环境的亮度,这样能够使主角更加醒目。但是这也不是绝对的,在处理画面影调的时候,应当以画面主题的表达为最终目的,比如一张剪影照片,那个深黑的对象恰恰就是最重要的。(《深秋》图7-44)

第五节　　其他构图方法

一、黄金分割法

黄金分割原理来源于古希腊美学家的发现,他们认为1:1.618或1:0.618这种固定的比例关系十分优美,具有这种比例关系的物体能够呈现协调的美感,因此把这种比率称之为"黄金分割率"。这种观点后来被普遍接受和运用,现在我们看到的许多物体:从书籍装帧到电视屏幕的比例,从窗户形态的设计到篮球场的长宽结构都具有类似的比例。我们现在使用的135胶片的长宽比也具有与之相近的结构。在中国传统的绘画理论中九宫格法描述的理想的物体比例关系与之也十分近似,因此黄金分割、九宫

格、三等分法描述的是同样的美学趣味。

"黄金分割法"对于摄影构图的意义有两个方面:其一、具有黄金分割比例的画面能够呈现协调的美感,我们在处理画面的长宽比例关系时,可以选择与之相同或相似的结构,以适应自然界潜在的规律和人们日渐形成的审美习惯。其二、在安排画面结构中心的时候,要充分发挥各个黄金分割点的作用,把需要突出表现的主体安排在画面或上或下、或左或右的三分之一处,以呈现最自然、和谐的视觉效果。(《攀》图7-45)

图7-45 攀 冉玉杰 摄

二、对比法

对比即在摄影画面布局中利用被摄体固有的某些属性,强化其相互之间的差异,以达到使画面更加生动、醒目、表现力更强的艺术效果。

摄影画面布局中的对比是多方面的,前面也专门展开过描述,在此我们仅从以下几个方面结合图片作简要说明。

1. 大小的对比。所谓大小对比,即在取

图7-46 突破德军阵地 阿纳托利·加里宁 摄

景的时候注意寻找恰当的参照物,然后通过人们熟知的参照物来描绘物体形态的大小,传递出相应的信息。(《突破德军阵地》图7-46)

2. 虚实对比。虚实对比即通过对对象虚实关系的处理来达到突出主体的效果。当镜头对着一定的范围取景,这个范围的所有物体都会进入我们的画面,为了避免那些不必要的景物对主体的干扰,我们可以通过虚实关系的处理,使一部分对象更突出,另一些对象则退居次要的地位。(《提萨河洪水》图7-47)

图7-47 提萨河洪水 沃纳·比肖夫 摄

3. 色彩的对比。色彩的对比在自然界中无处不在,通过对对象的观察,利用其冷与暖、明与暗、饱和与浅淡的相互对比,能强化对主体的表现力。(《秋叶》图7-48)

图7-48 秋叶 冉玉杰 摄

4. 影调的对比。即利用对象黑白灰的不同影调,相互烘托,相互比较,达到突出主体、强化画面特点的效果。例如高调人像作

图7-49 美国休斯顿宇航中心 卡蒂尔·布列松 摄

品,往往通过画面中局部的深色影调来衬托其整体的明快;而低调作品也需要局部的亮调来提高图片的反差。(《美国休斯顿宇航中

心》7-49）

5. 质感的对比。通过对不同材质细节特征的比较，即以粗糙对细腻、坚硬对柔软、轻巧对沉重等手段，强化其质感，达到使主体形象鲜明突出的目的。

三、框架构图法

所谓框架构图法即充分利用拍摄现场的条件，通过拍摄点的选择和镜头的变化，在画面中形成一定的框架，以一定的形式构成增加画面的吸引力，使画面的指向更加明确，视觉形象更加鲜明。

图 7-50　1965 北京　马克·吕布 摄

框架在现实生活中无处不在，我们要善于去发现和利用。两个人物之间形成的缝隙、田野里的栅栏、城市里的街道、公共汽车的车窗都是现成的框架。运用框架的重点在于摄影师要具有将现实生活中的立体形象转化为平面图形中的线条和块面的能力，这种能力通过积极的想象、不断的实践和认真的总结就能获得。（《1965 北京》图 7-50）

四、引导线法

有时候由于画面结构的需要，我们要表现的主体在画面中居于较小的位置，这时我们可以利用现场的线条形成指向，把观众的注意力引向我们要表现的主体，这种线条我们称为引导线。

怎样利用引导线与拍摄的位置和角度有很大的关系，一条公路如果我们在垂直于它的位置拍摄，它形成的是一对平行线，如果我们能够与它保持一定的角度，就能够形成两条汇聚的线条。

利用引导线还要注意镜头的运用，广角

图 7-51　楼梯　乔基姆·W·德特马 摄

镜头能够夸张汇聚的效果，其表现力强烈；标准镜头则接近于我们常规的视角，容易给人平淡的感觉；长焦距镜头由于具有压缩空间的能力，其形成的引导线既能够给人新鲜感，又有一定的装饰性。（《楼梯》图 7-51）

图 7-52　春天的音符

五、节奏构图法

节奏原指音乐中与时间有关的所有因素，这里概括了拍子、小节、循环周期和重音的位置，它反映的是声响的程序化、连贯性及重复性。移植到摄影中，我们可以注意去把握形象之间的秩序和变化，通过控制形象

的律动频率和振幅，来表达摄影师的主观意识与客观外在的呼应关系。（《春天的音符》图7-52）

图7-53 晨读 冉玉杰 摄

六、对称与均衡

对称即围绕对称基准展开的等质等量的景物形态，通常有原点对称和轴对称两种形式。原点对称也称为中心对称，即物体以画面的中心为基点，形成多角度的映照。自然界中中心对称的图形非常丰富，例如向日葵的花柄、许多花朵等都具有这样的结构，它能够给人完整、圆满、和谐的视觉效果。轴对称是指物体以轴线为中心，在它的两侧形成镜面似的映照，它可以是上下对称，也可以是左右对称。轴对称的画面能给人平静、安详的感觉。（《晨读》图7-53）

与对称相比较，均衡体现的是一种动态平衡，即围绕画面的某一虚拟中心展开的等质但不等量的景物关系。它的画面构成更富于变化，呈现出形态上的多样性。最典型的例子就是"称杆似构图"：较大但是距离较近的物体经过远端体积较小但是有足够分量

图7-55 晚舟 冉玉杰 摄

的"秤砣"而得到平衡，其体积上的差异是量的差异，其重量上的相等反映的是质的一致

图7-54 静静的湖水 冉玉杰 摄

第七章 与画面的构成 摄影的艺术语言

·117·

性，而固定称的那个点就是我们的虚拟中心，是画面的整体重心所在。(《静静的湖水》彩图 7-54 见 196 页)

七、多样统一

客观事物是复杂多样的，事物的多样性决定着我们表现方式也应当与之相适应，因此我们在进行画面布局的时候，要依据事物本身的意义、利用物体的形态特征和属性，调动影响画面构成的所有因素，实现画面整体的和谐。这些因素包括画面的思想内容、对象的运动趋势、背景的呼应关系、以及上述的构图方法。多样统一是对各种构图法则的综合运用，对摄影师的应变能力有较高的要求，其适用的空间相当广阔。(《晚舟》图 7-55)

本章要点:

1. 什么是封闭式构图,它有什么特点?

2. 开放式构图的特点和常用领域?

3. 为什么要学会动态思维?

4. 阐述决定性瞬间及其对摄影的指导意义。

5. 不同拍摄角度对画面构成有何影响?

6. 把所有景别形式都用上,拍摄一组专题故事。

7. 画面主体有什么作用,常用突出画面主体的方法有哪些?

8. 怎么处理主陪体关系?

9. 画面的环境指的是什么,谈谈处理画面环境的常用方法?

10. 什么是黄金分割法?

11. 举例说明对比手法在构图中的运用。

12. 在实际拍摄中去寻找现实的框架、引导线、节奏、对称、均衡与多样统一。

第八章 胶片摄影基础知识

　　长期以来，胶片的技术不断完善，并得到了广泛使用，摄影师对它们的特性有充分的认识，其表现力也得到了全面发掘，成为众多摄影师得心应手的工具。从技术角度看，胶片在许多方面的表现力数码感光材料目前还没有完全达到，因此，在今后相当长的时间内，胶片与数码感光材料将保持一种长期共存、各显优势的态势。另一方面，胶片的使用有利于我们了解和掌握影像形成的全过程，对于数码摄影也是一个重要的基础训练。

第一节 黑白胶片的冲印

　　黑白摄影的意义不仅在于获取具有较强抽象能力的黑白影像，更重要的是，黑白摄影能够训练我们对现实物体向灰色影阶转换的能力，其冲洗和放制的条件相对简单，使我们可以控制影像形成的全过程，通过它还可以更深入地了解感光材料的特性，掌握具体操作的环节，从而提高摄影师对影像结果的预见能力。

　　黑白胶片的技术特性在本教程第三章第一节有详尽的描述，黑白胶片的曝光技法也应该严格遵循第四章阐述的规律，下面我们着重介绍黑白胶片的冲放技术。

　　一、从潜影到显影

　　胶片感光以后，被摄对象在胶片上形成潜影，它需要通过显影、定影等过程，才能形成能够长期保持的底片。

　　1. 常用显影、定影药品

　　黑白胶片的冲洗包括胶片的显影和定影、照片的印制和放大过程中的相纸冲洗等过程，其中涉及到的药品主要有以下几大类。

　　（1）显影剂。显影剂是一种还原剂，它能够使已经感光的银盐还原成黑色的银粒，从而反映景物的不同影调。常用的显影剂有以下几种：

　　米吐尔（甲氨基酚硫盐酸），无色或灰白色结晶粉末，易溶于水。显影的影像柔和、层次丰富、颗粒细腻，对影像的暗部层次有良好的表现,是最常用的显影剂。

对苯二酚(海得几奴尼),白色针状结晶体,易溶于水,对影像的亮部层次有良好的表现,能够获得较大的反差。

菲尼酮,无色粉末或白色晶体,能溶于热水,微溶于冷水。显影速度快,颗粒细腻,反差较低。常用于快速显影液,在使用时,应当注意控制显影时间,防止出现灰雾。

(2)保护剂。防止显影剂被氧化而导致显影能力下降的物质叫保护剂。常用的保护剂为无水亚硫酸钠,白色微粒状粉末。

(3)促进剂。通过改善显影液的PH值而提高显影活性的物质叫促进剂。常用的促进剂有:

硼砂(四硼酸钠),弱碱性,多用于胶片显影中,显影的底片具有银粒细小、影调柔和的特点。

无水碳酸钠,中等碱性,显影速度较快,颗粒中等,多用于相纸的显影。

(4)抑制剂。在显影过程中对银盐的显影起到限制作用的药品称为抑制剂,其作用在于抑制影像暗部的显影,保持底片的通透度,同时防止灰雾的产生。因此抑制剂能在一定程度上降低底片的感光度,提高影像的反差。常用的抑制剂为溴化钾,呈白色透明的结晶粉末,易溶与水,须避光保存。

(5)停影剂。在显影过程中,用于中和显影液,使之快速停止显影的药品称为停影剂,常用的停影剂为冰醋酸。

(6)定影剂。定影剂能在定影的过程中溶解卤化银,让没有感光的部分被冲洗掉,使已经感光部分的影调得以保留,记录下影像。常用定影剂为硫代硫酸钠。

(7)坚膜剂。防止胶片在冲洗过程中因温度和酸碱性的影响而出现乳剂的松软、膨胀和脱落的药品叫坚膜剂。使用坚膜剂可以增加乳剂层的强度,防止乳剂表面被刮伤。常用的坚膜剂有硫酸铝钾、硫酸铬钾等。

在选用药品的时候,为了保证其稳定性和纯度,一定要选择分析纯的药品。

2.黑白胶片冲洗常用配方
(1)常用显影液配方

黑白胶片的冲洗最常用的配方是D76,它具有显影层次丰富、颗粒细腻、密度和反差适中的特点,有较高的清晰度,便于放大制作。

D-76 配方

温水(52℃)	750 毫升
米吐尔	2 克
无水亚硫酸钠	100 克
对苯二酚	5 克
硼砂	2 克
水	1000 毫升

由于显影过程中药物的消耗,为了保持药液的稳定性,通常的方法是加入补充液。D-76的补充液配方是D-76R

D-76R

温水(52℃)	750 毫升
米吐尔	3 克
无水亚硫酸钠	100 克
对苯二酚	7.5 克
硼砂	20 克
加水至	1000 毫升

在实际使用时,500毫升的D-76原液可冲洗两个胶卷,此后每冲洗一卷须加入30毫升补充液。

使用D-76加补充液的方式有除去底片综合质量好的优点以外,还因为它具有良好的保存性,便于在长期使用中获得稳定的效果。

在印放黑白照片的时候对相纸的显影最常用的配方是D-72,它具有显影速度快、层次丰富、影调明快、反差适中的效果。

D-72 配方

温水(52℃)	750 毫升
米吐尔	3.1 克
无水亚硫酸钠	45.0 克
对苯二酚	12.0 克
无水碳酸钠	67.5 克
溴化钾	1.9 克

水　　　　　　　　1000毫升

在相纸显影的时候，可以使用原液，也可以按照1:1或者1:2加入清水稀释，显影温度宜控制在20℃。

（2）常用停影液配方

停显液用于显影结束以后中和显影液的碱性，达到快速停止显影的目的。停影剂的使用能够精确控制显影时间，也可以延长定影液的使用寿命。

常用的停影材料为乙酸（冰醋酸），配方如下：

SB-1 停显液

水　　　　　　　　1000毫升

醋酸（28%）　　　　48毫升

一般停显液的温度应当保持与显影液的温度一致，停显时间为20秒钟。

（3）常用定影液配方

所谓定影就是在显影结束以后，把未曝光部分的银盐溶解掉，保证已曝光部分的银盐经过显影以后得以稳定的保存。

最常用的定影剂为硫代硫酸钠（海波），是一种白色结晶体。最常用的定影液配方为F-5坚膜定影液。

F-5 坚膜定影液配方

温水（52℃）	600毫升
结晶海波	240克
无水亚硫酸钠	15克
醋酸（28%）	48毫升
硼砂	7.5克
钾矾	15克
水	100毫升

F-5配方由于含有钾矾，能够防止胶片因为温度的变化和浸泡造成乳剂层的松软和脱落，从而达到坚膜的作用。

3. 黑白胶片冲洗的工具和准备

黑白胶片的显影需要以下的设备：（《黑白胶片冲洗设备》图8-1）

（1）显影罐。通常有不锈钢显影罐和塑料显影罐两种可以选择，我们建议使用塑料显影罐，它热传导性差，能够较好保持药液

图8-1　黑白胶片冲洗设备

的温度。显影罐包括罐体、片盘、片盘轴、漏斗型罐盖、搅动轴。

（2）量杯。可备用两个容量1000ml的塑料量杯。

（3）温度计。建议使用暗房专用温度计。

（4）记时钟。应当精确到秒，表面大，以黑底白字或白底黑字为好，避免红色。

（5）暗袋。避光严密，体积足够大。

（6）深色瓶子。至少三个，分别装胶片显影液、相纸显影液和定影液。深色的目的是防止光线对药液的照射引起变质。

（7）漏斗。两个不同颜色的漏斗，在注入显影液和定影液时分别使用，颜色不同便于区别。

（8）玻璃棒。用于搅动药液。

（9）剪刀、底片袋、引片器等。

4. 罐显的基本方法

常用的冲卷方法有罐显和盘显两种，所谓罐显，就是显影过程在显影罐中完成，其特点是可以明室操作，对环境依赖小，显影质量稳定。盘显即显影过程在显影盘中进行，其特点是需要暗房操作，容易出现显影不均匀的现象，胶片在盘中移动使底片划伤的几率增加。因此我们推荐使用罐显的方法。

胶片按照以下步骤装罐：

（1）用引片器引出片头，用剪刀将片舌剪平。

（2）在明室将片头插入片轴的轨道。

（3）将显影罐分开放入暗袋，把装入轨道的片轴放入暗袋。

（4）在暗袋内把胶片卷入片槽，剪去片轴。

（5）装进罐体内盖好，打开暗袋取出备用。

5. 时间温度法

要获得高质量的底片，必须按照正确的方法冲洗胶卷，我们通常是在一定时间内、一定的药温条件下进行冲洗，这种方法叫做时间温度法。它能够保证冲洗过程的统一，使得每次冲洗的底片都能够获得一样的品质。

（1）时间。根据胶片不同的品牌和型号，其冲洗的时间有差异，一般是6至10分钟。但是对于同一品牌和型号的胶片其冲洗的时间应当一致，一般在初次冲洗该胶片的时候按照厂家推荐的时间进行实验，在此基础上根据实际冲洗的效果在时间上进行适当增减，以达到理想效果的时间作为以后冲洗的标准。

（2）温度。通常把显影的温度控制在20℃，正负最好不超过1℃，以保证冲洗质量的稳定性。

（3）显影。将调整好温度的显影液注入显影罐中，开始显影。将显影罐轻轻敲击几下，除去附着在胶片上面的气泡。

（4）搅动。搅动的目的在于让药液与胶片药膜面保持均匀的接触，通常的搅动方法是：注入药液以后的第一分钟完全搅动，第二分钟不搅动，以后每分钟的前十秒钟进行搅动，直至显影结束。

（5）停影。显影结束以后，将显影液倒出，然后注入停显液，再搅动二十秒钟左右倒出。

（6）定影。加入定影液搅动均匀后静止放置进行定影，时间到后倒出。

（7）水洗。用流动的清水冲洗胶片大约20分钟，使胶片具有较长的保存期。

（8）加湿润剂。将充分水洗以后的胶片放入稀释好的湿润剂中，搅动大约30秒，它能够改善水的表面张力，使胶片在干燥的过程中不易产生水渍。

（9）晾干。用夹子把胶片夹好挂起，用专用海绵轻轻抹去胶片表面的水滴晾于通风干燥处，在胶片的下面挂上几个夹子或其他物品，以防止胶片卷曲。

（10）装袋。完全干透的底片，按照每六张剪成一条，装入透明的底片袋，并且在底片袋的边缘写上拍摄记录，以便以后检索使用。

胶片的冲洗过程一定要标准化。时间、温度、药液注入的速度、搅动的时间和力度等，都应当进行严格控制，这样就能够保证任何时候冲洗的胶片都能够获得统一的技术质量。（《装罐和冲洗》图 8-2、8-3、8-4、8-5、8-6）

图 8-2　将底片插入片槽

图 8-3　注入显影液

图8-4　搅动

图8-5　注入定影液

图8-6　水洗

6. 底片的鉴定

完成冲洗的底片应当进行鉴别,以检查冲洗的质量,为以后积累经验。鉴别底片主要从以下三个方面观察。

(1)密度。底片的密度受到曝光量和显影过程的双重影响。正常曝光的底片,如果显影正常,则密度适中;如果密度偏小,则可能是由于显影的时间不足或者是药温不足;如果密度偏大,则可能是显影时间过长或者药温偏高。

(2)反差。底片的反差受到被摄对象的反差和显影过程的双重影响。被摄对象反差适中,按照正常显影,应该获得反差适中的底片。如果底片反差偏小,主要原因可能是搅动不足;如果搅动过度,则会造成反差偏大。

(3)颗粒度。正常冲洗的底片颗粒应当与胶片的感光度相适应。冲洗的药温过高、搅动过度、时间过长都会造成颗粒的增加。底片的鉴定对于改善我们的拍摄和冲洗都十分重要,通过不断地总结经验,能够帮助我们把握和理解摄影的全过程,让我们在拍摄的时候能够预见照片的最后效果,提高我们对图片的掌控能力。

二、黑白照片的制作

1. 暗房的基本要求

黑白照片的制作必须在暗房中进行,它应当具备以下基本要求,并且有相应的设施。

(1)避光和通风。暗房必须保证避光,任何杂光的进入都会影响照片的技术质量,轻则出现灰雾,重则导致相纸的曝光。暗房的通风也十分重要,由于显、定影液都有一定的气味,应当通过空气交换,保持空气的清新。

(2)安全灯。由于黑白相纸被设计为对红色色盲,暗房通常设置红色安全灯,其亮度不能太亮,一般以相纸在红灯下放置五分钟再进行显影仍然能够保持纯白为宜。

(3)印相箱和放大机。印相箱是接触印

相法印制照片时使用的不透光的箱子。放大机是用来投影底片使其影像放大的光学仪器，有散射式和聚光式两种。散射式放大机放制的照片反差较小，影像柔和；聚光式放大机放大的照片线条清晰，反差明快。

（4）放大镜头。根据底片的大小准备相应的放大镜头，放大 120 底片一般使用焦距 90 毫米以上的放大镜头，放大 135 底片，一般使用焦距 50 毫米至 75 毫米的放大镜头。（《放大机》图 8-7）

图 8-7　放大机

（5）定时器。能与放大机联动的定时器，以便精确控制曝光时间。

（6）塑料盘若干。分别用来放置显影液、清水和定影液，为了便于观察，一般用红色塑料盘放置显影液，白色塑料盘放置清水、兰色塑料盘放置定影液。

（7）量杯、温度计、镊子若干。（《放大照片用的基本设备》图 8-8）

2. 黑白照片制作常用配方

黑白照片制作使用的显影液通用配方为 D-72，定影液通用配方为 F-5，许多感光材料厂家针对自己出品的相纸设计有专用配方，比如柯达、依尔福、乐凯等，使用品牌

图 8-8　放大照片用的基本设备

专用配方能够最大限度地发挥相纸的潜能，放制出高质量的照片。

D-72 配方具有良好的通用性，技术成熟，质量稳定，易于保存，可用于大多数相纸的显影。

F-5 是相纸定影的通用配方，技术成熟，质量稳定。

3. 照相纸的选择

（1）纸基的选择。现在照相纸大约分为纤维纸基相纸和涂塑相纸两大类。纤维纸基相纸使用传统的硫酸钡纸基，吸水性强，在显影和定影过程中会吸附大量的药液，因此需要长时间水洗，是制作收藏级照片常用的相纸，但是其加工相对复杂，需要经过上光来保持相纸的光洁和平整；涂塑相纸采用 RC 纸基，两面涂有防水塑料。无论湿时干时都较结实平整、不吸水、加工快捷，不需上光就能获得光亮画面等特点，既可常温手工冲洗，也适合高温快速冲洗。

（2）反差的选择。相纸的反差一般根据其纸号不同而不同。1 号纸反差偏小，适合于放制反差大的底片；2 号纸反差适中，适合于放制中等反差的底片；3 号纸反差比较大，适合于放制反差较低的底片；4 号纸具有更大的反差，适合于放制反差很低的底片。相纸反差的选择，能够在一定程度上弥补底片的不足，但是不能根本改善照片的质量，要获得技术质量完美的照片，应该从曝光的时候开始，完美的底片是产生完美照片的基础。

4. 接触印相法

接触印相法即将印相纸直接与底片接触进行印相，它适合用较大的底片印制照片。应当注意的是，接触印相应该使用印相纸，它的感光度比放大纸要低很多，能够适应接触印相光源距离近、光线强度大的特点。

5. 黑白放大的基本过程

（1）恒温。与冲洗胶片一样，照片放大也应该在恒温条件下进行，使用恒温器或者其他方法，把显影液和定影液的药温控制在20℃左右。

（2）清洁底片。取出底片，用吹气球吹去底片表面可能附着的灰尘，然后将底片药膜面朝下放入底片夹中。

（3）剪裁相纸。关闭暗室里的照明灯，在远离红灯情况下根据需要的大小剪裁放大纸。

（4）聚焦。全开放大机镜头的光圈，调整焦距直到影像达到最清晰的程度，最好能使用粒子聚焦器进行观察，确定聚焦清楚以后，收小镜头的光圈2到3级备用。

（5）制作试条。将相纸放入尺板，按照5秒的倍数对相纸进行分段曝光，即一张相纸上分别进行5秒、10秒、20秒、40秒等的曝光。

（6）分析试条。将曝光结束的试条放入显影液进行两分钟的显影，然后定影。拿到自然光下观察放大效果，确认哪个放大时间放制的照片合乎要求，作为正式放大的依据。如果整个试条均无理想的曝光量，则需要调整光圈以后再做试条，直到获得理想的曝光时间为止。

（7）放大。按照试条测试的放大时间正式放大，注意放大的过程中要避免身体与放大机或工作台面的接触，以保证放大照片的清晰度。

（8）显影。将曝光后的相纸放入显影液中，药膜面朝下，轻轻翻动，保持均匀的接触。按照试条测定的显影时间完成显影。

（9）定影。将显影完成的相纸经过清水清洗后放入定影液，少许翻动后直至定影结束。

（10）水洗。将相纸充分水洗，纤维纸基相纸需要更多的冲洗时间。

（11）晾干。涂塑相纸直接晾干后既平整而且又有光泽，纤维纸基相纸则需要用上光机对图片进行烘烤，帮助其干燥和上光。

第二节　彩色摄影的基本原理

我们看到的世界是色彩丰富的世界，要全面准确地用摄影的手段表现客观事物、反映事物的多样性就离不开彩色摄影。同时色彩本身又具有极强的表现力，它的对比与和谐，它丰富的变化能够帮助我们渲染意境，营造气氛，传达作者的主观感受。

一、彩色摄影基础

1. 光与色

色彩形成可以理解为下面的基本过程：当光源照射到物体后，其透射或反射的光线刺激人眼以引起色彩感觉。它起源于光的照射，通过物体反射波长的变化并且经过肉眼的感受而传递到大脑形成色觉。可见色彩的形成过程离不开以下三个要件：A、光源。B、物体。C、观看者。它们共同组成了色彩形成的基本要素。

我们可以把自然界的物体分为两大类：其一、发光体——指能向周围空间辐射光的物体，亦称为光源。例如太阳、电灯、火光等。其二、非发光体——指自然界中发光体以外的所有物质。例如月亮、山川树木、田野房屋等。

发光体发射的能量是以电磁波的方式传播的，我们能够看到的电磁波波长范围在380nm到780nm，它叫做可见光谱。对于发光体而言，我们看到的是它发出的辐射光的波长，对于反射体而言，我们看到的是它反射出来的那部分波长。

假如我们在一间房屋里放上一个苹果、一个柠檬、一捆青菜和一尊汉白玉雕塑。当我们打开窗户让自然光照射它们，我们能够看到苹果的红色、柠檬的黄色、青菜的绿色和汉白玉的白色，一旦我们把门窗紧闭，则什么也看不见了，在我们的眼中是一片黑色。

所以对于光与色的关系我们可以这样理解：白色源自光线的存在，黑色源自光线的消失，彩色源自光线的吸收和反射。

2. 认识色彩

（1）原色与补色

1802 年，英国科学家扬·托马斯提出了视觉色彩理论，认识到色彩是一种视觉现象，人眼的视网膜接收到自然界不同波长的光波辐射的刺激，能够产生色彩感觉，而等

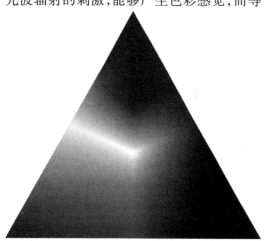

图 8-9　色三角图

量的红、绿、蓝色光相叠加，则能够产生白光，因此把红、绿、蓝色定义为三原色。

下面我们通过对色三角图的解读来认识色彩。在色三角中，三原色以品字形的排列构建成一个等腰三角形。将两种原色等量混合的颜色我们称之为补色，色三角中的黄色是红色与绿色的混合，它是蓝色的补色；青色是蓝色与绿色的混合，它是红色的补色；品红是红色与蓝色的混合，它是绿色的补色。由于补色含有相邻两种原色的等量成分，所以它和另外一种原色相混合依然能够

形成白色。（《色三角图》图 8-9）

（2）色彩三要素

要充分认识色彩，还要理解色彩的三个要素：色别、明度、饱和度。

色别指色与色之间的区别。人眼能够分辨出百余种颜色，颜色之间的差异是由它的波长决定的。我们通常所说的红、橙、黄、绿、青、蓝、紫就是最典型的色别区分。

明度指的是颜色的明暗深浅，它取决于物体固有色的含量和光源的条件。同一种颜色受到不同强度的光线照射会产生不同的明度，一件大红色的衬衣在明亮的阳光下会呈现出明快耀眼的红色，而在昏暗的光线下面，则会呈现出深暗的酱色。如果大红的衬衣被蓝色光照耀，则会呈现出紫色。

饱和度指颜色的鲜艳程度，或者叫做颜色的色相纯度，它表示该颜色给人的色彩感的强弱。饱和度的大小取决于颜色的浓度、物体反光的程度和光照的强度。颜色的浓度指本色与消色之间的比例，一个物体中含本色的成分多，则含消色（黑、白、灰）的程度就小，色彩感就强烈，饱和度就大。如果它含的灰度大，则本色就小，饱和度就低；如果物体表面光洁，反光能力强则饱和度大，反之则小；就光照情况而言，过强的光照由于白光的增加，会导致饱和度降低，适中的光照能够出现较大的饱和度，过暗的光照会使颜色深暗，也会降低饱和度。

（3）色温

色温是表示光源光谱成分的概念，它反映的是在一定绝对温度时黑体发出的光辐射的颜色。将一个黑体加热 3600K，它发出的光线是橙色，我们就把橙色光描述为 3600K，当黑体加热到 5500K 时其光辐射呈白色，我们就把白光描述为 5500K。所以光源色温的高低不是指光的温度，而是指光的色彩。

对于自然光而言，不同的时间和气候其光源的色温有显著的不同。从时间上看，在有阳光的时候，早晚色温较低，而中午较高；就气候条件而言，有阳光的时候色温较低，

多云和阴天时色温较高。在人工光条件下，对于同一只闪光灯，如果我们给它加上红色滤片，就能获得低色温的光线，如果我们加上蓝色的滤片就能获得高色温的光线。在摄影过程中，正确地认识色温和利用色温的变化，可以增加作品的表现力。

二、彩色胶片的特点

1. 胶片是怎样"记录"色彩的

我们可以把彩色胶片理解成是对我们视网膜的模仿。我们视网膜中有三种不同类型的感色细胞，它们分别对红色、绿色和蓝色敏感，它们各自收集到的单色信息经由神经传导到达大脑，经过大脑的综合得出色彩的感觉。而彩色胶片的设计也是这样，它们有专门的感蓝层、感绿层、感红层，分别对相应的色光敏感，在曝光的时候各行其是，把

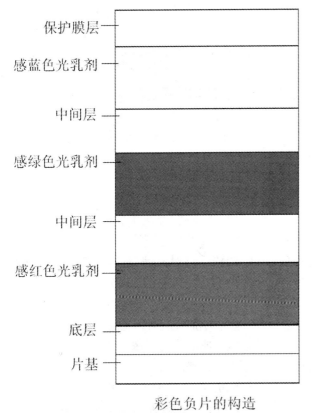

保护膜层
感蓝色光乳剂
中间层
感绿色光乳剂
中间层
感红色光乳剂
底层
片基

彩色负片的构造

图 8-10 彩色负片结构图

对象的色彩分解并且记录下相应的信息，经过冲洗和定影，在放制照片的时候把各种色彩信息叠加，还原物体原来的色彩关系。

胶片的基本结构（《彩色负片结构图》图8-10）

它们具有以下的多层结构：保护层、感蓝层、隔离层、感绿层、隔离层、感红层、防反射层，明胶底层、片基、防静电和防卷曲层等。

2. 彩色负片的特点

常用的彩色胶片有两大类：其一是彩色负片，其二是彩色反转片。

彩色负片在拍摄以后经过冲洗，底片上记录的影像与我们眼睛看到的实际景物有以下差别：在明暗关系上与被摄体相反，景物明亮的部分在底片上具有较大的厚度，而景物亮度低的部分在底片上明亮；在色彩关系上与被摄对象之间互为补色，红色的景物在底片上呈现为青色，蓝色的景物在底片上呈现为黄色。

彩色负片都有一层橙色的色罩，目的在于在曝光的过程中固定吸收有害波长，在印放照片的时候，根据设置各种胶片的频道能够消除色罩的影响。彩色负片的英文品牌的字尾以 COLOR 表示。

彩色负片主要用于需要印放彩色照片时使用，它具有曝光宽容度大的优点、适用色温变化范围相对较广的特点，一般曝光不足一级或过度二级，仍可能得到满意的影像。在印放照片时可以通过放大机的滤色镜再次调整色彩平衡和反差。

3. 彩色反转片的特点

彩色反转片因为其冲洗中有一个影像反转的过程而得名，它经过冲洗之后能够得到与被摄对象色彩和明暗关系完全一致的彩色透明正像，它可以非常方便地直接用于幻灯片的放映，因此也被称为彩色幻灯片。彩色反转片可以直接用于分色制版印刷，是许多专业摄影师常用的胶片。

彩色反转片色彩真实饱和，影像的清晰

度高、反差大、色彩鲜艳通透。与彩色负片相比较，反转片具有较小的曝光宽容度，一般曝光不足超过一级，曝光过度超过半级就会严重影响影像质量，所以拍摄反转片要求曝光一定要十分准确。彩色反转片的英文品牌字尾用 CHROME 表示。

现在由于在放制照片中广泛使用数码扫描技术，因此反转片也能很方便地制作成照片。

4. 日光型胶片和灯光型胶片

由于胶片的色彩平衡需要一定的条件，按照胶片适用的色温条件，我们把胶片分为日光型和灯光型。

日光型彩色胶片适合在色温 5500K 左右的日光或电子闪光灯照明下拍摄，这时它能够达到最好的色彩平衡，如果把日光型胶片用在低色温的条件下拍摄，则画面色调明显偏向橙色（例如在白炽灯下拍摄人物，面部会发黄）。

灯光型彩色胶片适合在色温 3200K 左右的碘钨灯光源下拍摄，如果使用灯光型胶片在色温 5500K 左右的日光条件下拍摄，画面会出现明显的偏蓝色调，这时可以在镜头前加琥珀色色温转换滤色镜以矫正色彩的偏差，才能得到准确的色彩还原。

三、彩色胶片的冲洗与制作

1. 彩色胶片的冲洗工艺

彩色胶片的冲洗和照片的印放对冲卷机、放大机、冲纸机等器材都有很高的要求，在显影温度、冲洗和放大时间、搅动等环节的控制也有比黑白照片冲放更高的要求，其套药的使用也需要循环进行，才能获得最佳经济效果，因此现在个人手工冲洗照片，既不经济，也难保证品质。在此我们仅就彩色胶片的冲印作简单的介绍。

（1）彩色负片的冲洗

当前世界上常用的彩色负片的冲洗采用 C——41 工艺，它适合于自动冲洗机使用，药水由厂方提供原装浓缩液，经过稀释以后使用。药品含显影液、漂白液、定影液及

稳定液，显影过程在严格的时间、温度和搅动的控制下进行。

C-41 工艺大致要经过以下环节：

前浴：清除防反射层中的碳黑。

显影：将胶片感光后形成的潜影转换成染料，形成彩色影像。

水洗：清除乳剂层中的显影液。

漂白和水洗：溶解和清除已经还原的金属银盐。

定影和水洗：溶解和清除未感光的金属银盐，并且冲洗干净。

稳定：坚膜和防止影像褪色。

干燥：便于保存。

C-41 工艺的整个过程大约需要 24 分钟。

（2）彩色反转片的冲洗

彩色反转片的冲洗多采用 E-6 工艺，一般采用吊挂式自动冲洗机，药水为厂方提供原装浓缩液，经稀释后使用，主要工艺环节如下：

首显：即黑白显影，将已经曝光的银盐还原成黑白影像。

停显和水洗：停止显影并且清洗掉显影液。

反转：对未曝光的部分银盐进行灰化处理。

彩显：将已经灰化处理的卤化银还原，让成色剂与显影生成的氧化物形成色彩。

调整：让胶片在调整液中搅动后静置两分钟。

漂白：漂去胶片中还原的银盐。

定影：洗去所有未感光的银盐，留下彩色染料生成的彩色正像。

水洗：清除定影液。

稳定：在稳定液中浸泡，然后干燥。

E-6 冲洗工艺大约需要 36 分钟。

2. 彩色照片的放大

彩色照片的放大现在有传统的放大方式和数字技术放大方式两种。

其一、传统的放大技术，即通过放大机

对底片进行放大。普通彩色放大机的结构同黑白放大机的结构基本相似,不同点在于机头多了一个滤片抽屉,用于调节光源的色光,它必须在暗房里操作。现在大量使用的是可以明室操作的放大系统,其自动化程度高,能够快速放制大量图片,适合商业化使用。

传统方式放制彩色照片要经过以下几个主要步骤:

试样。即进行曝光试样和校色试样,以确定曝光的时间和校色片的组合。

校色。即对试样进行分析,然后进行校正。

曝光。依据校色试样获得的正确曝光量和校色片组合进行曝光。

显影。即将相纸上经过曝光获得的潜影显现成影像。

停影和水洗。中止显影并且洗去照片上残留的显影液。

漂定。除去相纸上的银盐成分。

水洗。除去相纸上的漂定液,以利于照片的保存。

干燥。用烘干机使相纸快速干燥。

其二、数字放大技术,即通过数码扫描底片然后放制出照片。它通过扫描仪将底片上的影像转换为数字信号,经过电脑处理以后把信号发给数码冲洗机冲洗出照片。在这个过程中,可以通过软件对照片的反差、饱和度、亮度等特性进行全面控制,并且方便对每次处理好的图片信息进行保存,能够保证影像的品质。

关于传统底片的数字化处理,我们在下一章中还要进行具体的介绍,而相纸的显影和定影环节与传统放大的方式是一致的。

第三节 彩色摄影表现方法

在彩色摄影中,应当利用色彩的特点,充分展示对象的色彩特征,并且深入挖掘色彩与人类情感的紧密关系,利用色彩来营造画面气氛。

一、色彩的冷调与暖调

色彩的冷调与暖调是指人类的感官对色彩刺激的心理反应,通常我们把波长380nm至550nm的色光称为冷色,它们涵盖的是紫、蓝、青、绿的色彩范围,这些色彩能给我们寒冷、冷静的感觉,而波长在550nm至780nm的色光我们通常称之为暖色,它们涵盖的是从黄到红的色彩范围,在视觉感受上能给我们积极、热情、温暖的联想。

就照片而言,一张以蓝、青为主调的作品能带给读者冷静、深沉、安宁的感觉,而一张以红、黄为基调的作品则能传达热烈、主

图8-11 藏式客厅 冉玉杰 摄

动、喜庆的气氛。

图片的冷调与暖调取决于多方面的因素:

首先,对象自身的色彩倾向决定着照片的色彩倾向。一个大红大紫的场景,能够很自然地给你一个暖调的画面,而一个装饰为灰绿色的办公室,则反映出冷调的特征。

其次,充分利用光线的变化。朝霞和夕阳中,画面呈现出暖调的特征,阴天暗淡的云层下面则会给人清冷的感受。

其三,可以有意反环境使用胶片。即在日光条件下使用灯光型胶片,画面会显著偏

冷调；在白炽灯条件下使用日光型胶片，则画面会显著偏暖。

其四，使用校色滤镜。橙黄滤镜能够降低色温，使画面偏向于暖调；青蓝滤镜能够提高色温，使画面偏向于冷调。（《藏式客厅》彩图8-11见196页）

二、色彩的对比与和谐

色彩的对比是指在色彩的运用中，利用两种或两种以上波长差距较大的颜色进行

图8-12　静静的罗泉　冉玉杰　摄

比较，相互烘托，达到强化画面的特点，传递艳丽夺目的色彩效果。

要强化色彩对比的效果，可以尽量利用原色之间的对比，例如把红与绿、红与蓝、绿与蓝同时放置在画面中，能产生强烈的视觉效果。也可以利用原色与补色之间的对比，例如红与青、绿与品红、蓝与黄的对比都能够带给人强烈的色彩刺激。

色彩的对比也可以通过明度的差异来实现，深暗的蓝色和鲜亮的黄色之间能够产生强烈的差异。

色彩饱和度上的差异也能够引起强烈的对比，在浅绿的草地上一个穿着鲜红色服装的人物会对观众产生强烈的吸引力。

色彩的和谐是指画面含有主导色的相同色和近似色，或者由于饱和度的降低使画面色彩之间的对比减弱，给人带来的整体和谐协调的感觉。（《静静的罗泉》彩图8-12见196页）

一个色彩和谐的画面往往有一个色彩基调，这个基调色决定着画面整体的色彩倾向，同时也贯穿在画面里的其他颜色之中，例如我们拍摄一张秋天红叶的画面，红色是基调和主体色，画面中偶尔出现些黄色和品红色的树叶，因为它们具有相近的波长，给人感觉是和谐的。

一个色彩饱和度较低的画面，则是由于色彩对比的减弱，而让画面的消色即黑白灰的关系占据了主导地位，使画面的色彩统一于不同灰阶的影调层次，也能造成和谐的画面。

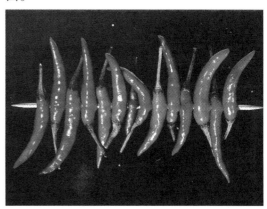

图8-13　辣椒　多米尼克·安方信　摄

三、色彩的饱和度与画面的气氛

色彩的饱和度能够营造不同的画面气氛，浓郁而纯净的色彩给人厚实、丰满的感觉。在选用胶片的时候，低感光度的胶片往往能够获得更大的色彩饱和度，柔和而明亮的顺光也是获得高饱和度影像的重要条件。（《辣椒》图8-13）

低饱和度的画面要么有较高的明度，要么是以消色占据画面的主导地位，它能够营造清单、素雅的气氛。

四、色彩的明度与画面的情调

图8-14　豹斑青蛙　斯蒂芬·达尔顿　摄

按照画面中色彩明度的不同,我们可以把照片分为高调、低调、中间调三种调式。

中间调影调层次丰富,以灰调占主导地位,能够表现丰富的细节。

高调照片的色彩明度高,颜色浅淡,虽然画面中不排除少量的深色调,但是亮而浅的影调和色彩是画面的主体。高调照片能够给人亮丽明快、清秀脱俗的色彩效果。要获得高调的效果应当注意拍摄环境的选择:浅淡的背景和明亮的照明是必不可少的条件,恰当地增加一点曝光,和避免使用有显著投影的光线也是十分重要的。

低调照片的色彩明度低,颜色相对浓重,大量深色的影调占据着画面的主导地低调照片能够营造严肃深沉的意味,画面具有凝重神秘的气氛。追求照片的低调效果并不是要照片一味深暗,在低调照片中少许的亮调反而能够强化画面总体上的深沉气氛,而且在厚重的画面中,局部的亮调恰好能够形成画面的趣味中心,吸引观众的注意力。(《豹斑青蛙》彩图8-14见196页)

本章要点:

1. D-76配方适合于对什么显影?

2. D-72配方适合于对什么显影?

3. F-5配方为什么叫坚膜定影液?

4. 谈谈时间温度法。

5. 黑白暗房应该具有哪些基本设施?

6. 黑白照片放大有哪些基本过程?

7. 为什么放大的过程当中必须作试条?怎样作试条?

8. 什么是色彩的三原色?它们的补色是什么?

9. 什么是色彩的三要素?

10. C-41工艺和E-6工艺分别用于何种胶片的冲洗?

第八章　胶片摄影基础知识

第九章　　数码摄影

随着科学技术的进步,为摄影技术提供了新的发展空间,计算机技术的运用带动了图片拍摄的数字化,它改变了传统摄影的方式,拓展了摄影的领域,成为摄影技术新时代的又一个起点。

第一节　　数码相机

数码相机也叫数字式相机,是集光学、机械、电子一体的摄影工具,集成了影像信息的采集、转换、存储及传输等功能。

一、数码相机的优势

与传统胶片相机比较,数码相机具有以下主要优势:

1. 经济性。随着电子技术的高速发展,数码相机的制造成本越来越低,几年前顶级的数码相机价值数万乃至数十万元,现在用几千元就能买到功能比它强大得多的机器,而且技术不断提升和价格不断下降的趋势还在继续,可以想象在未来的几年内,数码

相机的性价比还会有巨大的提高。数码相机的经济性还表现在其使用成本更低上面,传统相机必须不断地购买胶片,数码相机看上去有较高的初次投入,但是你在买相机的时候也买了"胶卷",后续投入低。

2. 直观性。数码相机拍摄的图像能够通过机身后面的显示屏直接观看,具有即时、直观的特点。通过它摄影师能够及时检测拍摄的效果,如果不理想可以立即补救。数码相机的直观性还可以加强摄影师和被摄对象之间的沟通,增加相互的信任。

3. 方便性。数码相机的方便性表现在其处理、传输、存储等多方面。传统胶片必须经过冲洗、放大的过程才能获得照片,如果需要传输,还必须经过扫描。数码影像可以直接将存储卡连接到计算机上立即进行处理,现在最先进的数码相机还能够一边拍摄一边以无线发射的方式向计算机传输信号,经由电脑处理后通过互联网发往世界各地,处理和传输的速度极大地提高。并且数字影像可以以数字方式保存在计算机中或者刻录成光盘,不会出现时间久了底片褪色、发霉、

沾染灰尘影响放大质量的问题。

4. 环保性。传统相机用化学的方法处理底片，在冲洗和放大的过程中会产生大量有害物体，对人和环境有一定污染。数码影像使用电子信号，减少了材料的消耗，避免了有害排放，有利于环境保护。

二、数码相机的种类

当前数码相机主要有以下类型：

1. 单镜头反光数码相机。即将数码感光材料运用到单镜头反光相机上面，它们的技术含量高，是一个高度自动化的电子光学系统，具有自动聚焦、高速连续拍摄、操控方便、可交换镜头品种丰富等特点，能够适应新闻、商业等摄影活动对相机提出的高要求。对于当前主流单反相机，我们在前面第二章第四节有详细的介绍。

2. 小型智能数码相机。以便携为特点，机身相对较小，自动化程度高。根据设计的目的不同，大多数小型数码相机能够满足一般家庭留影和旅游纪念摄影的需要，也有一些机型具备了比较专业的功能，以满足职业摄影工作者随身携带、作为副机使用的要求。

小型智能数码相机品种繁多，并且新品种推出间隔较短，功能也具有多样化的特点，无法一一列举，当前流行的具有代表性的有：佳能 G9、松下 LX2、理光 GRD 等。（《小型数码相机》图 9-1）

图 9-1　小型数码相机

3. 数码后背。数码后背是专门为传统大片幅相机设计的数字后背，能够帮助传统可交换后背的 120 相机、座机拍摄数码图片，具有像素高、文件量大、能够输出高精度图片的特点，适合在广告摄影、摄影室人像摄影拍摄等商用领域的需要。

目前市场上具有代表性的数码后背有：飞思、哈苏、利图等品牌。最新的型号其像素已经达到 3000 万至 4000 万像素。（120 相机的数码后背图 9-2）

图 9-2　120 相机的数码后背图

三、数码相机的感光元件 CCD 和 CMOS

1. 数码感光元件的类型

CCD 和 CMOS 是当前数码相机最常用的感光元件。数码相机的感光元件与传统胶片有本质的差别，它是利用一个光电转换系统进行工作。在相当于传统胶片的位置，数码相机使用特制的半导体装置作为感光元件，当它被光线照射的时候，能把光线转换为电荷，然后通过微处理器将电荷转换为数字信号进行保存。

CCD (Charged Coupled Device)即电子耦合组件，它由众多的感光单元以矩阵方式排列于镜头后面。当相机的快门打开，光线投射到这些单元上面，其信号汇总到一起，便构成了一幅数字图像。CCD 的像素越多，面积越大，获得的图像就越清晰。

CMOS(互补金属氧化物半导体)是 CCD 芯片的一种替代产品。主要是利用硅和锗这两种元素所做成的半导体，使其在 CMOS 上共存着带 N(带 - 电)和 P(带 + 电)级的半导体,这两个互补效应所产生的电流即可被处理芯片记录和解读成影像。

两者相比较:CCD 发明于 1969 年,经过三十多年的发展,其技术比较成熟,形状和运作方式也基本定型。其结构为矩阵网格、类似于微型镜头的聚光镜片和一系列电子线路阵列组成,成像质量好,但是制造工艺复杂,成本较高。在使用的过程中耗电大。CMOS 技术已发展了数十年,上世纪 90 年代末期开始用于数码相机,CMOS 的优点是结构简单、制造成本比 CCD 低、耗电少。早期的 CMOS 产生的影像素质一般比 CCD 低,但近几年,CMOS 技术发展迅速,在许多中高档数码相机上得到广泛运用,其发展潜力很大。

2. 数码感光元件的特性

数码感光元件具有和胶片相似的一些特性,但是由于感光材料本身的差异,有的特性又是胶片完全不具有的。

(1)像素。描述 CCD 或者 CMOS 上感光组件数量的单位,是其横向单元和纵向单元感光元件的乘积,一般情况下像素越高,成像效果越好。例如一个长、宽边分别为 4000 和 2500 的感应器,其总象素为:

4000 × 2500=1000 万(像素)

值得注意的是,现在的感光组件有的是全帧的,有的则是隔行的。隔行的感光组件往往通过插值的方式达到标称的像素数,这样图像的实际质量远达不到全帧组件的水平。这一点如果我们比较一下一个标称 800 万像素的消费级数码相机和相同像素的单反数码相机放大的图片质量就能很好地理解了。

(2)感光度。和胶片一样,它也是表示感光组件对光线的敏感程度,其单位依然是 ISO。感光度与影像质量的关系与胶片也有相似之处:感光度越低,影像质量越好,感光度越高,影像质量越差。但是和传统胶片相比,数码相机在相同感光度的情况下,特别是在高感光度区域,其画质表现要优秀得多。

(3)白平衡。数码相机独有的特性。由于数码感光组件在不同色温条件下对色彩的感知能力有很大的差异,所以相同颜色在不同色温条件下拍摄其色彩会出现很大的偏差。为了使图片尽量接近对象的本来面目,数码相机都设定了不同的白平衡参数,即根据不同的实际色温条件作出相应的设定,以达到将白色还原成白色的目的,从而实现色彩的平衡。在大多数情况下,自动白平衡能够保证对象正确的色彩还原,在特殊情况下,可以运用手动调节。

一方面看,白平衡的问题是数码感光材料的一大弱点:要想拍摄出的图片能够准确地还原对象的色彩,需要根据不同的情况尽量精确地设定白平衡。另一方面,它也可以被看成一个优势:它在色彩的主观表现方面为我们提供了极大的空间。(《跃》图 9-3)

(4)噪点。又称为杂色、噪声或者噪音,

图 9-3 跃 冉玉杰 摄

主要是指 CCD(CMOS)将光电信号在接收及输出的过程中所产生的图像干扰,是一种图像中不该出现的外来像素。噪点多的图像看起来就像被弄脏了一样,布满一些细小的糙点。在使用高感光度拍摄和长时间曝光的时候,出现噪点的机会较多,存储影像的压缩比过大也会出现噪点。

噪点和坏点是两个概念,坏点是指 CCD(CMOS)上面的感光元件出现了故障,不能正常记录对象的信号。噪点和坏点的区别很容易:如果拍摄的图像总是在相同的位置出

图9-4　晨炊　冉玉杰 摄

现杂点，则可能是坏点。噪点的出现是随机的，可能在任何地方出现。

针对噪点的情况，现在数码相机厂家往往在相机中设计有降噪功能，即用数字处理的方式对噪点进行适当弥补。

（5）紫边和高光溢出。紫边是指数码影像的高亮度区域与相邻区域交界处经常会出现的一种色斑现象，通常表现为紫色。

紫边出现的原因很多，首先是镜头的色散。由于不同色光的波长的差异，它们往往不能同时汇聚到一个点上，现代高级的复消色差镜头对镜头的色散有较好的抑制，但是还不能完全消除，因而造成各种色光不能在影像上完全重叠，从而出现色斑。在对象明暗对比强烈的时候，出现紫边的几率较大。

另外一个原因是CCD（CMOS）的成像面积小，由于成像单元密集，当光线照射到上面的时候会出现干扰，造成信号失真。在光比特别大的时候其强光部分的影像层次完全损失，并且向周边漫射，这种情况被称为高光溢出。（《晨炊》图9-4）

紫边的出现也和相机内部的信号处理算法等有关，使用相同感光元件的数码相机由于其算法的差异，其对紫边抑制的效果也不同。

第二节　数码相机的运用

一、数码相机的技术特点

当前数码相机的感光元件主要有CCD和CMOS两种，它们具有以下技术特点：

1. 色彩深度。反映的是数码相机能够记录的色彩范围，用比特（bit）表示。由于数码信息的处理和存储用的是2进制，所以当前常用的数码相机具有24 bit的色彩深度，实际上就是描述的它能够记录2的24次方即16777216（16.7M）级的色彩数。数码相机的色彩深度越高，表明它能够记录的颜色数量越多，因此影像的颜色就越鲜艳、越细腻、越真实，成像质量越好。

2. 开机时间与快门时滞。消费级数码相机普遍存在开机时间长、快门时滞明显的特点。所谓开机时间，即从打开相机电源到能够按下快门拍摄的时间。数码相机由于打开电源以后要启动相应的运算程序，需要较长的准备时间，所以往往不能马上拍摄，特别是一些中低档相机显得较为明显，容易错过拍摄机会。部分高档数码相机在开机时间上已经有了重大突破，达到了传统机械相机开机即拍的技术水平。快门时滞是指我们按下快门到快门实际打开的时间，许多中低档数码相机开门时滞明显，会出现所拍非所见的情况，对抓拍动态对象有较大影响，高端数码相机现在已经达到甚至超越了传统胶片相机的时滞时间。

3. 镜头焦距的转换倍率。由于现在还有许多数码相机的感光元件（CCD或CMOS）的面积与传统胶片的面积大小不一致，因此单反数码相机在使用传统镜头的时候镜头的实际焦距与标称焦距就应当转换，例如尼康D300数码相机的镜头转换率为1.5，即原先在单反胶片相机上焦距为50mm的镜头，用在D300上面时焦距相当于75mm。镜头焦距转换倍率的变化会使实际使用的镜头的取景范围变窄，具有相当于镜头焦距延长了的效果。这对于拍摄远距离物体有所帮助，但是使用广角镜头的时候由于取景范围会变小，影响广角镜头的表现力。

第九章

数码摄影

4. 光学变焦与数字变焦。现在有许多便携式数码相机的变焦比越来越大，标称具有多少倍光学变焦、多少倍数码变焦。我们应当清楚，光学变焦是调整镜头的光学组件，使影像得到放大，在接受它投射的影像信息的时候所有数码感光元件都在发挥作用，其影像的品质能够得到保证；而所谓数码放大，是仅使用数码感光元件的局部来记录影像，实际使用的像素点大大减少，它相当于使用了更小的面积来换取更大的镜头焦距的转换倍率，由于所使用的感光元件本身的技术质量并没有变化，只不过等于在屏幕上对同一个数字影像进行了放大，其结果是画面质量急剧下降。由此可见数字变焦的实际意义。

二、数码相机的使用

1. 拍摄。数码相机在机械结构上与传统胶片相机相似，主要的差别在于感光材料的变化，因此在使用数码相机的时候，除按照

图 9-5　采茶姑娘　冉玉杰 摄

传统相机的特点进行操作以外，还特别应当根据 CCD 和 CMOS 元件的特点，从以下几个方面特别注意：

其一、恰当的曝光。数码感光元件对高光的宽容度小，一旦曝光过度，会使高光部分的层次严重损失，特别是对于点光源还有可能发生高光溢出的现象，影响周围景物的再现。因此，在使用数码相机拍摄的时候，特别是遇到反差较大的景物，要避免曝光过度。（《采茶姑娘》图 9-5）

其二、正确的白平衡设置。数码相机的白平衡设置是为了在不同的光线色温条件下获得尽量准确的色彩再现，自动白平衡能够在常态的色温条件下获得正确的色彩再现，但是在一些比较特殊的色温条件下则需要进行专门的设置。例如在舞台、月光、日光灯、白炽灯等条件下，都应当把相机的白平衡调整到相应的色温状况。RAW 格式的图像能够记录下充分的影像信息，方便在后期进行色彩调整。（《RAW 格式文件的后期色彩调整对比》图 9-6、9-7、9-8）

图 9-6　RAW 格式原文件

图 9-7　降低色温的色彩倾向

图 9-8　提高色温的色彩倾向

其三、恰当的画质设置。所谓画质设置，指图片精度的设置，通常数码相机把图片精度分为高、中、低三个级别，分别用于印刷、出照片、电脑浏览和网上传输。同时画面象素的设置也直接影响着画质，一个 4000 × 2500 像素的图片，比 2048 × 1600 的图像的像素要大，其可以放制的照片大小也就要大得多。还有一个因素影响着画质，即图片格式，原始文件格式的图片（RAW、TIFF）比压缩文件格式（JPEG）的图片保持有更多的信息，也能够进行更高精度的放大。所以我们在实际拍摄时应当根据我们图片使用的要求来进行相应的画质设置：可能用于印刷的图片一定要设置最高精度和最大像素，一般仅用于网上浏览的图片就可以设置得小一些，这样既可以提高拍摄速度，也可以节省存储空间。

2. 存储。数码文件的存储主要从两个方面来考虑：存储介质和存储格式。

现在通常的保持方式有：存入电脑硬盘、刻录光盘、存入移动硬盘等。存入电脑硬盘可以随时调看，使用方便。但是由于文件占有较大的空间，一旦文件量较大，会导致电脑硬盘空间不足。刻录光盘是一种较好的保存方式，可以保存大量图片，特别是现在的 DVD 刻录光盘，容量很大，成本也比较低，但是光盘保存的安全性还有待提高，划伤、潮湿、震动对光碟的保存都有一定影响。移动硬盘具有存储空间大的特点，价格也越来越低，可以作为数码影像存储的主要设备。为保证影像存储的安全，对于重要的图片，可以同时使用刻录光盘和移动硬盘两种方式保存。

在保存格式上，最好用光盘或者移动硬盘保存一组未经任何处理的原始图像，以RAW 格式为佳，然后在电脑中再保存一组压缩的 JPEG 文件，这样既可以保证以后制作高精度图片的需要，又方便随时在电脑中编辑使用，还能够减小对电脑硬盘的占用。

3. 传输。数码影像的传输主要是指图片的远距离传递，一般图片现在可以经过网络传输，具有方便、经济、快捷的特点，而且直接传输数字信号，保证了图像品质的稳定。但是网络传输对于文件较大的图像来讲有一定困难，这种情况下可以用快递光盘的方式来解决。

4. 输出。利用激光放大技术，数码文件能够非常方便地放制成照片。一般用于展览的照片需要较高的影像品质，可以用相纸放大，获得高质量的图片；对于大幅户外广告、主要供远距离观看的招贴，则可以用喷绘的方式制作，它具有更低的成本，同时也能够满足对影像质量的要求。

本章要点：

1. 数码相机与传统相机相比较，有什么优势和劣势？

2. 数码相机主要有哪些类型，结合你自己的拍摄需要，看看你最适合使用哪种相机？

3. 数码相机有哪些不同于胶片的技术特点？

4. 数码相机在拍摄过程当中要注意哪些基本问题？

5. 影像一般用什么存储方式保存？

6. 数码影像有怎样的输出方法？

第九章

数码摄影

第十章 数字图像的处理

数字图像处理的对象包括数码相机直接拍摄的数码照片,也包括传统胶片相机拍摄的影像经过扫描以后得到的数字图像文件。

无论是数码相机拍摄的数码照片还是传统胶片扫描得到的数字文件,基本上都不能直接使用,它们记录了丰富的细节,但是在对比度、反差、色彩饱和度等诸多方面都还不能满足直接观看的需要,也不适合用于出照片或者打印、喷绘的需要。数字图像的处理,就是要根据实际的需要,通过相应软件的运用,使数字文件记录的潜在信息更加完美地表现出来,为实际使用作准备。

第一节 数字图像处理是数码摄影不可分割的过程

一、数字信号的"潜影"和"显影"

传统胶片的影像从感光到形成照片大约要经历以下过程:快门打开底片感光形成潜影、冲洗胶片让潜影显影形成底片、在经过放大使底片上的影像在相纸上形成正像,这样才能完成摄影的过程,形成最后的照片。

实际上,数码影像也要大致经历以上过程。我们可以把曝光得到的原始数字文件看成是潜影,然后通过一系列软件的运用,让初始图像得到优化,以适应出照片或者打印、喷绘的需要,这相当于传统胶片的显影过程。差别在于:传统胶片的这个过程是以化学的方式进行,需要在暗室的环境当中实现,而数字影像的显影过程是一个电子与化学结合的过程,在明室环境下由电脑操作完成。

值得注意的是,当前数码相机拍摄的影像有这样一个现象:普通便携式数码相机拍摄直接得到的影像大都比较明快,因为这类型机器考虑到使用群体的特点,在影像形成的过程中相机自带的软件已经对图像直接进行了优化处理,后期不需要做太多的调整;而较高级别的单反数码相机获得的数字影像直观上看往往有较大的灰度,因为它记录了丰富的信息,给摄影师后期处理预留了广泛的空间,所以,对它们后期处理十分必要,也是充分发挥高级别数码相机优势的重要技术环节。

二、理解数字图像处理的过程是掌握数码摄影的技术前提

一个合格的摄影师应该能掌控影像形成的全过程,只有全面了解从曝光开始,经过怎样的一系列技术处理最后能够达到的实际效果,才能反过来从拍摄照片开始就形成全程技术控制的系统观念,以确保对图片形成全过程心中有数。所以我们说,全面理解数字图像处理的过程是掌握数码摄影的技术前提。

所谓全面理解数码影像的形成过程,大致包括三个方面:

1. 数码相机的技术特点。包括数码元件的感光特性和数码相机的操控特性。前述章节已经对这个问题进行了详尽的描述,在此重新提出来,主要是强调要把它们纳入影像形成的整个过程来理解。

2. 数字图像处理软件的运用。就是要了解软件的主要功能,了解这些软件能够在多大的程度上控制数字影像的效果,掌握了软件的主要功能,实际上也就知道了数字影像实际具有的潜能,反过来也就为我们在实际拍摄中能够有多大的自由空间界定了范围。

3. 数字影像的输出。现在数字影像的输出大约有三种方式:数码冲印照片、打印机打印照片、喷绘照片。三种方式由于成像过程和使用介质的差异,最后的展示效果也不完全一致,我们要了解它们的共性,知道它们的差别,就能够对最后的影像实现全面的掌控。

三、JPG 文件和 RAW 文件

数字影像的后期处理实际上应该从拍摄开始,拍摄时提供的原始数据的好坏对后期的处理起着决定性的作用。一个前期技术完善的数据为后期处理提供了广阔的空间,而前期数据的缺陷则必然对后期处理形成制约。

一个技术完善的图像数据除了需要正确的测光与曝光以外,选择什么样的存储也十分重要。存储格式对后期处理的余地有极大的影响。当前数码相机一般有两种存储格式:JPG 和 RAW。

JPG 格式是一种有损压缩格式,其特点是文件量小,占用存储空间相对较少,常用图像处理软件都能够打开进行处理,便于传输,是新闻摄影师常用的存储格式。其不足之处在于,后期处理的余地有限,放大的图像有一定程度的细节损失,对曝光失误的宽容度较小。

图 10-1　曝光过度 2 级的 JPG 文件

图 10-2　曝光过度 2 级的 RAW 文件调整后的效果

RAW 格式是一种无压缩格式,其特点是文件量大,占用存储空间较大,一般需要专用的软件才能够打开,处理较慢,不便于传输。但是其后期处理的余地大,放大后有丰富的细节, 对曝光失误有较大的宽容度,是商业、风景、建筑摄影师常用的存储格式。(《JPG 和 RAW 图像格式宽容度对比》图10-1、10-2)

第二节 数字图像处理系统的建立

无论你使用传统相机或者数码相机,要使自己的图片便于管理,建立数字图像处理系统都是十分必要的。所谓数字图像处理系统,即通过对图像的数字化,达到便于保存、编辑、查找、传输、使用的目的。

一、数字影像获取系统

根据使用相机的不同,数字影像的获取有下面两种方式。

1. 数码相机。数码相机通过直接拍摄获得数字影像,在曝光的过程中,景物亮度在CCD 或者 CMOS 上发生光电转换,产生电信号并且被记录到相应的磁卡当中,它获取数字信号的方式直接、快速。

图 10-3　平板扫描仪

2. 扫描仪。传统胶片相机拍摄的底片或照片需要经过扫描仪进行扫描,将底片或照片的影调层次和色彩信号转换为数字信号。常用的扫描方式有两种:照片扫描和底片扫描。照片扫描使用反射式扫描仪,扫描仪的性价比高,即使是价格不高的仪器也能够获得很大的扫描精度,扫描速度快。使用照片扫描由于要将底片先放制成照片,其间可能出现信号的损失,如果照片质量不佳会严重影响扫描的效果,而且会花较多的时间和费用。底片扫描使用透射式扫描仪直接扫描底片,省略了放制照片的过程,能够保证比较准确的图像还原,方便快捷,同时也节约成本。但是对扫描仪的要求比较高,扫描速度

图 10-4　底片扫描仪

比较慢。(《平板扫描仪》图 10-3、《底片扫描仪》图 10-4)

二、数字影像管理系统

将拍摄或扫描获得的数字信号保存下来。通常的存储方式我们在上一节中已经作了相应的介绍。为了便于分类存储和查找,我们可以使用相应的图片管理软件。现在使用的图片管理软件众多,各有各的特点。要满足我们的日常使用,图片管理软件应当具有以下基本特性:

1. 分类。按照作者的需求建立相应的目录和子目录。比如风光、人物、新闻、体育、科技、自然环境等,并且能在这些类别下面设立多个子目录,以便于将照片进行归类存放。

2. 编辑。对各个类别或者子目录下的照片进行适时增删,并且作相应的文字更改、填写说明和关键词以及拍摄时间等要素,方便对新图片的加入和重新组合。

3. 查找。能够进行关键字、拍摄时间、拍摄地点、图片内容等要素的查找,便于在众多的图片中快速找到图片。

4. 复制。能够对编辑好的专题或者类别根据需要进行复制,以便单独使用。

5. 传输。能够直接进行单张和系列的传输,方便发稿。

三、数字影像输出系统

要保证数码信号输出的品质,首先必须对电脑屏幕和打印机进行调试,以保证系统的设置正确。电脑屏幕的参数应该按照亮度:30%,色温:6500K,对比度:100%进行设置,这样才能够保证与其他电脑和输出系统的一致性。

1. 照片。数码信号的图像,无论是直接用数码相机拍摄的还是传统胶片拍摄以后由扫描仪扫描获得的,都可以经过数码冲印机放制成照片。为了保证出片的品质,这些数字信号除了进行修斑、去痕等操作以外,最好不要作太多的处理,特别是不要对色彩、反差、锐度等方面进行过多的调整,尽量保证图像的原始信号,留待出片时让冲印店的技师根据其出片系统的特点调整,以避免中间过程太多造成不必要的信号损失。

2. 打印机。数码信号可以通过打印机打印出高品质的图片,数码打印要注意以下几个方面的问题:其一、分辨率的设定。

图 10-5　彩色喷墨打印机

打印照片的分辨率不能低于 300 DPI。其二、打印相纸的选择。打印相纸应当根据图片的使用进行选择,高精度的照片必须选择相应的打印相纸。其三、墨盒的选择。原装墨盒能够保证打印图片的质量,适合数量较少的高质量打印,连续供墨系统能够有效地降低成本,适合于打印数量较多的用户使用。(《彩色喷墨打印机》图 10-5)

·3. 电子信号传输。对图像质量有很高要求的时候,最好使用 TIFF 格式的数码文件,它文件大,能够保存尽量多的信息,适合刻录成光盘或者使用移动硬盘传递。需要进行网络传递的文件通常存储为 JPEG 格式,一般按照 8 的精度压缩就能够满足出片和印刷的需要,文件量较小,传输快捷。

第三节　常用图像处理软件的运用

一、图像处理软件 PHOTOSHOP

PHOTOSHOP 软件是进行图像处理最常用、最方便的软件,它能够进行图片的大小、色彩、亮度、饱和度等多方面的调节,是处理数码文件的必要工具。现在软件的版本已经达到 10.0 版。

首先让我们来熟悉 PHOTOSHOP 的界面:

图 10-6　PHOTOSHOP 的界面

主要包括:标题栏、菜单栏、工具栏、工作区、浮动控制面版。(《PHOTOSHOP 的界面》图 10-6)

从摄影的角度讲,我们可以从以下几个方面来理解 PHOTOSHOP 软件的使用。

1. 图片的引入。PHOTOSHOP 可以通过"文件"的下拉菜单"打开",从磁盘或者数码相机中引入数码图像文件。也可以通过"文件"的下拉菜单"导入"扫描仪直接扫描图像进行处理。

2. 图像的调节。常用的调节包括:

图 10-7　调整图像大小

"图像大小"——可以通过调整图像的分辨率或者边长更改图像的大小。(《调整图像大小》图 10-7)

"旋转画布"——可以对文件进行 180 度、90 度顺时针、90 度逆时针、水平或者垂直翻转以及任意角度的转动。

"调整"——是 PHOTOSHOP 处理照片使用频率最高的功能,我们在此作重点介绍。

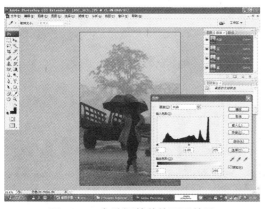

图 10-8　色阶调整前的画面效果

图 10-9　色阶调整后的画面效果

（1）色阶的调整。打开照片时色阶显示的是原始文件的影阶分布特点,色阶的调整,即重新定义照片的白点和黑点,从而实现对照片影调和对比度的设定。(《色阶调整前的画面效果》图 10-8、《色阶调整后的画面效果》图 10-9)

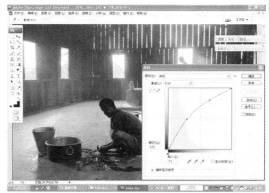

图 10-10　曲线的调节

（2）曲线的调整。曲线的调整可以改善画面的整体亮度情况,也可以改变画面的反差。它还可以在红、绿、蓝的不同通道中进行调节,以改变图像的色彩倾向。(《曲线的调节》图 10-10)

图 10-11　色彩平衡的调整

（3）色彩平衡的调整。可以分别调整画面中红色、绿色、蓝色的量,从而达到改善画面色彩倾向的目的。(《色彩平衡的调整》图 10-11)

（4）亮度与对比度的调整。可以让画面变亮或者变暗,并且能够调整画面的反差。(《亮度和对比度的调节》图 10-12)

（5）饱和度的调整。可以调整画面的色相、明度和饱和度。(《饱和度的调节》图

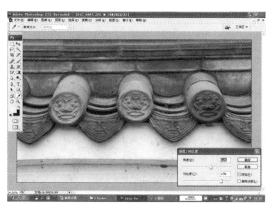

图 10-12　亮度和对比度的调节

图 10-13　饱和度的调节

10-13）

（6）阴影和高光的调整。可以有效提升画面暗部影调的亮度，使图像显示更丰富的细节。（《阴影和高光的调节》图 10-14）

图 10-14　阴影和高光的调节

"滤镜"——可以实现液化、模糊、锐化、扭曲、斜切、素描、木刻、水彩等类似传统滤镜的艺术效果。（《浮雕效果的制作》图 10-15）

"变换"——实现斜切、扭曲、透视、变形

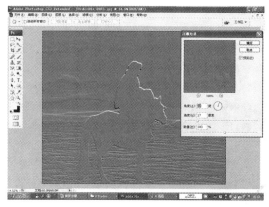

图 10-15　浮雕效果的制作

等功能，能够有效帮助我们改善镜头在特定条件下拍摄可能带来的画面变形。（《透视的

图 10-16　透视的矫正前

图 10-17　透视矫正后

矫正前》图 10-16、《透视矫正后》图 10-17）

3. 工具栏的使用。常用的工具包括：

"选区"——包括矩形选区、套索选区、磁性套索选区、魔棒选区等方法实现对区域的选择。（《画面的选区》图 10-18）

"剪裁"——可控制长宽比例和旋转角度

图 10-18　画面的选区

图 10-20　接片演示

图 10-19　画面的剪裁

图 10-21　接片演示

图 10-22　接片演示

图 10-23　接片演示

的矩形剪裁。(《画面的剪裁》图 10-19)

"仿制"——选择恰当的色彩、影调和质感区域对另一区域进行覆盖或者修复。

"更改"——利用铅笔、画笔、橡皮擦等工具在图片上进行描绘或者擦抹;利用减淡工具可以提高景物影调的亮度和色彩的明度;利用模糊工具可以减小边缘的锐度和对比度。

4. 接片功能的运用。现在 PHOTOSHOP 已经具有极强的自动接片功能,它能够给我们提供新的思维方式,我们可以把它称为"数码思维",即充分发挥数码相机和后期处理软件的功能,开发数码摄影的新领域。例如,用只有较小像素的数码相机也能够拍摄出高像素、高质量的大文件数码照片。(《接片演示》图 10-20、图 10-21、图 10-22、图 10-23)

5. 图像的存储。可以根据需要,选择存储文件的格式和精度。JPEG 格式是最常用的图像文件存储格式，它是一种压缩格式，具有占用空间小、存储快速的特点，可以设置 0 至 12 的不同精度。冲洗照片的数字文件，其精度不能低于 8。TIFF 格式是一种无压缩的保存方式，它能够保证数字文件的完整信息，便于后期处理，但是需要占有较大的磁盘空间。

6. 图像的打印。通过它能够设置图像在相纸中的位置，控制图像的尺寸，设置色彩管理及图像背景等。

需要注意的是，PHOTOSHOP 的许多功能都有异曲同工的效果，要达到某种目的，可以有多种手段和路径，这需要大家在实践中多摸索，找到适合自己的方法。

二、光影魔术手 NEO IMAGING

光影魔术手 NEO IMAGING 是一个简单实用的免费软件，可以在网上下载，并且不断升级。

该软件操作简便，基本实现一键出效果，特别适合对数码相机拍摄的图像进行处理。它能够显示数码图像拍摄时的相关信息，有利于我们了解拍摄的实际状况，帮助我们总结经验教训，提高技术水平。

除去大多数图像处理软件都具有的功能以外，该软件还能够快速地对数码图像进行曝光补正、白平衡调整、逆光条件下的补

图 10-24　DSLR 作品处理的效果

光，还能够模仿反转片的拍摄效果、模仿正片负冲的效果、制作成黑白片或者老照片的效果。

主要功能有：

"曝光"：对原始照片进行曝光调整。

"自动"：DSLR 作品处理——给单反数码相机拍摄的图片自动加上边框，并且显示

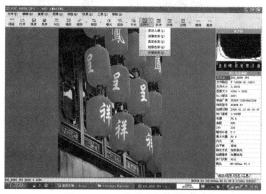

图 10-25　浓郁色彩的效果

拍摄数据，便于大家交流，以及加水印、设置花样边框、回形针等效果。(《DSLR 作品处理的效果》图 10-24)

"补光"：提高画面暗部的亮度。

"反转片"：模仿专业反转片的拍摄效果，

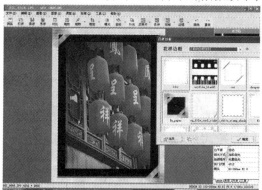

图 10-26　边框制作效果

分别有"素淡人像"、"淡雅色彩"、"真实色彩"、"艳丽色彩"、"浓郁色彩"等效果选项可供选择。(《浓郁色彩的效果》图 10-25)

"负冲"：模仿反转片使用负片冲洗工艺而产生的特殊效果。

"旧相"：模仿老照片的效果。有"冷调泛黄"、"黄色滤镜"的选项。

"边框"：可以在"轻松边框"、"花样边框"、"撕边边框"、"多图边框"的选项中实现多种边框的制作。同时还可以对照片签名，用于上网交流。(《边框制作效果》图 10-26)

其他主要功能还包括"降噪"、"风格

第十章　数字图像的处理

图 10-27　DPP 主界面

化"、"特效"、"变形矫正"等。

三、佳能图像处理软件 DPP

由于佳能和尼康数码相机具有较大的市场覆盖率，了解其软件的使用对于充分发挥这些数码相机的潜力是十分重要的，下面我们对这两个具有代表性的软件的常用功能作基本的介绍。

DPP 是 Digital Photo Professional 的缩写，是佳能数码图片专业处理软件。

主界面如下：(《DPP 主界面》图 10-27)

从主界面可见，从左至右的菜单为：编辑图像窗口、文件夹、全选、取消全选、复选标记 1、复选标记 2、复选标记 3、消除复选、左旋转、右旋转、白平衡、RAW 格式文件的单击和亮度、批量处理。

从这个菜单看见，该软件能够利用三个"复选标记"对图片进行分类；可以利用"批量处理"功能对文件的大小、精度进行批处

图 10-28　DPP 图像调整页面

理，以适应不同使用的要求。

下面我们以一张图片为例，来了解该软件的处理步骤。

1. 用鼠标选中一或几张图片，选中的图片边框变成深灰色，点击"编辑图像窗口"进入图像调整页面。(《DPP 图像调整页面》图 10-28)

2. 在此页面中可见，其中的菜单可以实现以下控制："缩略图"可以控制缩略图的隐藏和显现；"工具"可以控制工具的隐藏和显现；"网格"可以控制网格的隐藏和显现；还可以根据不同的比例显示图片的大小；以及实现旋转和批处理等。

图 10-29　RAW 图像调节

3. 页面右边是调整的工具，可以进行 RAW 图像调节和 RGB 图像调节。

4. 选择 RAW 图像调节，从上至下显示以下工具：(《RAW 图像调节》图 10-29)

亮度调节——通过滑条的左右滑动，调整图像的总体亮度。

白平衡调节——可以选择拍摄设置、自动、日光、阴影、白炽灯、荧光灯、闪光灯、色温等选项，其中色温一项可以进入以后自主设定色温值，控制精度极高。

图片模式——可以选择标准、肖像、风景、自然、逼真、黑白等选项，具有较大的自主空间。

线性——即通过曲线的调整来控制画面的反差。

色调——调整色彩的明度。

饱和度——调整色彩的饱和度。

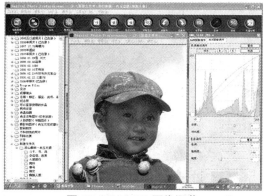

图 10-30　RGB 图像调节

锐度——即对图片进行锐化。

5. 选择 RGB 图像调节，从上至下显示以下工具:(《RGB 图像调节》图 10-30)

色调曲线调节——可以通过 RGB 曲线或者分别进行 R、G、B 曲线的调节来改变图像的色彩和影调关系。

亮度——通过滑条的拉动改善画面的明暗关系。

对比度——通过滑条的拉动改善画面的反差。

色彩调节——通过滑条的拉动改善画面的色调、饱和度和锐度。

值得注意的是，JPG 格式的图像文件只能进行 RGB 图像调节，因此丧失了白平衡调节和图像模式调节的可能性，后期能够处理的余地更小了。这也是重要图片我们主张拍摄 RAW 文件格式的一个重要原因。

四、尼康图像处理软件 CAPTURE NX

CAPTURE NX 是尼康相机专用的数码图片处理软件。

图 10-31　CAPTURE NX 主界面

主界面如下:(《CAPTURE NX 主界面》图 10-31)

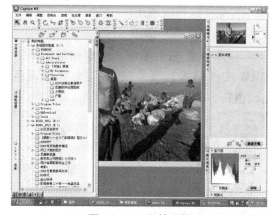

图 10-32　文件目录

由主界面可见，左边竖列为文件目录、相机设置、IPTC 信息。分别有如下作用:

文件目录——方便在电脑各硬盘或者文件夹中提取文件。(《文件目录》10-32)

相机设置——打开以后能够看到拍摄时间、影像品质设置、光圈快门等技术资料。

图 10-33　IPTC 信息设置

IPTC 信息——可以在里面对照片命题、分类、关键词、等级以及作者相关信息进行输入。(《IPTC 信息设置》图 10-33)

右边竖列为鸟瞰镜头、编辑列表、照片信息。分别有以下作用:

鸟瞰镜头——图片的缩放，便于对局部进行观察。

编辑列表——处理过程和步骤的显示，也可以通过它对中间的某些步骤任意选择取消。

照片信息——显示照片的直方图。

第十章　数字图像的处理

·147·

下面我们以具体图片为例,来看看该软件除去图像处理软件通常具有的功能外,最具个性和使用价值的功能。

1. 关于"调整"运用

打开一张 NEF 图像(尼康相机拍摄的 RAW 文件格式),点击"调整",分别出现色阶、色彩、对焦、校正等下拉菜单,其中色阶

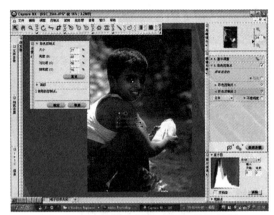

图 10-36　控制点调整暗部细节的效果

色控制点",在需要调整的地方设置控制点,根据需要调整的范围大小设置半径,然后调整亮度、对比度和饱和度,如果同一画面中还有其他地方需要进行类似的调整,可以复制控制点到相应的位置。

通过"控制点"的调整可以有效改善局部影调和色彩关系。(《控制点调整面部细节的选区》图 10-35、《控制点调整暗部细节的

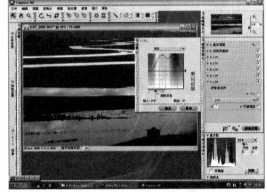

图 10-34　LCH 的运用

的控制和 PHOTOSHOP 相似,在此不再进行描述,色彩的控制有其独特的优势,我们们进行进一步的说明。

点击"色彩"进入 LCH,在"色度"调节中可以对某一特定区域的光谱进行增亮或者减暗。(《LCH 的运用》图 10-34)

点击"对焦",可以实现对照片的柔化和锐化。

点击"矫正",可以实现对镜头畸变的矫正。

2. 关于"控制点"的运用

打开一张图像,点击"控制点",选择"彩

图 10-37　局部锐化的过程演示

图 10-35　控制点调整面部细节的选区

图 10-38　局部锐化的过程演示

效果》图 10–36）

3. 关于"遮色片锐利化调整"的运用

这实际上是一个局部锐化工具，有利于对数码图片局部清晰度的提高。具体步骤如下：

打开一张图片，选择 F6 当中的画笔，并且根据拟涂抹区域的大小确定画笔直径，然后将需要锐化的部分涂抹成黄色，再点击"彩色化"的下拉菜单，选定"对焦"当中的"遮色片锐利化调整"，然后分别调整强度、半径和临界值。实现眼部的局部锐化，使人物显得更加有神。（《局部锐化的过程演示》图 10–37、图 10–38）

4. 关于 RAW 格式文件的调整

在 RAW 文件的调整方面，软件专门设置有有"曝光补偿"、"色相调整"、"减少颜色波纹"、"除尘"等功能，可见 RAW 格式文件具有更多的处理空间。

本章要点：

1. 为什么数码图像需要进行后期处理？
2. 建立图片管理系统有什么意义？
3. PHOTOSHOP 在图片处理当中主要有哪些用途？
4. 光影魔术手在图像处理软件中有什么特点？
5. DPP 软件有些什么主要功能？
6. 用 DPP 软件实际操作调整一张图片。
7. CAPTURE NX 图像处理软件有什么特点？
8. 用 CAPTURE NX 软件实际操作调整一张图片。

第十一章 记录性摄影

摄影是实践性的学科,学习摄影的目的在于运用。掌握摄影的基础理论能够使我们比较全面系统地了解摄影的历史文化、技术技法,但是要想拍摄出好的照片,还必须进行大量的实践。

长期以来,摄影界一味强调摄影的艺术性,导致对图片类型的认识不清,评价标准混淆,也使部分摄影师在进行实际拍摄的时候顾虑重重,难以左右兼顾。因此,本教材按照不同摄影门类的本质属性,将摄影分为记录性摄影、表现性摄影、应用性摄影三大门类,并从本章开始用三个章节分别进行分析介绍。

这三个类型一方面都具有摄影共通的属性,即都需要运用摄影的语言,另一方面每个类型又具有各自的特点,他们的本质属性在于:

记录性摄影重点在于反映客观对象的实际状况;

表现性摄影重点在于以客观对象为载体表现作者的审美理想;

应用性摄影则是以摄影为手段服务于客户。

让我们先从记录性摄影开始。

记录性摄影以再现为第一要务,该类型的摄影主要是发挥摄影的记录性特点,对所拍摄的对象进行具体陈述。虽然在实际的拍摄中也要运用摄影语言,但最终目的是使记录的内容具有更明确、形象的呈现。在记录性摄影中,一切技术技法都必须服务于拍摄的内容,主观的痕迹永远居于从属的地位。

第一节 新闻摄影

一、什么是新闻摄影

新闻摄影是用摄影和文字相结合的手段,对正在发生的具有新闻价值的事实进行的现场瞬间记录。

这个概念包括了以下重要内容:

1. 新闻摄影在形式上应当“图文并重,两翼齐飞”。新闻摄影的目的是以摄影的方式传递新闻信息,要保证新闻信息的准确传递,就应当明确界定事件的内容。新闻摄影必须是精彩的图片和准确的文字相结合,传达出的信息必须全面当中求重点,准确当中求生动。文字的运用能够帮助我们对新闻事件进行准确的陈述,让读者全面客观地了解事实的真相。同时新闻摄影又是一种视觉传达方式,图片的意义不只是起到简单的例证作用,它本身所具有的视觉张力直接影响到对新闻的表现力,也直接影响读者对新闻的关注程度即新闻传达的实际效果。(《木匠罢工》图11-1)

图 11-1 木匠罢工 威利·罗尼 摄

2. 新闻摄影的对象应当具有新闻价值。新闻摄影是以摄影的方式传递新闻信息,因此它表现的对象必须要有新闻价值,它和潜在的受众之间应该有某种联系,这些信息才可能引起人们的关注,才有传播的意义。

3. 新闻摄影必须是现场的记录。即对新闻摄影进行空间上的规范,新闻摄影师必须在事发现场,记录的新闻必须有明确具体的地点,不能模糊概念,从而根本杜绝异地导演或者用另外一张情节类似的图片冒充新闻的事件发生。强调现场记录也能够使摄影师真切感受现场气氛,保证对新闻事实进行真实的反映。(《卞刚芬获救》图11-2)

4. 新闻摄影记录的必须是正在进行的事件。即对新闻摄影进行时间上的规范,新

图 11-2 卞刚芬获救 刘陈平 摄

闻摄影必须有具体的年、月、日,任何模糊的概念,例如"日前"、"近日"等都具有假新闻的嫌疑,应当坚决杜绝。

5. 新闻摄影的记录方式必须是瞬间记录。即规范新闻摄影的记录方式,应该在不干预对象的前提下,进行现场的抓拍,它既能够保证对对象的尊重,又能够保证图片的真实。导演、现场重现都是假新闻。

二、真实性是新闻摄影的基本原则

新闻摄影必须坚持真实性原则。真实性是新闻摄影的生命,新闻摄影所反映的对象,无论是事件还是人物都必须是客观真实的,摄影师不能够根据自己的喜好进行片面报道,更不能对事实进行刻意的歪曲。因此,新闻摄影师必须对拍摄的事件或者人物进行详细采访,以避免主观臆断可能带来的失误。同时新闻摄影"眼见为实"的特性要求摄影师必须在事发现场,并且对突然发生的事件有敏锐的反应能力。(《李·哈威·奥斯瓦尔德遇刺》图11-3)

图11-3 李·哈威·奥斯瓦尔德遇刺 罗伯特·杰克逊 摄

新闻摄影的真实应该包括两个方面：

其一是形象的真实。新闻摄影是对新闻事件进行的形象反映，这就要求图片记录的形象必须真实客观。新闻摄影师面对新闻事实的时候应该进行认真地分析，找出对象最能反映事件本质特征的形象特点，以传递真实的信息。

当前新闻摄影中有这样一些现象：摄影师专门去捕捉对象无意中的某个神态或者动作，以夸大图片的趣味性为借口，刻意扭曲对象，实际上是歪曲了新闻事实。

更为严重的是，有的人为了追求图片的视觉冲击力，利用软件修改图像，甚至进行无中生有的所谓"创作"，这是严格违反新闻摄影原则的。

其二是事件的真实。就是新闻摄影反映的事件是客观存在的，不能人为地编造，也不对已经过去的事情进行所谓的"情景再现"来冒充新闻图片。现在在媒体上常常看到把演习当真实事件进行大肆炒作，然后在不起眼的地方，用不明确的语言隐晦地表示是演习，用以混淆视听，这也是假新闻的一种表现形式。

坚持新闻摄影的真实性原则，就是要对真实的事件进行客观地报道，向读者传递准确的信息。

三、如何认识新闻摄影的价值

在众多事件中，哪些可以作为新闻摄影拍摄的对象，要取决于其新闻价值的大小。新闻价值的大小表现为社会对事件的关注程度，它受以下几个方面的影响：

重要性——事件（或人物）对社会的意义。一项新的科技发明、一个重大的政治决定、一场波及面广泛的自然灾害、一场战争等。他们可能对社会带来的影响越大，其新闻价值也越大。（《奥尔德林在月球上》彩图11-4见197页）

关联性——事件（或人物）与新闻受众之间的关系密切程度。关系到自己的切身利

图11-4 奥尔德林在月球上 尼尔·阿姆斯特朗 摄

益、发生在自己身边的事件、与自己有某种联系的人物等，这些都能够成为受众关注新

图11-5 胜利日,巴黎 威利·罗尼 摄

闻报道的理由。(《胜利日，巴黎》图11-5)

时效性——事件发生的时间越近，其新闻价值就越大；随着时间的延续，其影响力越弱。新闻价值的时效性特点在当前的新闻摄影竞争当中显得越来越重要，纸媒的竞争一般以天为单位，电子媒介的竞争则已经发展到争分夺秒的程度。

形象性——鲜明的形象决定着新闻摄影作品的感染力。照片靠形象说话，新闻摄影靠形象传递信息、影响观众，因此图片的形象是否鲜明决定着信息传递的准确性，也决定着图片的感染力。这就要求我们，在进行新闻摄影的时候，正确运用摄影语言，突出重点、强化特点，以鲜明的形象来影响观众。(《塞班岛》图11-6)

图11-6　塞班岛　尤今·史密斯 摄

特殊性——有些事件或现象没有什么重大影响，但是因为其特殊或者反常也能成为人们关注的对象，因而也具有新闻价值。狗咬耗子、六月飘雪、人面鱼儿、夏日梅化等，这些反常的现象由于其趣味性而受到大家的关注，也能够有效地活跃媒体的版面，改善媒体的面孔。但是这些特殊的时间必须是真实的，现在有的人违背新闻摄影师的职业道德，自编自拍一些稀奇古怪的事件，哗众取宠，这种行为应当为新闻摄影师所不耻。

四、新闻摄影的类型和体裁

按照新闻摄影关注的不同对象，大致可以把新闻分为以下几类：

1.时政新闻。国家之间的相互关系、国家的重大政策、政府的重要措施、部门的具体规定都可能产生广泛的社会影响，它们在政治、经济、军事、社会、文化等诸多领域都会带来深刻的变化，因此具有极大的新闻价值，深受广大读者的瞩目。时政新闻的拍摄应当从"大处着眼，小处着手"，即充分理解和体会此新闻事件的重要意义和重大影响，深入挖掘其新闻内涵，同时也要找准用于视

图11-7　面对和谐未来　杨世忠 摄

觉表达的具体对象，选择最具说服力和寓意的瞬间，以生动具体的形象载体传达具有重大意义的主题。(《面对和谐未来》图11-7)

2. 社会新闻。即反映日常社会生活当中的新闻事件，包括讴歌建设成就、传播精神文明、颂扬时代风尚、宣传社会公德，同时也要勇于揭露社会弊端、批判丑恶行为。社会生活题材的新闻具有引导社会舆论、树立社会正气和娱乐大众的重要功能，应当注意避免僵硬的面孔，要注意在生活中去发现细节，做到以事实说话，以情节感人，才能够达到良好的传播效果。(《五一大假归来，市区车流成河》彩图11-8见197页)

3. 突发新闻。即不可预见的新闻事件，由于事发突然，拍摄具有相当的难度，因而也就更受关注，其新闻价值也得以提升。突发新闻对摄影记者的新闻敏感和反应能力具有极大的挑战，对事件发展过程的预判能力和对技术的掌控能力都直接决定着记者应对突发新闻的最后效果。(《救火队员》图11-9)

图 11-8　五一大假归来,市区车流成河　刘陈平 摄

4. 新闻人物。即以具有新闻价值的人物为对象,他的身份、经历、行为、性格甚至爱好都可能成为人们关注的焦点。拍摄新闻人物,应当抓住当事人的特点,一个作家与一个产业工人在镜头面前应该表现出各自不一样的个性。要充分利用能够反映对象特点的环境,并且注意与对象的交流,捕捉那些最能反映人物内心世界的瞬间。(《李阳和他的疯狂英语》图 11-10)

图 11-9　救火队员　AMI VITALE 摄

5. 文体新闻。即反映文化活动和体育活动的新闻。文体新闻涉及的内容包含着艺术、竞争与娱乐,具有广泛的群众基础,艺术家的表现和体育明星的际会历来是媒体的

图 11-10　李阳和他的疯狂英语　刘陈平 摄

兴奋点。文体活动往往有一定程式,它是文体新闻的主体，但并不一定是出彩的地方,要注意抓取固定程式当中的偶发变数,给好看的文体新闻照片增加新的闪光点。(《球迷》彩图 11-11 见 197 页)

在新闻的体裁上有以下两种:单幅新闻和专题新闻。根据新闻事件的不同特点和内容的多少,我们可以选择用单幅照片表现或者用专题照片来表现。

图 11-11　球迷　刘陈平 摄

1. 单幅新闻照片。单幅照片适用于那些时间和空间的延续相对集中的事件,信息量相对较小,可以通过摄影师的观察,用单幅照片抓住最能反映事件本质的瞬间。单幅照片看似简单实则不易,一个重要的新闻事件要用一张图片进行概括,需要摄影师对新闻事件有全面的掌握和深刻的理解,选取的画面既要有视觉的张力又要有对新闻事件的涵盖能力。单幅新闻照片注重图片的凝练和瞬间的准确。(《苏联解体后的第一个"五一节"》图 11-12)

2. 专题新闻照片。专题照片适用于那些时间和空间的延续相对较长的对象,信息量大,摄影师通过多幅照片,多角度、多时段地

图 11-12　苏联解体后的第一个"五一节"　肯尼斯·杰拉斯奇 摄

记录事件的发展过程，深刻反映事件的本质，揭示其社会意义和影响。专题新闻照片注重对事件的整体把握，同时在各幅照片之间应该有一定的连续性和角度及景别的差异性。（专题照片《拯救企鹅》图 11-13）

五、新闻摄影的采访

图 11-13　专题照片《拯救企鹅》　Jon Hrua 摄

采访是新闻摄影的核心环节之一，是保证新闻真实性的前提。新闻摄影的采访一般有以下三个环节：

1. 前期的案头准备。当我们获取一定的新闻线索以后，应该尽量了解事件的背景，做出采访计划，设计采访切入点和图片的表现方式。并且与编辑进行沟通，确定报道的重点、体裁甚至大致的版式。现在资讯越来越发达，大多数事件都可以通过网络获得基本的背景材料。突发性新闻不可能做前期案头准备，但是经常性地制定采访计划，能够帮助我们对不同类型的新闻事件形成相对固定的采访流程，在脑海中实现模块化，一旦遭遇突发事件，也能够做到有条不紊、沉着应对。

2. 现场抓拍与观察。新闻摄影要求摄影师必须在现场，照片最后呈现的可能是某个典型的瞬间，但是摄影师目睹的却是事件的主要过程，这十分有利于记者对新闻事件整体的把握。观察的过程也是一个重要的思维过程，它能够帮助摄影师不断判断哪个瞬间最具有典型性，从而帮助自己采集到最佳的图片。

3. 问讯与文字记录。现场的问讯和文字记录对于新闻摄影同样十分重要，虽然有现场的观察，但是问讯和记录能够帮助我们避免主观臆断，掌握最真实的情况，并且发现重要的细节，确定报道的重点。发生了什么事情？经历了什么过程？涉及到哪些人？造成怎样的影响？相关人物或者地名的写法等等，都应该一一进行文字记载。对于新闻摄影来讲，拍摄是采集，问讯是访问，两者缺一不可。采访的过程也能够帮助我们获取新闻要素，为后期的文字写作做准备。

六、新闻摄影的图文关系

新闻摄影是以图文结合的方式报道新闻，因此图片和文字具有同等重要的地位。由于新闻摄影既有图像信息又有文字信息，在两者的关系上可以灵活处理，或者相互映照，或者各有侧重。所谓相互映照即文字的内容和图片相对应，文字是对图片的说明和界定；所谓各有侧重是发挥两种信息载体的

图 11-14　谢罪之旅

特点,相互补充,从而达到扩大信息量的目的。

新闻摄影作为新闻的一种特殊形式,必须严格遵循新闻的规律和原则,其文字应当具备新闻文字的基本要素:时间、地点、人物、事件、原因、经过必须清楚明了,同时一个具有概括能力的标题可以帮助读者对新闻事件有快速的把握。由于新闻摄影的文字说明字数有限,同时要适应新闻读者快速阅读的习惯,精练和明确是对新闻摄影作品文字写作方法的基本要求。(《谢罪之旅》图11-14)

第二节 纪实摄影

一、纪实摄影的内涵

纪实摄影是以人和社会生活为主要对象,从社会发展进程的宏观角度出发,以客观的态度、摄影的语言去记录现实、揭示人性、评判是非、干预生活的一种摄影方式。由此可见,纪实摄影包括以下重要内容:

1. 以人和社会生活为对象。这是纪实摄影的一个显著特征,它的镜头始终对准人和社会生活,即使是拍摄自然景观,也是把它作为与社会生活相关的生存条件和背景来看待,与风光摄影当中那种纯粹追求光影之美有本质的差别。

2. 宏观的视野。纪实摄影是以具体的影

图 11-15 播种 李绍毅 摄

像来映照社会生活的发展进程,因此纪实摄影师应该以历史唯物主义的观点来分析对象,在观察具体人物或事件的时候,要看到它们身上承载的时代印记。(《播种》图11-15)

3. 记录与评价相结合。纪实摄影在强调客观记录的同时,毫不掩饰摄影师的观点,摄影师主观情感的注入,能够更有效地提升图片的感染力。

4. 最终目的是干预社会生活。纪实摄影强调摄影作品的社会功能,它可以提出问题,帮助大家认清社会现实,开拓思路,寻求应对策略。应当强调,纪实摄影是以间接的方式达到干预社会生活的目的的,纪实摄影

图 11-16 布拖记事一雾中的行人 李杰 摄

师要避免急功近利的心态,以社会工作者的姿态进行扎实而细致地工作,用具体而详实的陈述来增加图片的可信度和感染力。(《布拖记事——雾中的行人》图11-16)

二、纪实摄影与新闻摄影的异同

纪实摄影与新闻摄影最本质的一致性在于他们都强调真实性原则,它们要求摄影师把表现的欲望暗藏的真实客观之后,让对象自己说话比任何雕虫小技都来得重要。除此以外,他们之间的差异大于他们的共性:

1. 从拍摄的题材来看,新闻摄影侧重于对具体事件的描述,而纪实摄影侧重于对人类社会生活和重要事件的思考,以及对那些影响人类和动物生活模式及生态的状况反映。

图 11-17　漂泊的母亲　多萝西娅 摄

2. 从观看问题的角度看,新闻摄影提倡以观察者的姿态介入,纪实摄影则带着浓重的研究者的印记。纪实摄影提倡用社会学的方法,对对象进行科学系统地研究,从这个意义上看,与其说纪实摄影是摄影的一个类型,不如说其是社会学借助了摄影的方法。上世纪 30 年代美国经济大萧条时期,美国农业安置局组织了一批摄影家在全国范围内记录农民的困境,活动由经济学家罗伊·斯特莱克主导,以科学的方式提出了一本拍摄备忘录,从历史、地理、经济状况等方面对当时的社会状态进行了系统地记录,把社会改良作为纪实摄影的基本价值取向。(《漂泊

图 11-18　劳动者　塞巴斯迪安·萨尔加多 摄

的母亲》图 11-17)

3. 在报道的深度上,新闻摄影注重对事件的全面客观报道,纪实摄影也可以记录一件具体的事情,但是更看重的是这些事情背后隐藏的带有普遍性的意义。其立足点具有显著的差异。如萨尔加多的《劳动者》(图 11-18)揭示出的是世界范围内的贫富差异带来的社会问题。

4. 从体裁看,纪实摄影常常以专题报道作为主要的表现形式,它的大容量、多角度、长时间跨度的特点能够保证纪实摄影去反映更加深刻的内容。如解海龙的《希望工程》

图 11-19　年轻的心　冉玉杰 摄

就是以巨大的篇幅反映了一个宏观的主题。

5. 纪实摄影包含着作者对对象的评价。它往往需要摄影师面对对象的时候表明自己的立场。同情还是鄙视、漠然还是痛心,图像的真实性掩盖不了摄影师的观点。时代 – 生活《纪实摄影》丛书写道:纪实摄影的第一属性是它表现现实世界真相的能力,第二属性就是传达摄影家评论这种真相的能力。因此要求纪实摄影师应当具有广泛的知识、宽

阔的胸怀、细腻的情感和追求真相的决心。（《年轻的心》彩图 11–19 见 197 页）

6. 新闻摄影作品中能够产生优秀的纪实摄影作品。由于新闻摄影在追求真实上和纪实摄影的一致性，所以新闻摄影中那些凝聚时代精神、反映社会发展脉络、揭示人与自然关系的优秀作品能够经过时间的考验而显现出其深远的影响，它们也是优秀的纪实摄影作品。

三、纪实摄影的拍摄方式

由于纪实摄影本身的特点也决定了纪实摄影的拍摄方式：

1. 平实的影像。纪实摄影和所有类型的摄影一样都要讲究摄影语言，其目的在于对

图 11–20　打井　久保田博二 摄

象的特点能够尽量完整准确地得到表现，但是切忌过分地夸张。应当尽量保持对象的客观性，强调对对象的尊重，任何过分的夸张和扭曲都会损害图片的可信度。（《打井》图 11–20）

2. 详实的调查。"纪实"必须落到实处，照片要具备基本的信息，时间、地点、人物、事件等资料只有通过详实的调查才能获得。通过调查能够充分掌握第一手资料，把握事件发展的脉络，同时也为后期的编辑积累素材。纪实摄影的调查可以借鉴社会学的田野

调查方法，注重点、面结合，通过问讯、表格、随机抽样等一系列方法，使调查的结果尽量逼近真实。

3. 纵深的坐标。即对对象进行深度跟踪，在时间的跨度中折射出历史的进程。摄影师要善于进行题材的积累，在日常拍摄的内容中进行筛选，对有价值的题材长期跟踪，最后形成系列。（《市井—斗鸟》图 11–21）

图 11–21　市井—斗鸟　陈锦 摄

4. 系统的编辑。由于纪实摄影大多以专题的方式出现，因此图片量大，涉及的内容多，时间跨度较长，每次拍摄以后应当及时进行编辑分类，按照一定的分类原则，对已经有的图片进行组织。同样的图片，编辑思路不同可以有许多种使用方法，也能够适应不同媒体的需要，所以编辑能够深度挖掘图片潜在的价值。系统而及时地编辑还能够帮助我们发现现有图片结构上的不足，为后期的拍摄提供指导和参考。

本章要点：

1. 新闻摄影的基本原则是什么？
2. 应当怎样去把握对象的新闻价值？
3. 新闻摄影有哪些常用体裁？
4. 新闻摄影对文字的基本要求是什么？
5. 什么是纪实摄影？有什么主要内涵？
6. 怎样理解纪实摄影和新闻摄影的关系？

第十二章　表现性摄影

·159·

表现性摄影以审美为第一要务，无论具体的拍摄对象是什么，表现性摄影的重点在于表现对象某方面的特质，并且利用它来表达摄影师的主观感受。在表现性摄影中，准确再现对象并不是我们的最终目的，发掘对象潜在的美、表达作者的审美能力和高超的技术手段居于更重要的地位。

第一节　风光摄影

风光摄影即以自然风光和人文景观为拍摄对象的摄影活动。由于这些景观具有相对的稳定性，所以在拍摄风光题材的时候，通常作品的好坏不在于你是否完整准确地再现了对象，而在于对于常见的题材，是否能够不断发掘其潜在的美，是否有独特的表现手法和新颖的画面效果。所以，风光摄影要求我们要充分发挥摄影师审美追求的个性，对于不变的题材要常拍常新。

一、自然景观和人文景观

风光摄影的对象主要是自然景观和人文景观两大类，所谓自然景观即自然界客观存在的事物：山川河流、风花雪月、春夏秋冬等。由于这些自然环境是我们人类赖以生存的基础，因此我们对它们充满着敬畏。山河之壮美、季节的变换、气候的多样让我们对它们发出由衷的赞叹，而表现大自然的崇高

图12-1　春染东拉山　冉玉杰　摄

与博大则是风光摄影最重要的内容。人文景观是留下了人类文明印记的客观景物，例如高大的宫殿、宏伟的长城、广阔的田野、风格多样的民居等，它们记录下了人类发展的历史，反映出不同时期、不同民族和地域的文化，通过对它们的拍摄，能够唤起我们对历史文化的怀想，找到我们现实生活的坐标。

图 12-2　福建土楼　李杰　摄

（《春染东拉山》图 12-1、《福建土楼》图 12-2）

二、风光摄影的器材要求

由于风光摄影的对象相对稳定，摄影师有条件进行精细地操作。因此在风光摄影中大画幅的相机是常用的器材，一个稳定的三脚架也是必备的。120 相机是专业风光摄影

图 12-3　黄河之水天上来　冉玉杰　摄

师的常备器材，为了追求更好的画面素质，4×5 甚至 8×10 英寸的叶片相机也经常用在风光摄影当中。在风光摄影中由于经常使用很小的光圈，所以曝光时间相对比较长，一个坚固稳定的三脚架也是十分必要的。在镜头的使用上，风光摄影既要拍摄宽阔的画面，也经常进行局部的细节描写，因此无论是从超广角镜头到长焦距镜头，还是微距镜头都是十分有用的。在感光材料的选择上，风光摄影宜使用反转片，它颗粒细腻、色彩饱和、层次丰富的特点能够尽量保证图片的技术质量。其他常用工具还包括：快门线、偏

振镜、渐变镜等。（《黄河之水天上来》图 12-3）

三、风光摄影的构图

风光摄影的构图重点在于处理好摄影师与对象之间的位置关系。由于对象是静止的，摄影师有选择位置的主动性，这个位置的选择决定着你拍摄的方向，也决定着你拍摄的角度和距离。方向、角度和距离的确定也就决定了你的镜头选择和画面构成。在风光摄影中，摄影师要善于利用景物之间的关系来增加画面的变化：用前景、中景、近景的组合来增加画面的层次，用小溪、流云、舞动的草或者树叶来增加画面的动感，用山色、霞光来渲染画面的气氛，使照片更加生动。（《俯瞰地球》图 12-4）

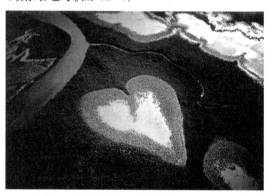

图 12-4　俯瞰地球　扬·阿蒂斯·伯特兰　摄

四、风光摄影的用光

摄影是光的描绘，对于风光摄影来讲光尤其重要。风光摄影师们有"早九晚五"的经验，说的是风光摄影最好的光线是在早上九点钟以前，下午五点钟以后。这一时段太阳离地平线较近，低角度的斜射阳光具有明显的方向性，景物都会留下显著的投影，画面的立体感强。同时由于太阳偏低，发出的光线色温较低，并且色彩呈暖调，能够渲染画面的气氛。风光摄影由于取景范围一般都比较大，人为改变光照的可能性小，所以这里说的用光主要是指"利用"光线，因此必须熟悉光的方向变化对画面特点的影响，通过摄影师位置的主动调整来获得你希望的光线效果。在风光摄影中，侧光、逆光、顺光都是

图 12-5 元阳梯田 李杰 摄

我们常用的光线，而顶光由于其立体感弱，则需要慎重使用。对光的利用还要注意观察不同时候光线色彩的变化，它也是风光摄影中一个重要的造型语言。（《元阳梯田》图12-5）

五、风光摄影的常用技法

风光摄影可以使用的技法非常丰富，几乎我们常用的技法都能够在风光摄影当中运用，最常用的有：

1. 慢门的使用。在风光摄影中经常使用较低的快门速度，这是由于风光摄影为了追求尽量大的景深往往使用很小的光圈引起的。较低的快门速度能够带来画面的一些细节变化，比如我们拍摄一个开满鲜花的田野，低速的快门能够造成近镜中的花朵因风的吹动而虚化，它能够增加画面的动感，达到更加生动的效果。（《九寨秋韵》图12-6）

图 12-6 九寨秋韵 李杰 摄

2. 多次曝光。多次曝光可以使画面更加完美。拍摄傍晚时候的风景以后再在天空叠加上一轮明月会使画面更具表现力，这就需要进行多次曝光。多次曝光要注意给叠加的景物预留恰当的位置，使其在画面构成上应

当协调；同时多次曝光叠加的景物还要合乎常理，仍然以月亮为例，叠加的月亮的发光位置与地面景物的阴影要统一，否则会造成画蛇添足的效果，叠加的月亮的大小也应当基本合乎比例，不然也会弄巧成拙。（《绽放》图 12-7）

图 12-7 绽放 冉玉杰 摄

3. 偏振镜的使用。在风光摄影中，偏振镜是必不可少的工具，用它能够有效地过滤紫外线，保证远景有足够的清晰度；同时能够消除景物表面的偏振光，增加画面的色饱和度；偏振光在蓝天白云条件下拍照，可以压暗天空，增加天空的反差和色饱和度；偏振镜还有保护镜头的作用。

图 12-8 藏家碉楼 冉玉杰 摄

4. 渐变镜的使用。渐变镜的使用能够有效地减低景物的反差，渲染画面的气氛。在拍摄风光的时候经常会遇到天色比地面亮度大许多的情况，如果直接拍摄，由于景物的反差超过胶片能够记录的范围可能导致亮部或者暗部的影调损失，这时加用渐灰镜，阻止部分天光的进入，能够使画面的亮度达到平衡。在拍摄低角度光照下的景物时，光线的角度已经具有晚霞或者朝霞照耀

第十二章

表现性摄影

·161·

的效果，但是天光的色温可能还比较高，这时加用低色温的渐变镜能够人为制造出晚霞或者朝霞的效果，从而增加图片的表现力。（《藏家碉楼》图 12-8）

第二节　静物小品摄影

静物小品摄影指对一些小型静态物品的拍摄，其拍摄对象包括一些小型器物的摆拍，也包括自然界的花草鱼虫等。前一部分静物小品的拍摄重点在于通过恰当的摆布和用光展示对象的特点和赋予对象特殊的象征意味，后一部分静物小品则在于作者的观察与发现能力，并且恰当地运用器材进行表现。

一、静物摄影的器材要求

由于静物摄影通常在比较近的距离拍摄，需要景物有较大的结像，因此，一只长焦距镜头和微距镜头是十分必要的。长焦距镜

图 12-9　初春　冉玉杰　摄

头有把远处的景物拉近放大的能力，有利于对局部景物进行细致描写，而微距镜头超强的近摄能力为我们拍摄那些细小的对象提供了可能。需要注意的是，现在部分变焦距镜头也有较强的近摄能力，但是它和微距镜头拍摄的效果比较还是有一定差距的，专用微距镜头其设计上更注重对平面像场的表现，画面的中心和边缘之间的影像素质差异较小，同时它的近摄能力更加强大，通常其物像比都能够达到 1:1。静物拍摄由于距离

较近，为了获得较大的景深，通常需要较小的光圈，这就会导致曝光时间的延长，因此一个坚固稳定的三脚架对于静物摄影来说是十分必要的。（《初春》图 12-9、《紫色的精灵》图 12-10）

图 12-10　紫色的精灵　冉玉杰　摄

二、静物摄影的创意

静物摄影要出新意就必须挖掘静物的特点，赋予常见的物体以灵魂，这就要求我们发挥主观能动性，用恰当的手法实现我们的创意。日常生活用品都有其功能，利用它

图 12-11　心心相印　冉玉杰　摄

们的功能与我们生活的联系能够表达一定的情绪和气氛。粉碎"四人帮"的时候，著名摄影家黄翔以茅台酒和四只螃蟹，拍摄出了名作《十月的螃蟹》，表达了全国人民的喜悦心情。而自然界中的对象因其形状、姿态的千变万化和长期与人类社会的共处也常常被赋予文化的意义，仔细的观察和发掘，也能赋予它们丰富的内涵（《心心相印》12-11）。

三、静物摄影的用光

室内静物摄影可以进行人工光的安排，布光的效果和光比的控制应当围绕主题的表现来进行，柔和的光线有利于表现对象的细节和传递和谐的气氛，强烈的对比能够造成矛盾或对立的意味。自然光条件下的静物拍摄以柔和的光线为佳，它能够减小光比、消除耀斑、增加色彩饱和度，在日照强烈的情况下，可以用透明的白布或者半透明胶板在被摄对象上面进行遮挡形成散射光，达到柔光的照明效果。也可以用小型反光板，增加暗部景物的亮度，达到减小光比的目的。

图 12-12　郁金香　冉玉杰　摄

（《郁金香》图 12-12）是在明亮的散射光下面拍摄的，为了让花的茎杆突出出来，作者用两张白纸放到地面上，用反射光给茎杆补光，增加了画面的趣味性。

四、静物摄影的技术运用

静物小品由于被摄对象相对较小，让我们有比较充分的调整和控制的可能。

1. 静物摄影要注意对对象细节的观察。应当养成微观思维的习惯，静下心来，俯下

图 12-13　采蜜　冉玉杰　摄

身躯，在与花草鱼虫的对话中发现其魅力。

2. 要注意景深的控制。静物摄影的景深控制能够更好地传递摄影师要强化的信息，主题的表达与画面的美感同景深的处理有密切的联系，因此在静物摄影中景深是最重要的造型手段。熟悉镜头的特点，多用景深预测按钮，以确保画面的效果在作者的全盘掌控之中。（《采蜜》图 12-13）

3. 角度的变化。近距离摄影的角度变化具有强烈的表现力。从顶上拍摄一朵蘑菇，画面呈现的是一个圆，而水平的角度则是一把伞。角度的变化也会带来透视关系的变化，恰当的角度能够展示对象的美感，错误的角度会给对象带来严重的扭曲。（《贝壳》图 12-14）

4. 制造露珠。拍摄静物花卉经常希望能够有露珠，最简单的办法是随身携带一瓶矿泉水，在需要的时候喷上一口即可。为了保证露珠效果的精确，可以用注射器吸上兑有甘油的水，在需要的地方一滴滴地点上，使

图 12-14　贝壳　奥古斯特·桑德　摄

对象表现出更强更旺盛的生命力。

第三节　人物摄影

人物摄影是最早的艺术摄影门类,在长期的人物摄影实践中,摄影师们探索出了一系列行之有效的方法,一些著名人像摄影师的经典作品,也为我们进行人物摄影的创作提供了学习和借鉴的范例。

按照不同的分类原则,可以把人物摄影分成许多类型,在此我们以拍摄的景别为线索,对人物摄影应当关注的相关问题进行讨论。

一、肖像摄影,贵在摄魂

肖像摄影以人物的面部为主要表现对象,多采用近景或特写的手法。由于拍摄距离近,能够对人物的面貌有细致的描写,因此在注重表现人物面部特征的时候,应当特别注意对人物精神面貌的把握。一幅好的人物肖像,应当能够展现人物的思想、情感和性格特征,能够表现出人物丰富的内心世界。所以在肖像摄影中应当重点观察人物眼神,通过它去把握人物的内在情感。在镜头的使用上,肖像摄影多使用中、长焦距镜头,它能够既保证有足够大的结像,又不至于因拍摄距离太近而干扰对象,能够获得自然生动的表情。(《爱因斯坦》图12-15)

图 12-16　名模多维玛　理查德·阿威顿 摄

二、人像摄影,形神兼备

这里所说的人像通常指取景范围为半身或大半身的人物照片,多采用近景和中景的景别。人像照片既要表现人物的姿态,又要注意人物的表情,因此应当形神兼顾,在形态当中注重人物表情的变化和眼神的走向,并且特别应当注意人物情绪与姿态的关系,抓住它们之间最协调、统一的瞬间。(《名模多维玛》图12-16)

三、人物摄影,关注姿态

这里的人物摄影指的是事件和活动中的人,其取景范围一般为全身,多采用中景的景别。全身人物照由于取景范围更大一些,人物的面部表情在画面中占的位置相对较小,所以应当把观察的重点放在人物的姿态上,通过对人物具体活动的拍摄来展现人物的身份特征和心理状态。(《菲利茜塔斯》

图 12-15　爱因斯坦　菲利普·哈尔斯曼 摄

图 12-17　菲利茜塔斯　赫伯·瑞茨　摄

12-17）

四、环境人像，注意信息

环境人像是人物摄影中一种常用的表现方式，它通常将被摄对象安排在一个与他的身份相关的环境当中，来表明其职业、性格等特点。在环境人像摄影中，首先要考虑

图 12-18　贝聿铭　尤素福·卡什　摄

环境与被摄对象之间的关联性，我们见过画室中的毕加索、书丛中的爱因斯坦等照片，恰当的环境能够传递相应的信息，这对表明被摄对象的身份特征和性格是十分有效的。因此，在环境人像中，应当注意判别相关细节的意义，使其对主体的渲染有烘云托月的作用。（《贝聿铭》图 12-18）

图 12-19　硫磺岛　乔·罗森塔尔　摄

五、人物群像，重在取势

人物群像指拍摄的对象是一个群体，人物相对较多。在处理人物群像的时候，应当从全局出发，注意对人物之间关系的把握。他们之间的动作和神态，对于事件的交代提供了丰富的细节，如果他们具有统一的趋势，则能给图片提供一个整体的合力，达到个体相加大于其和的效果。（《硫磺岛》图12-19）

第四节　舞台和体育摄影

以记录性和表现性作标准，舞台和体育摄影具有双重性。作为对舞台或者体育事件的记录，它具有新闻图片的属性；作为对舞台或者体育活动中美感的传递，它又具有表现性的特点。

无论从哪个角度去看舞台和体育照片，它们都因其生动和激烈而成为人们关注的对象，因而也成为摄影师拍摄的重点。

第十二章　表现性摄影

·165·

一、舞台摄影与体育摄影的共性

1. 动态特点。动态是舞台和体育摄影对象的共同特点，舞台表演和体育比赛，在一定程度上都是对人类自身能力极限的挑战，因此动作幅度大，这个特点看似给摄影增加了难度，但是在另一方面，也为我们创作出精彩的作品提供了机会。（《青春飞扬》彩图12-20 见197页）

图 12-20　青春飞扬　冉玉杰　摄

2. 低照度特点。舞台演出和体育活动常常在室内和夜间进行，夜间为舞台灯光的营造提供了可能，夜间的体育比赛也才可能吸引更多的观众利用闲暇时光前来观看比赛。但是夜间的光照条件往往受到影响，它的影响主要在于光的强度，而人工光的优势在于重要的主体往往是光照的重点，对象主次分明，现场气氛强烈。（《明星闪耀》图12-21）

图 12-21　明星闪耀　冉玉杰　摄

3. 远距离特点。舞台表演和体育活动都有场地的限制，大多数情况下摄影师很难近距离拍摄，越是重大的演出和越专业的体育盛会尤其如此。重要演出和重大赛事的采访应当提前办理好采访证，并且尽可能争取获得采访范围更大的权限许可，保证采访的顺

利进行。群众文化演出和业余的体育比赛虽然不具有专业级别那么高的水平，但是对摄影师的限制要少得多，而且由于水平的参差不齐，可能出现许多预想不到的场面，实际上增加了摄影师拍摄出精彩照片的机会。（《划艇折桂》彩图12-22 见198页）

图 12-22　划艇折桂　王瑞林　摄

4. 姿态夸张特点。临近终点，运动员全力进行最后一搏，将自己的能力发挥到极限，躯体、四肢甚至脸部的每一块肌肉都在迸发出力量。摄影师抓住了人物极度夸张的姿态，也就折射出了运动的力量与美感。（《终点》彩图12-23 见198页）

图 12-23　终点　Rudoif Pusdelnik1　摄

二、舞台和体育摄影的技术技法

1. 高速快门的运用。利用高速快门，可以凝固对象的动态，展现平常我们无法看清楚的细节，从而给人意想不到的视觉效果。（《攻垒》图12-24）

2. 慢速快门的运用。利用慢速快门让动态物体保持虚动，夸张其运动的特点，渲染其动态效果。因此在快门速度的选择上，一定要有明确的要求，不能依靠相机的程序模

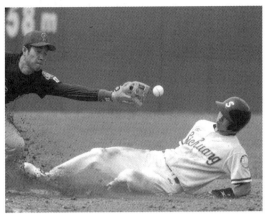

图 12-24　攻垒　王瑞林 摄

式来处理,快门先决模式和手动模式在处理动态对象时都具有较强的主动性。(《奋力》彩图 12-25 见 198 页)

图 12-25　奋力　王瑞林 摄

3. 数码相机的运用。对付低照度拍摄条件,数码相机是最有力的利器。在低照度条件下拍摄动态的对象,必须使用高感光度的胶片,因此拍摄舞台和体育照片,400 度甚至800 度的胶片是十分有用的。现代高级的数码单反相机其感光度的调节范围较大,一般

图 12-26　绚丽舞台　冉玉杰 摄

调节幅度都能够达到 100~200 度,旗舰级的数码相机甚至能够达到 6400 度,对付舞台和体育摄影的低照度条件游刃有余,是舞台与体育摄影的利器。(《绚丽舞台》彩图 12-26 见 198 页)

4. 长焦距大口径镜头的使用。由于对象有距离远的特点,因此一支大口径的长焦距镜头是十分必要的。在专业体育比赛当中,400 至600 毫米的镜头已经成了体育摄影师的标准配备。舞台摄影的距离相对要近些,而且演员的人数和活动的范围也在不断地变化,所以长焦距变焦镜头十分有效。在进行体育摄影的时候,最好准备两台相机,除去主力相机装长焦距镜头以外,在备用机上装上广角变焦镜头,因为运动员取得好成绩以后,往往会极力发泄内心的兴奋,常常冲向观众或者记者席,这时长焦距镜头的使用会受到限制,广角变焦镜头能够快速应付这类突发事件。(《玩球的男孩》图 12-27)

5. 熟悉拍摄题材,加强瞬间预判能力。现代舞台摄影和体育摄影不仅需要表现精

第十二章

表现性摄影

当中抓住精彩的瞬间和绝妙的表情，必须对所拍摄的题材有必要的了解，知道舞台动作的顺序和节奏，了解运动项目的特点，为自己寻找恰当的位置、选择合适的镜头以及什么时候进行抓拍提前做好准备，才能保证万无一失。(《飞身扣篮》图 12-28)

本章要点：

1. 风光摄影包含的主要内容是什么？
2. 谈谈风光摄影的常用技法。
3. 静物小品摄影有哪些主要的器材要求？
4. 为什么说静物小品摄影中创意十分重要？
5. 如果从景别的角度来看人物摄影，我们应当把握哪些重点？
6. 舞台摄影有哪些特点？
7. 针对体育摄影的特点应当进行怎样的技术准备？

图 12-27　玩球的男孩　吉姆·康敏斯　摄

彩的动作和激烈的拼抢，更注重表现激烈动态中人物的表情，因此要在剧烈运动的过程

图 12-28　飞身扣篮　冉玉杰　摄

第十三章 应用性摄影

应用性摄影是指将摄影的手段直接为社会服务,其目的性强,强调实用的效果。作为摄影活动的一个方面,应用摄影也具有摄影的普遍规律,也要运用摄影的语言,也要表现出一定的艺术性,但是从本质上看,它必须屈从于服务的对象,是一种限制性强的摄影。应用性摄影涉及的范围很宽,从广告、建筑、医学、科技、法医学摄影到一般的资料收集都可以纳入应用摄影的范围。在此,我们重点就广告摄影和建筑摄影的特点和方法进行讨论。

第一节 广告摄影

广告摄影是以摄影为手段,以商品销售或公益宣传为目的的摄影活动。它通过图片传递商品信息,让潜在的消费者产生购买的欲望;或者宣传某种观点,影响人们的消费倾向和价值观念。由于摄影具有生动具体的特点,在平面广告中具有十分重要的作用,

在产品目录、包装、橱窗展示、灯箱广告、招贴等方面具有广泛的运用。(《电熨斗广告》彩图 13-1 见 198 页)

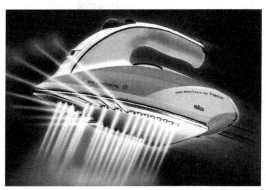

图 13-1 电熨斗广告 皮特·沃克默 摄

一、广告摄影的特性

1. 明确的诉求目的。广告摄影与其他摄影门类相比,最重要的特点是其拍摄的目的直接服务于销售或某项宣传活动,因此广告摄影应当明确传递产品或者服务的信息,强化该产品或者服务与其他产品和服务相比较的优势,不但唤起潜在顾客购买某类物品的欲望,而且直接产生购买该产品的冲动,其指向性十分明确。因此,摄影师在拍摄某

产品的时候，要研究该产品的优势，比较它与其他同类产品的差异，强化它的特点，并且选择最佳的表现方法，最大限度地传递对象的优势和美感。对于公益类广告而言，广告摄影也要提出明确的宣传理念，无论倡导和张扬什么，都具有鲜明的态度。（《拉链》图13-2）

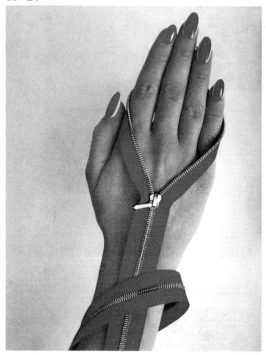

图13-2　拉链　理查德·艾夫顿　摄

2. 限制性与创造性。创新是广告摄影的生命，一幅新奇独特的广告照片能够吸引更多人的眼球，具有更强的关注度，其宣传和促销的效果也会更好。但是广告摄影的创造性是有条件的，在进行画面设计的时候，无论主体、陪体还是背景，都应当分析其与宣传和销售的目的是否一致、是否协调统一。在画面美感营造方面，应当根据商品的定位和潜在消费对象的特点，来考虑画面特点与消费者审美取向的一致性。由此看见，广告摄影的创造性是在一定条件限制下的自由发挥，这不是说广告摄影没有空间，它更像一只风筝，你可以飞得高远，也可以飞出花样，但是应当有一根线与你宣传的产品紧密相连，才能实现广告活动的最终目的，也才

能体现出广告摄影的价值。广告摄影的创造性目的在于突出推销意图。

二、广告摄影的主要类型

通常的广告摄影大致包括以下三种类型：

图13-3　珍珠项链　洛伦斯·拉伯里　摄

1. 产品广告摄影。即以具体的产品为拍摄和宣传对象，一瓶香水、一辆汽车，它们本身都具有显著的外在形象特征，可以通过摄影的方式直观地反映。这种类型占广告摄影绝大多数。（《珍珠项链》彩图13-3见199页）

2. 服务广告摄影。许多服务行业提供的产品，例如银行、保险公司推出的经营项目，作为广告宣传的主要内容，它们没有明显的形象特征，所以往往是以对象的某种属性为载体，来表现其提供的服务。

3. 公益广告摄影。公益广告以社会公共利益为目的，倡导某种理念，意在唤起民众的社会公民意识，共同关注与社会生活相关的话题，促进正确的价值观的形成，弘扬社会正气，以实现社会健康和谐发展的目标。环境、健康、公共道德、反腐倡廉等公益广告是最常涉及的主题。

以上三种类型当中,公益广告本身是非赢利性的,由于公益广告对于受众而具有较强的亲和力,有的商家也通过赞助公益广告来提升企业的公众形象。

三、写实性画面和写意性画面

根据广告摄影表现对象的不同,画面的表现方式也有很大的差异,我们一般可以把画面分为写实性画面和写意性画面两种类型。

1. 写实性画面:以再现为主,目的是展示产品样本,让潜在的客户了解和认识商品,并且在此基础上表现出对象的美感,唤起客户的好感。产品摄影通常用写实性画面来表现。

写实性画面要研究产品的外在形象特点,其最具有造型意义的特点是线条、质感、影调和色彩。

其一、关于线条,我们可以关注以下几个方面,发掘其表现能力:

线条的粗细:能够反映对象强劲刚健或者柔弱纤细的特征;

线条的曲直:能够反映对象圆通舒缓或者刚直昂扬的特征;

图13-4　手表广告　周润笙 摄

线条的虚实:能够反映对象浮动松弛或者稳定沉静的特征;

线条的横斜:能够反映对象安静广阔或者活泼生动的特征。(《手表广告》彩图13-4见199页)

其二、关于质感,我们可以从其粗糙或者光滑的表面来表现对象的特点,它既能够让我们了解产品的材质,也能够增加画面的视觉吸引力。(《插花》图13-5)

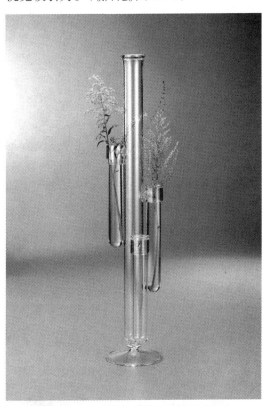

图13-5　插花　YU LEUNG 摄

其三、关于影调,我们可以根据被摄对象本身具有的特点,选择相应的影调方式:

可以用高调表现化妆品类产品清新、明丽、优雅的特点;

可以用低调表现古董深沉厚重的历史感;

可以用柔调表现丝绸服装神秘朦胧和含蓄的意蕴;

可以用高反差来表现对象简洁刚毅的形状。(《椅子》图13-6)

其四、关于色彩,我们可以利用产品本

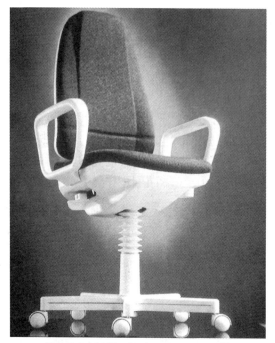

图 13-6　椅子　Robert Feenstra 摄

身的色彩或者根据产品的属性营造一定的色彩条件来强化对象的特点：

运用暖色来传递兴奋、热烈的动感；

利用冷色来营造静谧、朴素的气氛；

利用灰色来传递和谐、舒适的感受。(《汽车的座椅》彩图 13-7 见 199 页)

图 13-7　汽车的座椅　佚名 摄

写实性画面的优点在于商品的形象实在、清楚，传达的信息量大而且准确，缺点是一览无余，言尽意尽。所以它创意难，难在创新；拍摄难，难在取巧。

2. 写意性画面：在商品进入成长期或者成熟期以后，产品的外在形象已经为人所熟悉，仅仅对商品本身的刻画已经难以引起消费者足够的注意，这就需要一定的艺术表现手法或者利用产品与生活相关的某些典型场景来含蓄地表现主题。同时，有的广告表现的不是某种具体的可视对象，比如某个理念、某些服务，它不是一个具体的物品，但是摄影又必须以具体的对象为载体来传达主题，这就需要我们设计一定的画面，来传达主题、营造气氛。这种画面我们称之为写意性画面。

写意性画面我们通常使用以下表现手法：

其一、比喻。即用喻体表现本体，它能够帮助我们把抽象的对象具体化、形象化。(《进修指南》彩图 13-8 见 199 页)

图 13-8　进修指南　高志强 摄

其二、夸张。利用需要表现的对象的某些特点进行联想，在性质、状态、数量或者程度等方面加以艺术夸张，强化特点。(《显示器》图 13-9)

其三、渲染。找准对象的某些要素，制造特定的环境氛围，以感性的视觉形象增强对象打动人的能力。

其四、制造情节。依据广告对象的属性和生活的天然联系设计有一定情节的画面，这样能够增加画面的吸引力，也比单纯拍摄产品更为生动。

写意性画面的特点是可以表现的内容容量大，画面往往具有回味和思考的余地，

图 13-9　显示器　Dennis Savini 摄

能够带来较强的审美愉悦。缺点是它传递的商品信息较小，而且通常是以间接的方式传递，指向不够明确。

在实际的广告摄影活动中，应该根据不同的对象和需要，采取相应的方法，不要拘泥于简单的再现，要尽可能赋予对象以内涵，在图片中介入摄影师强烈的设计意识，创造出出人意料的作品。

四、广告的创意

和其他摄影门类不同的是，广告摄影往往有一个复杂的组织流程。它一般有以下几个环节：营业－调研－策划－创意－摄影－美工－媒介－反馈。即它从实际的销售需要出发，经过一定的调研和策划形成关于图片的创意，而摄影师的工作是将创意的理念变成照片。在这个过程中，摄影师应当严格按照创意思想进行工作，与策划班子形成合力，达到促进销售的最终目的。

作为摄影师，不但要能够完成将创意变成照片的技术工作，也应该具有独立的创意能力。

1. 什么是广告摄影的创意。广告摄影的创意，就是根据对拍摄对象的分析观察，研究其属性、形状、质地等特征，并根据客户的要求，制定出表现广告的新概念、新意象和新构思的思维过程。广告摄影的创意对于广告摄影的成败有决定性的作用，它既应该简约而准确地把握拍摄对象的内在特质，又要切合目标消费群体的审美趣味和价值取向，还应该符合委托方的总体推销策略。（《无题》图 13-10）

图 13-10　无题　Jurgen Tapprich 摄

2. 广告摄影的创意要求。广告摄影的创意首先要求准确传递广告信息，这个广告无论宣传产品的特性还是传达服务的内容，广告的画面都应当清楚明了地表现出来。一个对观众指向不明确的广告不是一个成功的广告。其次，广告创意贵在创新。同类产品的同质画面很难引起广告受众的注意，不能让人耳目一新的广告画面很难让人记住，更别指望唤起人们购买的欲望。其三，广告创意应当主题简洁。设计画面的时候应当反复推敲，抓住核心集中推介，呈现在画面上应当单纯，实现目光所及便能意会的效果。其四、传播方式要具有亲和力。由于受众总是被动地接触广告，因此过于强制性的表达方式往往使人反感，达不到广告的目的。（《千手千艺》图 13-11）

第十三章　应用性摄影

图 13-11　千手千艺　黄正刚 摄

3. 广告摄影创意的诉求特点。广告摄影创意根据表现对象的不同一般有三种诉求方式：

其一、感性诉求。感性诉求，重在扇"情"。通过唤起受众在情感上对广告对象的认同，来实现广告的目的。

其二、理性诉求。理性诉求，重在说"理"。以相对客观的面目出现，分析产品的功能，强调广告对象能带给受众的直接利益。

其三、道德诉求。道德诉求，重在申"义"。社会公益广告通常适合用道德诉求的方式，强调高尚的道德意识和社会责任，呼唤公民的自觉性，以促进社会的健康和谐。诉求特点与画面的表达方式之间有密切的联系，感性诉求和道德诉求比较适合用写意性画面来表现，理性诉求则适合用写实性画面来表现。

五、广告摄影的器材

1. 相机。大画幅的技术相机由于可调节镜头面板和后背的角度，能够有效地避免透视畸变，在广告摄影中历来占有重要位置，同时其胶片幅面大，能够放制出质量优秀的照片，有利于表现对象的细节；数码相机具有即拍即显的特点，具有较强的直观性，方便在拍摄过程中适时作出调整，进行有效的过程控制。数码相机通常都配备有功能强大的后期处理软件，可以用它来矫正直接拍摄出的图像的不足，加之现在数码相机的像素越来越高，能够保证更好的输出质量，因此在广告摄影中得到越来越广泛的运用。现在一些厂家为技术相机设计了高像素的数码后背，实现了传统技术相机和数码技术的优势互补，是广告摄影器材的最佳选择。（《高像素数码相机》图 13-12）

图 13-12　高像素数码相机

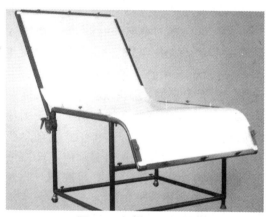

图 13-13　静物拍摄台

2. 静物台。通常以半透明的聚脂板为台面，放置于支架上，后半部可以向上弯曲，在拍摄时便于实现光影的渐变，也可以从底部和后部放置灯具，便于布光。（《静物拍摄台》

13-13）

3. 其他工具和道具。

亮棚。用透明材料制造的包围式或半包围式摄影箱,在拍摄反光物体时能够制造全方位的透射光,有利于控制阴影,在化妆品、珠宝等的摄影中十分有效。(《亮棚》图13-14）

图 13-14　亮棚

反光板。反光板的作用是在布光的时候制造反射光,以实现对局部细节的照明。根据拍摄对象的不同,我们往往需要具有不同反射率和不同面积的反光板,有时候我们还需要反射光具有某种色彩,因此,准备不同材质、不同大小、不同色彩的反光板,会给我们的拍摄提供许多方便。

吸光板。一般为粗糙的深色或黑色材质,通过吸收光线来改善画面局部的反差,或在对象的局部形成深色线条。

人工冰块、喷雾器、亮笔等道具在摄影棚里都是十分有用的工具。

六、广告摄影的灯具及其附件

灯具的掌握在广告摄影中具有十分重要的地位。

现在摄影棚一般有两种灯具可供选择,即电子闪光灯和卤素灯。电子闪光灯是瞬间光源,其优点是发光强度大,色温稳定准确,不足之处在于,直观性不足,拍摄者需要一定经验才能把握。卤素灯是连续光源,其优点是布光效果直观,便于对细节进行调整,

不足之处在于,发光强度有限,在拍摄时对光圈和快门的选择有一定限制,特别是在拍摄动态对象时对瞬间的抓取和保持画面的清晰度有一定的影响。

下面我们重点就掌握难度较大的电子闪光灯进行介绍。

1. 闪光灯的类型

当前闪光灯主要有单灯和电源箱与灯头的组合两种类型。单灯即电容器、发光灯管和控制键组合在一个灯头里面,整体上是一个单体。其特点是携带方便,但是功率受到一定限制,一般单灯的功率不超过1500瓦/秒。

图 13-15　灯头加电源箱

电源箱加灯头的组合方式是电源和控制键与灯头分离,灯头更加轻便,可以适应更大功率的需要,回电时间快,色温及每次发光的强度更加精确,在高强度的工作状态下具有更高的稳定性。(《灯头加电源箱》图13-15)

2. 灯具的功率

影室灯的功率用瓦/秒表示,常用的有

200瓦/秒、300瓦/秒、600瓦/秒、1500瓦/秒等功率，一般可以分级调节或者无级调节。对闪光灯功率的选择要根据摄影室的大小、拍摄对象的大小和拍摄时对景深控制的要求进行。如果摄影室面积较大，被摄对象也有较大的体积，适合选择功率较大的灯具。在摄影室中拍摄静物广告往往需要画面有尽量大的景深，这意味着拍摄时要使用很小的光圈，因此大功率的灯具就十分有效。在进行人物摄影的时候，有时我们需要把景深控制在很小的范围内，这时镜头的光圈开得较大，由于相机闪光同步速度的限制，过大功率的闪灯可能难以适应小景深的要求，虽然闪光灯的发光量可以进行控制，但其控制的范围有一定的限度。所以在配置影室灯的时候应当注意不同功率灯具之间的搭配。闪光灯的功率和使用的附件也有很大的关系，因此每次布光变化都必须使用闪光测光表进行精确地测光。

3. 闪光时间

闪光时间指摄影室闪光灯从发光开始到发光结束的整个时间。现代影室闪光灯的发光时间都比较短，但是其间也有比较大的差别。一般在1/500秒，较快的能够达到1/3500秒以上。闪光时间的长短对于影像的最后效果有一定的影响，例如拍摄喷出的香槟，较慢的闪光时间拍摄出的效果其飞沫有一定的动感，而使用闪光时间较快的灯具则能拍摄出冰晶的感觉。

4. 回电时间

影室灯的闪光回电时间是指上一次闪光结束到充电完成可以进行下一次闪光之间的时间，这个时间一般从几分之一秒到数秒不等，闪灯每次充电完成一般都有蜂鸣器提示。回电时间短，可以帮助摄影师进行快速地连拍，这在对动态被摄对象进行抓拍的时候十分重要，例如我们在摄影室拍摄时装，模特儿在一定的动态中能够表现得更加自然，快速回电的闪光灯就能够保证摄影师及时按下快门，抓住最具表现力的瞬间。

5. 色温

闪光灯的色温一般设定在5600K，即使用日光型胶片能够达到正常的色彩平衡，这对我们保证图片的色彩再现是十分重要的。现在使用数码相机的摄影师越来越多，在室内闪光灯条件下摄影时，应当根据灯具的色温状况设定相机的白平衡参数，以保证色彩的准确。

6. 闪光灯的主要附件及对光质的影响

影室灯的发光性质主要取决于附件的运用，现在闪光灯的附件类型丰富，正确地选择和恰当地运用，能制造出多样的照明效果，满足我们摄影的不同要求。常用的附件

图13-16　标准反光罩

及发光效果如下：

A. 标准反光罩。发光角度适中，光性较硬，适应大多数景物拍摄的需要。(《标准反

图13-17　束光筒

光罩》图 13-16）

B. 广角反光罩。发光角度宽广,光性适中,适合在拍摄大型物体的时候使用。

C. 束光筒。发光角度小,光性较硬,适合对景物的局部进行照明。（《束光筒》图 13-17）

D. 档光板。加装在灯头上,控制灯光照射

图 13-18　档光板、蜂巢和色片

的范围。（《档光板、蜂巢和色片》图 13-18）

E. 蜂巢。加装在灯头上,精确控制灯光照射的范围,制造出典型的直射光照明。

F. 柔光箱。加装在灯头上,通过灯箱的散射制造柔和的光线效果,是摄影室必备的附

图 13-19　正方形柔光箱

图 13-20　长方形柔光箱

件。（《正方形柔光箱》图 13-19、《长方形柔光箱》图 13-20）

G. 反光伞。加装在灯头上,通过对光线的

图 13-21　反光伞

反射制造柔和的光线效果,安装方便,便于外拍时使用。（《反光伞》图 13-21）

H. 聚光灯。一种集束强光的发生器,能够制造舞台追灯的效果,用于强化局部的照明。

I. 纤维灯。一种用光导纤维控制局部照明的专用灯具,发出的是连续光源,与闪光灯比较光线强度较弱,使用时应控制摄影室的光线强度。在对静物进行局部照明和光绘创作时十分有效。

七、广告摄影的布光案例

广告摄影的布光应当依据对象的特点和对画面的设计进行灵活处理,具体布光方式多种多样, 在此我们介绍最常用的布光法,并结合几种典型案例来了解基本的布光方式。

1. 广告摄影布光通则

在广告摄影中,以下布光方式几乎能够适应绝大多数拍摄对象的需要,我们把它称为广告摄影布光通则,它是广告摄影布光的基础,我们应当能够熟练掌握和运用。

A. 主光。主光即照片中起主导作用的光线,它决定着照片的主要造型效果和明暗关系,影响着照片的艺术风格。在实际拍摄中,通常是首先放置主光,在广告摄影中,主光的位置多放置在前部斜上方,在人像摄影中主光多放置在前侧有一定高度的位置,其角度越大,立体感越强。主光一般采用聚光灯或者柔光箱。

B. 辅助光。辅助光通常是用来补充主光照明的不足,以减小画面的反差和丰富其影调层次,起到辅助照明的效果。辅光的位置以相机为中心,通常放在主光的另外一侧靠近相机的地方,其发光量与主光的光比一般控制在 1:3 至 1:4 之间,要注意避免主光与辅光的角度接近,它会产生夹光,在局部形成较明显的阴影,在进行人物摄影时会在鼻翼两侧留下阴影,而在颧骨部分形成高光。

C. 轮廓光。轮廓光通常由侧后方投向被摄体,产生显著的边缘效果,用以突出对象的外部特征,达到让被摄主体与背景分离的效果。轮廓光一般采用强度与主光接近的聚光灯,要注意控制其发光面积,并且防止光线直射镜头。

D. 背景光。用以照亮拍摄环境的光线,其目的在于增加画面的空间深度,或者消除主体的阴影。背景光通常使用散射光,明亮的背景光多用于拍摄高调的照片,较弱的背景光则能够形成深沉的气氛。(《女式皮鞋》彩图 13-22 见 199 页)

2. 反光物体的拍摄

在广告摄影中,我们经常会遇到许多表面反光能力较强的对象,例如玻璃瓶、不锈钢器皿、金银饰品、瓷器以及部分塑料制品等,它们表面光洁,反射率高。在处理这类型对象的时候,应当认识到,反光是这些物品的基本特性, 因此也是表现它们必须的手段;另一方面,大面积的反光往往形成高光,造成局部影调的损失。因此,我们一方面要利用反光,另一方面又有必要减弱反光。

A. 利用反光。对于一些具有反光表面的物体,比如不锈钢材料、瓷器、硬塑料制品等,反光能够表现出其光洁的质感,注意光位的变化带来高光的位置变化,为了避免强

图 13-23　唇膏　Han Carl Koch 摄

点光源反光,应当用面积较大的散射光作为主要照明光源,同时要利用暗部与亮部的对比来突出对象形状、线条方面的特点,因此吸光板或者吸光条的运用十分重要。(《唇

图 13-22　女式皮鞋　熊谷晃　摄

膏》图13-23）

B. 减弱反光。大面积的漫射屏能够制造出柔和的光线，有利于减弱高光部分的反光，大面积反光板的使用也能够达到类似的效果。因此，要想减弱反光，就应当尽量避免强光直射被摄对象，此其一；其二、亮棚的使用能够制造出包围型漫射光，也能够有效减

图 13-24 瓷器 冉玉杰 摄

少高光部的反光。其三、无光喷雾剂的使用也能有效减弱反光。（《瓷器》图13-24）

3. 黑渗法与白渗法

拍摄透明物体，黑渗法和白渗法是十分有效的方法，它们能够突出主题的形状，表现其晶莹剔透的质感。

A. 黑渗法。所谓黑渗法即以黑色或者深色的背景，利用包围于黑背景以外的明亮光线在被摄体上勾勒出明亮线条的方法。

具体方法是：以大型柔光箱或者漫射屏形成的大面积散射光为主光源，在其前面放置面积小于背景的黑屏或者吸光能力强的深色调纸板，再将被摄对象放置于黑屏或者

纸板的前面，并在其左右安放反光板，即可得到背景影调较深而被摄主体边缘呈现亮线条的效果。

黑屏面积的大小、被摄体与黑屏距离的远近、反光板面积的大小以及它和被摄体即灯具的距离都会影响线条的粗细和明暗对比的程度，在实际拍摄中应当进行精细的调

图 13-25 暗香 冉玉杰 摄

节，它可以给我们提供丰富的变化。（《暗香》图13-25）

B. 白渗法。所谓白渗法即运用白色背景，利用被摄对象透明的特点，形成中心明

图 13-26 香水百合 冉玉杰 摄

亮、边缘具有深色调线条的效果。

具体方法是：以大型柔光箱或者漫射屏形成的大面积散射光为主光源，可以放置在

被摄对象的后面形成逆光，也可以放置于侧后方或者侧上方形成侧逆光，为了表现景物前面的细节，可以在其侧面安放反光板补光，并且勾勒出亮线条形成与暗线条的对比，表现对象的立体感。也可以用浅色背景的静物台，用聚光灯直接照亮背景，利用背景的反射光作为拍摄的主光源。

在利用白渗法拍摄的时候，要尽量保持明亮背景照度的均匀，在亮桌底部放置光源也能增加画面的表现力。同时应适当增加曝光量，以获得明快的画面。（《香水百合》图13-26）

4. 食品的拍摄

拍摄食品，为了表现其美味可口的感觉，画面影调一般以高调效果为宜。

布光方法：以柔光箱作主光，放置于侧后方，形成侧向高位逆光；用聚光灯低位侧向照明，在食物边缘勾勒出明亮的轮廓，并且能够表现对象的质感；在靠近镜头的方向安放相对较弱的辅助光源或者放置反光板

图 13-27　食品　黄启仁　摄

进行补光，表现局部的细节。（《食品》图13-27）

为了突出食品的细节和质感，可以选用质感粗糙衬布作背景。

对于部分具有透明质地的拍摄对象，直接用亮桌使用底光照明拍摄，也能够获得良好的效果。

5. 织物的拍摄

拍摄织物，最重要的是表现对象的质感和纹理。一般来讲，织物的表面都有一定的起伏，具有一定的吸光能力，因此，侧向的硬光往往具有较好的造型效果。

具体的布光方法：用侧向聚光作主光照

图 13-28　范思哲服装广告　理查德·艾夫顿　摄

亮主体，用大面积散射光作为辅助光，并且注意控制主光与辅助光的光比，为了强化局部细节，也可用束光对重点部位进行描绘。（《范思哲服装广告》彩图13-28见200页）

广告摄影的具体布光方式取决于被摄对象的特点和要达到的画面效果，使用灯具的数量和位置也不是一概而论的，最好的布光效果是在对自然光进行模拟的基础之上进一步美化，灵活地运用和不断地总结是提高布光水平的最有效方法。

第二节　　建筑摄影

建筑摄影是以建筑为对象的摄影活动，它包括两个方面：其一是以建筑为对象的摄影艺术创作，它是把建筑作为载体，表现作者的审美情趣和技术手法，符合通常的摄影规律。其二是把建筑作为广告摄影的对象，是广告摄影的一种特殊形式。关于前者，我

们在本教材中从各个方面进行了论述,下面我们仅将建筑摄影作为广告摄影的对象,来讨论其拍摄中应当注意的问题。

一、建筑摄影的特点

1. 高大。建筑的对象一般都比较高大,按照常规的拍摄方法,为了把高大的建筑纳入画面,往往需要用仰视的角度、广角镜头进行拍摄,这必然引起画面的畸变:房屋向后倾斜,地平线发生弯曲,垂直线产生会聚,如果作为一种艺术表现手法也无可厚非,但是当我们把建筑作为广告摄影的对象时,要尽量把对象的畸变控制在最小的范围。广告摄影需要传递给观众清楚的信息,画面应当是对对象比例关系和结构的准确再现,过度的夸张会给人造成虚假的感觉,特别是建筑

图 13-29　和谐家园　冉玉杰 摄

摄影,其主要线条的横平竖直是一个基本的技术要求。(《和谐家园》图 13-29)

2. 对气候条件的依赖。由于对象高大,如果要拍摄到对象的整体,拍摄距离一般也比较远,因此气候条件对建筑摄影的影响非常大。空气中的水气、灰尘等介质在距离近的时候几乎看不出对画面的直接影响,一旦距离变远,会给画面造成严重的灰雾,降低画面的反差,影响画面的清晰度。因此,要拍摄建筑的全景,最好选择雨过天晴、阳光灿烂的时候拍摄,这时空气的纯净度高、通透度好,拍摄出的画面清晰,色彩饱和,形象鲜明。

3. 光线、色彩对建筑摄影的影响。光线和色彩对景物的造型具有十分重要的作用,

要提高图片的感染力,仅有清晰的画面和丰富的细节是不够的,还应当充分利用光线和色彩来营造画面的气氛。可以利用早晚阳光带来的色彩变化赋予对象特殊的表现力,城市建筑往往有美丽的塑形装饰光照明,它们能够给建筑带来别样的外衣,如果选择在傍晚的时候拍摄,初放的灯火和斑斓的天空相辉映,一定能够给建筑增色不少;在光线的方向上,适合选择早晚低角度的顺光来表现对象的细节,也可以利用前侧光来表现对象

图 13-30　顺光下的建筑　冉玉杰 摄

的立体感,使建筑当中的结构和装饰得到充分地展示。(《顺光下的建筑》13-30)

二、建筑摄影的器材选择

建筑摄影要求形象准确,因此也对摄影器材提出了特殊要求。

1. 技术相机的运用。技术相机的前板和后面可以多向摇动:角度的俯仰、水平的位移、左右的摆动、上下的升降,通过这些移动,能够矫正透视关系,获得横平竖直的画面效果。技术相机有双轨和单轨之分,单轨相机其调整的余地更大,在建筑摄影中使用更广泛。技术相机的另一个优势就是使用大尺寸底片,最常用的是 4×5 英寸至 8×10 英寸,因此能够保证画面有丰富的细节。由于在进行建筑摄影时通常使用较小的光圈,因此,三脚架、快门线是必不可少的。独立测光表和聚焦放大镜也是使用技术相机必备的器材。

第十三章 应用性摄影

2. 数码相机及软件的运用。如果使用普通的单反相机拍摄建筑,数码相机是最好的选择。现在数码相机的像素越来越高,并且有极大的后期处理余地,如果充分发挥出它们的功能,完全能够满足建筑摄影的要求,在某些方面甚至超越传统技术相机的表现力。

用数码单反相机拍摄建筑,最好能配备移轴镜头,它能够进行镜头轴线的调整,达到和技术相机相似的视觉效果。但它能够调整的范围相对较小,加上其底片片幅与技术相机相比有较大差异,因此要完成建筑摄影的任务,还应当充分利用软件进行后期处理。例如,运用软件的接片功能,可以拍摄出超越相机本身像素许多倍的数字文件,满足高精度画面的要求;利用软件的矫形功能,可以调整没有移轴镜头或者镜头移轴范围不够带来的画面变形。

三、建筑摄影的视点

所谓建筑摄影的视点即拍摄时相机机位的选择。在建筑摄影中,表现对象的结构关系、空间感、块面层次、材料质感、装饰色彩和主体与环境之间的关系是摄影师最重

图 13-31　邻水而居　冉玉杰 摄

要的任务,要使作品在这几个方面具有强烈的表现力,视点的选择尤其重要。

1. 恰当的视点能够减小对象的畸变。即使是使用了技术相机,要想获得理想的画面也还应当注重拍摄点的选择。一个恰当的视点既能够反映对象最重要的特点,又能够减少画面的透视畸变,从而使调整的难度降低,画面能够更接近于自然的状况。一个十层楼建筑,如果我们站在地面拍摄,必须要经过很大调整才能获得一个"正常"影像,但是假如我们在它接近于三分之一处的高度拍摄,即使用普通相机,后期的调整也要简单得多。(《邻水而居》彩图 13-31 见 200 页)

2. 视点的选择还影响着对空间关系的表达。一个正面的视点往往具有平面的效果,画面相对稳定、庄重;一个水平侧向的视点则能够展示对象的多个侧面,反映对象的立体感并且表现出一定的深度特征;一个俯拍的画面容易交代建筑之间的相互关系,体现建筑群落的全貌;而一个仰拍的画面则能

图 13-32　春熙路　王瑞林 摄

够强化对象高大雄伟的气势。(《春熙路》彩图 13-32 见 200 页)

四、建筑摄影的透视变化以及矫正

建筑物是以三维立体的方式存在的,其垂直于地面的线条因为仰拍会造成线条汇聚的效果,使建筑物有倾斜的感觉,也可能因为俯拍形成上大小下的畸变,这对于建筑的表现都是不利的。虽然在上面我们讨论了建筑摄影的视点选择的问题,知道一个接近对象高度中心的位置能够减小画面的变形,

但是在实际拍摄中,建筑本身的特点、需要表现的重点、环境的因素等等都可能成为视点选择的限制,所以在拍摄和后期处理的时候,还应当运用恰当的技术手段来对画面的畸变进行矫正。

1. 利用技术相机移轴实现透视的矫正。技术相机的最大优势在于它有广泛的调整空间,在拍摄建筑的时候,为了保证对象垂直线条在画面上有正常的反映,应当保持胶片平面、镜头面板与对象面板都垂直于地面。运用技术相机,按照沙姆定律还能够十

图 13-33　锦江夜色

分有效地控制景深,具有强烈的表现能力。(《锦江夜色》彩图 13-33 见 200 页)

2. 利用移轴镜头实现透视的矫正。在使用单反相机的时候,我们可以用移轴镜头来对透视变化进行控制。移轴镜头和普通镜头的差别在于它比普通镜头具有更大的像场,在光学结构上,其镜头的前端可以上下左右移动,从而改变底片和景物之间的平行关系,实现画面透视关系的矫正。当然,如果从艺术表现的目的出发,也可以反向操作,获得夸张的视觉效果。与技术相机比较,由于移轴镜头只能实现镜头的移轴,而无法实现胶片平面的位移,因此利用它来调整透视关系的变化,其调整的幅度与技术相机相比还有一定差距。

3. 利用长焦镜头远距离拍摄减少画面的变形。长焦距镜头远距离拍摄,能够产生压缩空间的视觉效果,对象的透视变化被削弱,畸变的程度减小,画面的线条关系更真

实。但是这种方式在使用当中受到场地的限制较大。

4. 利用软件进行后期处理实现透视的矫正。现实的客观条件很多时候不允许我们使用上述方法,那么我们可以在后期利用软件矫正图像的透视变化。下面我们以一张图

图 13-34　华灯初上　胡晓流 摄

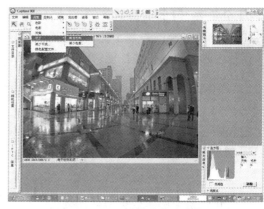

图 13-35　调整的基本步骤

图 13-36　调整的基本步骤

片为例,运用 PHOTOSHOP 来实现透视关系的矫正。

A. 原图。(《华灯初上》彩图 13-34 见

图 13-37　华灯初上　胡晓流 摄

200 页）

　　B. 调整的基本步骤。（图 13-35、图 13-36）

　　C. 调整结束的效果。（《华灯初上》图 13-37）

　　虽然透视关系的矫正对于建筑摄影来说十分重要，但也不是绝对的，不同的拍摄目的可以有多样的表现手法，作为艺术表现的需要，适度的夸张往往能够获得特殊的视觉效果。

本章要点：

　　1. 广告摄影的主要类型是什么？

　　2. 为什么说广告摄影中的创意十分重要？

　　3. 广告摄影中常用的画面类型有哪几种，各有什么特点？

　　4. 广告摄影常用的布光法则是什么？结合某种拍摄对象，谈谈布光要点。

　　5. 建筑摄影有什么基本特点？

　　6. 建筑摄影对器材有什么要求？

　　7. 怎么控制建筑摄影的透视畸变？

结束语：

　　摄影是一门实践性的课程，学习摄影必须理论联系实际。熟悉基础理论，掌握基本方法，能够帮助我们跨入摄影的门槛，但是能够在摄影的路上走多远，则要看你是否有丰富的实践和不断地总结。

　　作为人类的第三只眼睛，摄影延伸了我们的视野；作为一种视觉传达方法，你的照片要传达的最终还是你的思想。读万卷书，行万里路。感受，记录，思考，这是摄影师自我提高的唯一捷径。

　　从现在开始，与摄影同行。